KB260086

윈도우 57로 세상 보기

Windows 57

부창렬 에세이

한울

이 도서의 국립중앙도서관 출판시도서목록(CIP)은 e-CIP홈페이지(http://www.nl.go.kr/ecip)에서
이용하실 수 있습니다. (CIP제어번호 : CIP2010000271)

　내가 컴퓨터를 처음 접한 것은 1980년대 중반이었다. 286컴퓨터였는데 당시로서는 가히 별천지에 있는 듯한 착각이 들게 만드는 물건이었고 언론지상에서도 OA기기의 혁명이라고들 했다. DOS 방식으로 운용되는 것이었다. 윈도우라는 운용 시스템은 인터넷이 막 도입되기 시작한 1990년대 중반 윈도우 95라는 제품으로 처음 쓰게 되었다. 1985년에 첫 제품이 선을 보였다 하니 10년이 지난 뒤에서야 보게 된 것이다.

　내가 태어난 1957년은? 물론 PC조차 없었다. 그 후로 30여 년간 컴퓨터의 존재조차 몰랐던 기간도 있었고 기껏해야 일부 실험용이나 주요 시험의 채점도구 정도로 인식하며 지내기도 했다. 나는 그나마 대기업을 다닌 덕에 컴퓨터나 윈도우를 일찍 경험한 편이다.

　그렇게 세월이 훌쩍 흘러버리는 동안 나도 많이 변했고 세상도 많이 변했고 내 주변의 사람들도 많이 변했다. 주름과 흰머리가 하나씩 늘어나면서 그리운 사람, 그리운 추억도 더 늘어만 갔다. 그리고 그 그리움의 강도도 짙어만 갔다.

　나 같은 마음을 가진 사람이 많다는, 다분히 자기중심적인 사고가 이 책을 쓴 출발이자 원동력이다. 살아온 과정이 지극히 평범하고 그리 자랑할 거리가 많지 않음에도 내 얘기를 책으로 내야겠다고 마음먹은 것은 꼭 내 얘기만은 아니리라는 지극히 자의적인 해석 때문이다.

　글을 쓰면서 짧은 경험, 얄팍한 지식, 부족한 정보, 하찮은 문재(文才), 이 모든 것에 대해서 스스로를 탓하게 되었다. 그래도 보잘것없는 이 책을 읽으면서 비슷한 시대를 살아온 사람들이 지난 일을 돌아보며 추억을 공유했으면 하는 바람이다. 나보다 연배가 위인 분들은 '아, 그때 사람들이 그런 고충이 있었지' 하고 돌아볼 기회가 되었으면 한다. 그리고 욕심을 부린다면 자라나는 이들이 지난 시절의 일상을 그려보며 자신들의 사회생활에 참고 정도로 삼을 수 있다면 더할 나위 없는 만족을 느끼겠다.

　가치관은 시대에 따라 변한다. 내가 살아온 시절에 소중히 여기던 가치와 지금의 그것은 많이 달라져 있다. 시대와 장소를 초월해 지켜야 할 가치를 절대적 가치라고 한다. 바로 인간을 중심으로 한 가치들이다. 나는 결코 변치 않는 절대적 가치를 사람 사는 세상 이야기로 찾아보고자 했다. 거기에는 나 스스로에게 하는 약속도 포함되어 있다.

　이 책을 쓰면서 시종 관련자의 이름은 밝히지 않았고 가급적 실명을 쓰지 않으려 했다. 이유는 어느 대기업에서 있었던 일이 생각났기 때문이다. 그 회사의 한 중견 간부가 직장생활의 경험과 교훈을 담기 위해 회사생활에 얽힌 에피소드를 모아 책을 썼다. 그런데 문제는 출간 후 실명으로 거명된 사람들이 직장 동료인 저자를 멀리하기 시작하더라는 것이다. 그는 한 사람 한 사람에 대해 호의를 갖고 폐 끼치지 않으려고 무던히 애쓰며 썼음에도 그런 반응을 보였다는 것이다. 같은 회사에서 계속 같이 근무해야 할 동료들을 나쁘게 썼을 리 만무했다. 그럼에도 그 불쌍한 친구는 사내에서 경계대상 1호가 되어버렸다고 한다. 예를 들어 사람 간의 관계 조정을 잘한다는 칭찬과 함께 '정치적인 사람'이라고 표현된 동료는 "내가 왜 정치적이냐? 하여튼 어린애한테 칼을 맡기면 큰일 나듯이 함부로 붓을 맡기면 안 된다니까"라며 노골적으로 핀잔을 줘서 당사자가 곤란했다고 한다.

그래서 이 책을 시작하며 가족이 아닌 한 절대 실명은 쓰지 않겠다고 다짐했다. 나도 그런 '왕따'를 당하기 싫기 때문이다. 그러다 보니 글 쓰는 내 자신도 문맥 이어가기가 불편한 적이 많았다. 독자 여러분도 앞뒤 맞춰 읽기 불편한 면이 다소 있으리라는 걱정이 생긴다. 이 점 양해하시길 바란다.

아울러 글쓰기가 전공이 아닌 자가 신변잡기를 늘어놓느라 어설픈 곳이 한두 군데 아님을 고백한다. 그저 긴 세월을 반추한 그 정성을 기특하게 여겨줬으면 하는 바람이다.

책이 나오기까지 많은 분들의 도움이 있었다. 원고를 마무리할 때까

이야기에 들어가며

지 자기 일처럼 꼼꼼하게 교정을 보아준 윤석용, 김윤갑 두 후배에게 특별히 고마움을 전한다. 그리고 이 책에 등장하는 익명의 모든 분들께 이 글을 쓸 수 있는, 이 자리에 내가 설 수 있게 해준 점에 대해 두루두루 감사의 마음을 전한다.

끝으로 이 책을 쓰면서 다시 한 번 부족한 효를 반성하게 만드셨으면서도 바로잡을 길 없이 저 세상에 계신 아버지, 지금도 하염없이 나를 지켜주시는 어머니, 한결같이 내 옆을 지켜주는 아내 양미원, 딸 하윤, 아들 준현에게 사랑한다는 말을 전하고 싶다.

2010년 군포시 산본에서
부창렬이 정리하다

이야기 셋. 회사생활의 득과 실

이야기 넷. 성주가 되어버렸다

이야기 하나. 아이를 기르며 내 아이 적을 떠올리다

내 고향은 제주도, 그럼 아이들은?
추억이 없어진 세상에 사는 아이들
나는 만화, 아이들은 인터넷
나는 혼·분식 세대, 토요일엔 국수 생각
세발자전거는 지금도 있다

Windows 57

언제부턴가 "고향이 어디냐?"고 묻는 게 어색해졌다. 그런 질문에 답하기도 쉽지 않다. 묻는 사람이나 답하는 사람 모두 고향의 의미를 정확하게 정의하기 어렵기 때문이다. 또 질문의 의도가 무엇인지, 대답한 후의 결과는 어떨지에 대해 생각하게 되기도 한다.

다른 사람들은 동의할지 모르겠지만 고향을 묻기가 어색하고 불편하게 된 것은 전적으로 정치인들 책임이라고 생각한다. 정치인들이 선거 때만 되면 지역감정에 편승하려 했기 때문에 지금과 같은 사회 분위기가 만들어졌다. 정치인들의 그릇된 행태로 지금 이 좁은 땅마저 동, 서로 확실하게 갈라져 있다.

사정이 이렇다 보니 다른 사람의 고향을 묻기도 쉽지 않다. 혹시 나하고 다르면 나를 싫어할지도 모른다는 기우 아닌 기우가 만연해 있다. 묻는 것 자체가 큰 실수가 될 수 있다는 두려움, 상대방이 내 의도를 왜곡해서 받아들일지도 모른다는 걱정이 주저하게 만든다. 고향이라는

이야기 하나. 아이를 기르며 내 아이 적을 떠올리다

순수한 단어 자체에 정치 물이 심하게 들어버린 것이다.

고향에 대한 의미 자체가 일부 정치인들 때문에 많이 왜곡되어 있다 보니 말뜻의 정의가 모호해져 있다. 고향을 국어사전에서 찾아보면 '자기가 태어나서 자란 곳'이라고 되어 있다. '조상 대대로 살아온 곳', '마음속 깊이 간직한 그립고 정든 곳'이라는 의미도 갖고 있다. 좀 더 확장해보면 사물이나 현상이 처음 생기거나 시작된 곳이라는 정도로 쓰인다. '판소리의 고향', '왈츠의 고향' 따위처럼 말이다.

이렇게 낱말 뜻이 분명히 정해져 있음에도 불구하고 정치인들은 고향이라는 말을 자기 편한 대로 쓰고 자기 맘대로 쓴다. 고향이라는 말은 사전적 정의와 비슷한 뜻으로 써야 한다는 사회적 묵계도 분명 내재하고 있지만, 정치인들만큼은 별개이다.

한 대통령 선거 출마자는 어느 곳에 가서는 초등학교에 잠깐 다녀서 고향이고, 어느 곳은 선영이 있다며 고향이라 하고, 또 어떤 곳은 부인의 고향이라서 고향이나 다름없다고 했다. 심지어 갖다 붙일 것이 없으니까 자신의 초임지가 그곳이라 마음의 고향이라고 했다는 얘기도 들었다. 정말 어이가 없을 수밖에 없다. 나라가 좁으니 당연히 모든 땅이 고향처럼 정이 가지만, 고향따라 네 편 내 편을 가르니 하는 말이다.

고향은 사람들에게 특별한 의미를 갖는다. 또 특별한 의미가 있어야 한다. 특히 자라나는 세대에게 고향에 대한 생각을 갖도록 해주어야 한다.

내 고향은 제주도이다. 유채꽃 만발한 봄날들도 내 기억에 고스란히 남아 있고, 그렇지 않아도 바람 많은 곳에 가을이면 어김없이 찾아오는 태풍 소식에 마음 졸이는 어른들 모습까지 그대로 머릿속에 깊게 남아 있다. 좋은 기억과 나쁜 기억이 모두 남아 있어도 아직 제주는 어머니 같은 포근한 느낌을 준다. 우리 세대만 해도 이렇게 애틋한 고향이 있다. 그런데 우리 아이들에게도 이런 고향이 남아 있을까?

우리 아이들이 내 나이쯤 되어 고향에 대해 물으면 뭐라고 답할지 궁금해진다. 콘크리트 숲에서 이 학원 저 학원 다니며 어렸을 때부터 공부에 치여 있던 기억들만 남아 있지 않을까 걱정이다. 마음속 깊이 간직한 그립고 정든 곳은 어느 한 군데에서도 찾아보기 힘들 것이다.

나는 여섯 살 되던 해에 고향을 뒤로 하고 부모님을 따라 서울로 왔다. 아버지께서 하시는 사업 때문에 서울로 온 것이다. 물론 나이가 들어 그 이유를 알게 되었다. 그때는 그저 우울한 분위기만 남아 있었다. 무거운 집안 분위기는 내게 그리 큰 문제가 아니었다. 칼싸움하며 뛰어다니던 친구들, 동네 바둑이, 아이들과 눈 가리고 걷기 시합을 하던 마을 길, 이들을 영영 못 본다는 것이 나에게는 정말이지 지구 종말과도 같은 그런 기분을 들게 했다.

서울에 도착했다. 요즘 기준으로야 지방 소도시밖에 안 되어 보일 정도겠지만 당시 나에게는 큰 문화적 충격을 던져주었다. 5층짜리 집이 있다니, 그 큰 강을 잇는 다리가 군데군데 있다니 굉장했다. 이런 데서

이야기 하나. 아이를 기르며 내 아이 적을 떠올리다

어떻게 사나 하는 걱정도 들었다. 동네 아이들이 촌놈이라고 괄시하면 어쩌나 하는 두려움도 있었다. 하지만 그런 걱정은 한 달, 두 달이 지나면서 언제 그랬냐 싶게 사라지고 점차 서울에 정들기 시작했다. 정치인들이 사용하는 의미와 달리 마음으로부터 제2의 고향이 되었다.

꼭 작은 촌 동네라야만 고향다운 애정을 갖는 게 아님을 나는 마흔 다 된 나이가 되어서야 깨우칠 수 있었다. 그 이전에는 서울에 대해 그냥 삶의 터전 정도로 인식되었을 뿐 그다지 정감을 느낀다고 얘기할 수는 없었다. 사실 서울이라는 곳에 애정을 느끼는 것은 이민을 간 경우이거나 외국에 출장 갔을 때를 제외하고는 드물기 때문이다.

이제는 20년이 다 된 얘기이지만, 내가 대림그룹 계열의 연승산업 사장으로 있을 때 경기도 군포에서 밤낮 안 가리고 지낸 적이 있었다. 당시 만난 군포 시민들의 자기 고장 대하는 자세를 보고 내심 감탄하지 않을 수 없었다. 물론 정치적 속셈을 갖고 얘기하는 경우도 있었지만 정말 자기가 사는 군포에 대한 애정을 갖고 걱정하는 사람들이 대다수이었다.

그들은 산본천을 복개(覆蓋)한 것이 잘못이라고 걱정했다. 공단에서 뿜어져 나올 연기도 지레 걱정들 했다. 그 모든 것들이 그때 당장 사는 데 불편한 것은 아니었다. 어떤 이들은 문제되는 곳이 자기가 사는 지역에서 멀리 떨어져 있는데도 열변을 토해냈다. 도로가 넓어지고 지역 경제가 활기차니 오히려 좋아할 일이었는데도 말이다. 그런데도 그토록 하나같이 자기 집 앞마당 일처럼 화를 내고 노심초사했던 이유가 무엇일까? 또 지금도 그런 사람들의 걱정이 줄을 잇게 만드는 이유가 무엇일까?

다름 아닌 바로 내 고향 일, 내 고향 사람들 일이기 때문이다. 그리고 그 땅에서 앞으로 살 사람들의 일이기 때문이다. 그래서 다른 일에는 경쟁을 불사하며 치열하게 사는 사람들도 고향의 일이라면 나보다 우선 남을 챙기고 싶은 마음이 절로 드는 것이다. 그것이 바로 고향의 힘이다. 돌이켜 생각해보니 태어난 고향이 아닌 제2의 고향인 서울에 대한 나의 마음도 분명 그렇게 나도 모르는 사이에 애틋해져 있었다.

미국 출장을 갔을 때의 일이다. LA에서 꽤나 이름이 알려진 한식당 주인과 자리를 같이한 적이 있는데, 그는 거나해지자 연신 서울 소식을 물어왔다. 갑자기 식당이 번창해 서울에 가보지 못한 게 벌써 4년째라고 하면서. 이민 간 사람이 4년 정도면 그래도 참을 만한 편이겠거니 했는데, 그게 아닌가 보았다. "내가 살던 용산에 있던 어떤 건물은 어찌 되었느냐?", "그 거리는 어찌 되었느냐?" 등등 시시콜콜히 물었다. 자기가 학교 다니던 효창운동장 주변에서 있었던 일도 꺼내놓으며 조금은 지루해하는 나를 아랑곳하지 않았다. 눈치를 주거나 말거나 신이 났다. 아니, 혼자서 깊은 향수병을 달래고 있었다.

그 사람의 말 가는 뒤를 밟아 나도 어렸을 적 용산의 모습을 그려보게 되었다. 그러다가 화동(花洞) 시절 경기고가 있던 안국동 거리가 머릿속에 떠올랐다. 하루 이틀이면 돌아갈 터인데도 새삼 옛 친구들과 사람들이 보고 싶어졌다. 그러고 난 때문이었을까? 귀국해서 시내로 들어오며 바라본 한강이 그리도 정겨울 수가 없었다. 지저분하게만 보이던 한강이 그날따라 향기라도 한 움큼 던져주는 것처럼 느껴졌다.

내가 고향과 관련해 정치인을 탓하는 것은 한없는 애정의 대상인 '고향의 정'을 앗아가는 일을 하고 있기 때문이다. 고향 사람들과의 관계를 점점 어색하게 만들고 있기 때문이다. 자기 자신의 영달에 눈이 어두워 소중한 사람들을 잃는 짓을 하고 있을지도 모른다는 생각을 해볼 마음조차 전혀 없어 보이기 때문이다.

특정 정당의 공천만 받으면 당선을 보장받는 국회의원 선거구가 99개나 된다. 총 245개 국회의원 지역구 중 5분의 2 정도나 된다. 사정이 이 지경에 이르다보니 배지를 달기 위해서, 정권을 잡기 위해서 당연히 지역감정을 이용하지 않을 수 없다. 한때 위도별로 행정구역을 나눠야 한다는 어처구니없는 정책 대안도 나왔다. 농담 삼아 할 얘기가 정말 진지하게 제시되었던 것이다. 또한 대통령 선거의 판도를 일거에 뒤집을 수 있는 1992년의 '초원복집' 사건 같은 해괴한 일도 벌어지고 있는 것이다.

태어나서 자란 제주도는 아직도 나에게는 영원한 고향이다. 또한 내가 어린 시절과 학교생활, 그리고 사회생활을 하면서 지낸 제2의 고향 서울이 내 가슴속을 차지하고 있다. 그리고 고향에 대한 생각을 새롭게 일깨워준 군포 시민들처럼 고마운 이들이 있다. 그러한 고향과 그러한 이들이 있는 한 나는 이 땅을 사랑할 것이고 사람들을 사랑할 것이다.

나에게 그렇듯이 고향은 누구에게나 소중하다. 내가 태어난 제주도 사람들에게도, 내가 장성할 때까지 삶의 터전으로 삼아온 서울 사람들에게도, 그리고 나에게 고향의 소중함을 일깨워주었던 모든 사람들에게도 고향은 소중한 존재이다.

따라서 고향을 가꾸려는 노력들은 소중하게 지켜주어야 한다. 그렇게 해야 우리 아이들도 고향을 가꾸는 일에 나설 수 있을 것이다. 이것은 정치인의 소명 중 하나이다. 그런데 그 소명을 다하는 것은 차치하고 사람들의 마음에 상처나 내지 않기를 바라고 있는 모습에 착잡한 마음이 든다.

추억이 없어진 세상에 사는 아이들

둘째 놈이 중학교 때 수학여행을 다녀왔다. 나는 이름 갖고는 우리 때 수학여행과 별반 차이를 못 느끼겠지만 하여튼 수련회란 명목으로 떠나 하룻밤 자고 왔다. 돌아온 다음 날 아침을 먹으며 아들애가 "아빠, 이번에 큰일 날 뻔했어요" 한다. 나는 교통사고라도 나려 했나 해서 놀란 눈을 하고 연유를 물었다.

아들 놈 얘기 내용은 이렇다. 수련회 간 곳 주변에 딸기밭이 있어 반 애들 몇이서 서리에 나섰단다. 요즘 애들이 서리라는 것을 알 리 없고, 아마 텔레비전에서 본 옛날 얘기에서 아이디어를 얻었든지 아니면 장난기가 발동했었나보다. 그런데 그 애들이 주인에게 들켰고 주인은 경찰에 신고를 했다는 것이다. 선생님들이 경찰서에 갔으나 합의가 되지 않아 결국 아이들 부모님이 와서 많은 돈을 주고서야 합의가 되어 다시 수련회에 합류할 수 있었단다. 그 이후야 예나 지금이나 단체 기합으로 이어진 것은 뻔해 보이는 일인지라 물어보지 않았다.

"그래, 그 부모들이 얼마나 물어주었다고 하든?" 내가 이렇게 물어본 것은 그 주인이 참 야속하다는 생각이 들어서였다. 심정이야 이해가 가기도 하지만, 아이들 다섯 명 정도가 훔쳐봤자 얼마나 훔쳤겠는가 하는 생각과 선생님이 가서 사과하고 배상하겠다는데 부모들이 그 밤중에 거기까지 갈 정도면 작심하고 돈을 벌겠다는 심산이 작용했으리라는 추측 때문이었다. 아들애가 액수는 모르겠는데 밭 망친 값으로 밭에 있던 딸기 값을 다 물어주었다고 했다. 물론 시세를 모르는 아들의 과장이 많이 섞여 있겠지만 요즘 세태를 보면 그 액수가 상당했으리라고 충분히 짐작이 갔다.

우리가 어린 시절 장난삼아 서리했던 것과는 차이가 있으리라는 생각도 했다. 남의 밭 망칠까봐 어두운 밤에도 조심조심했던 우리와는 달랐을 것이다. 무차별로 밟고 다녀 밭을 엉망으로 만들어버린 것도 주인의 화를 돋우었을지도 모른다. 그래도 아이들 짓이라는 생각에 그 주인의 소행이 괘씸해지기만 했다.

그러다가 나는 애들 일은 금세 잊어버린 채 서리에 대한 추억에 빠졌다. 방학이면 정기 행사처럼 거사에 늘 동참했던 친구들이 생각났다. '그래, 다음 주에는 그 녀석들 만나 소주나 한잔 해야지' 하는 강한 충동과 함께 말이다. 그러고는 늘 그렇듯이 서리하다가 들켜서 혼났던 우리만의 얘기를 한바탕 떠들어댈 장면을 떠올리며 기분 좋은 미소가 얼굴에 머금어졌다. 그때 저 혼자 살겠다고 도망쳤던 친구 하나를 또다시 단죄하는 일도 빼먹지 않을 것이다.

추억은 그런 것이다. 단순한 기억과는 사뭇 다르다. 부모님, 가족, 친구 같은 사람들, 딱지나 구슬처럼 애지중지하던 물건들, 학교나 거리 같은 장소 등과 나의 관계에 관한 것이다. 그러하기에 당연히 추억에는 사랑이 배어 있다. 사람에 대한 것이든, 물건에 대한 것이든, 장소에 대한 것이든 사랑이 담겨 있는 기억이 추억이다.

다들 어려웠던 시절, 운동회가 있는 날이나 생일 정도나 되어야 중국집에서 먹어볼 수 있던 자장면의 맛, 팔랑개비가 들어 있는 나만의 보물 구슬들, 동네를 휩쓸 수 있었던 배꼽딱지 만드는 비법을 전수해준 동네 형, 이 모든 추억에는 애정이 따른다. 사람에 대한 사랑이 담겨 있다.

아버지는 평생 동안 나에게 특별한 존재였다. 아버지에 대한 가장 오래된 추억이 하나 있다. 지금 와 생각하면 이 추억이 아버지에 대한 생각의 뿌리가 되어 있지 않나 싶다. 대부분 기억들은 그래도 뭐가 뭔지는 알 나이가 된 후의 일들이지만, 아버지에 관한 이 추억 하나는 지금도 이상하리만치 생생하다.

네댓 살 때의 일로 기억된다. 지금이야 동네마다 수영장이 있었지만 당시에는 물놀이를 하려면 우리 동네 같은 경우에는 바다로, 바다가 없는 데에서는 강을 찾아가야 했다. 어느 여름날 온 가족이 아침부터 부산하게 움직여 다들 들뜬 마음으로 해변으로 향했다. 아버지는 자동차 타이어도 준비해놓으셨다. 내 어릴 적 바다는 주변에 늘, 그것도 엄

윈도우 57로 세상 보기

청나게 많이 있었지만 이런 날은 특별했다. 어머니는 물론 얼굴을 보기 힘든 아버지와도 하루 종일 같이 있을 수 있었기 때문이다.

해수욕장은 인산인해를 이루고 있었다. 가족들이 공을 갖고 물놀이를 하는 동안 나는 워낙 어린 나이였기 때문에 아버지가 준비한 타이어에 의지해 지켜보는 데 만족해야 했다. 그런데 그 나이 몸에 타이어 구멍이 맞을 리가 없었다. 그래서 자칫하면 물속으로 빠지기 일쑤였다. 그러면 언제 나타나셨는지 아버지가 나를 건져서 타이어에 다시 올려놓곤 하셨다. 어린 나에게 퍼런 물속으로 빨려가 생사의 갈림길에 선 듯한 공포의 순간에 나타나는 아버지의 큼직한 팔은 그야말로 구세주의 팔, 그것이었다. 분명 아버지는 가족들과 물놀이를 하느라 보지 못하셨을 텐데 항상 어김없이 나타나셨다. 나중에는 아예 아버지 계신 곳 찾는 데에만 몰두했던 하루였다.

그러한 추억이 아버지에 대한 내 생각의 뿌리가 되었다고 생각한다. 늘 바깥일로 바쁘셔서 자주는 못 뵈어도, 또 여러 가지 생각이 많아 우리와 많은 대화를 하지 못하셔도 늘 그 자리에 계셨다. 내가 정말 필요로 하는 곳, 내가 간절히 원하던 때 항상 아버지가 계시리라 믿었고 실제로 그랬다.

내 아이들이 나에 대해서 그런 추억과 믿음과 사랑과 존경이 있으리라고 기대하지 못한다. 자식들 다음 세대는 더 그럴지도 모른다는 두려움이 생긴다. 요즈음 아이들에게 그런 추억이 있을 리 만무하다고 보기

이야기 하나. 아이를 기르며 내 아이 적을 떠올리다

때문이다. 지금 아이들에게 자장면의 의미는 음식 중에 좀 특별하고 맛있는 것 정도이다. 심지어 불량식품의 이미지를 갖고 있는 아이들도 있으리라고 본다. 물론 요즘 아이들에게는 자장면 대신 햄버거가 있고 피자가 있다. 그러나 그런 것들에서 추억을 찾을 수 있다고는 여겨지지 않는다.

궁핍하고 어려웠을 때의 삶만이 추억이라는 얘기는 아니다. 요즈음 아이들에게 추억을 가질 정신적 여유나 물질적 시간이 없는 데 대한 안타까움이다. 식사가 나올 때까지 운동장에서 달리기를 하다가 넘어진 나를 놀리던 가족들과 투정하고 웃던 그 자리에 나온 자장면을 지금도 먹고 싶도록 만드는 것이 바로 추억이다.

우리가 자식을 기르던 때부터 발생한 기이한 현상들이 점점 더 도를 더해가고 있다. 우리 때는 좋은 유치원에 보내겠다고 아우성치는 엄마들이 혀를 차게 만들었다. 그러나 이제는 유치원 정도가 아니다. 아직 학교도 안 다니는 어린 나이에 학원 몇 군데는 기본이다. 그러다가 초등학교에 들어가면 사업하는 나보다 더 바빠 보인다. 방학이라고 아이들을 가만두지는 않는다. 해외 연수까지 보내는 극성들을 부리고 있다.

취미에도 맞지 않는 피아노를 가르치겠다고 강제로 학원에 보낸다. 그러지 않아도 말썽 많은 아이를 태권도 학원에도 보내야 한다. 옆집 아이가 검은 띠 딴 것을 보니 내 아이만 왠지 약해빠져 보이기 때문이다. 그러면서 아이들은 멍들 대로 멍들어버린다. 살아가면서 그들에게

피아노보다, 태권도보다 훨씬 많은 것을 가져다줄 추억과 사람과 꿈과 사랑이 빠져버리고 있기 때문이다.

나에게는 서리하던 추억이 있다. 물에 빠진 나를 건져주던 큼직한 아버지의 팔에 대한 추억도 있다. 자장면에도, 지금 시세로 100원도 되지 않은 작은 구슬 하나에도, 흔하디흔한 종이딱지에도 하룻밤 거뜬히 지새며 애기할 추억들이 있다. 그 추억들을 만들어준 사람들이 지금껏 내 가슴에 남아 있어 행복하다.

사람 내 나는 추억을 만들어주는 것이 아이들을 행복하게 해주는 힘임을 부모들이 꼭 알았으면 한다. 나도 이제는 훌쩍 커버린 아이들과 함께 이번 주말에는 가까운 산에라도 같이 올라 막걸리 한 잔 사주며 추억 하나 만들어주어야겠다.

나는 만화, 아이들은 인터넷

어렸을 적 나는 만화를 무척 좋아했다. 실제로 이뤄질 수 없는 일들이 만화 속에서는 가능하고 자신이 할 수 없는 일들도 만화 속 주인공을 통해 할 수 있다는 대리만족이 만화를 그토록 찾은 이유인 듯하다. 거기에 부모님이나 선생님의 눈을 속이면서 훔쳐보는 만화야말로 만화의 진국이었다. 길창덕 씨의 '꺼벙이', 내 막내 동생 또래들이 즐겨 봤던 이원복 선배(필자의 경기고등학교 선배)의 '시관이와 병호'는 지금도 반가운 만화 속 주인공들이다.

이제는 만화에 대한 인식이 많이 달라졌다. 내가 성인이 다 되어 만화를 보기에 좀 쑥스러운 나이가 되었을 때부터 만화의 양상이 큰 변화를 보이기 시작했다. 대형 작가들이 장편소설 같은 만화들을 시리즈로 쏟아내면서 마니아층까지 만들어졌다. 이미 사회생활을 하던 나는 주말이면 가끔 만화방에 들려 세트로 남의 눈치 안 보고도 빌릴 수 있었다. 우리 또래 직장인이 경쟁적으로 만화를 빌리던 때였기 때문이다. 순정

만화 대신 TV 드라마 같은 애정만화, 모험만화 대신 기업만화같이 장르가 업그레이드되었다. 이현세 씨나 박봉성 씨, 그리고 요즈음 영화와 드라마의 원작자로 많이 알려진 허영만 씨 등이 그 당시의 유명한 작가들이다.

최근 들어서도 만화는 나에게 신선한 활력을 주곤 한다. 특히 강주배 씨의 『무대리, 용하다 용해』를 보며 나는 무릎을 쳐가며 웃을 수밖에 없다. 주변에 흔히 있을 법한 인물과 소재로 나를 열광케 하기 때문이다. 어쩌면 회사생활을 하는 사람들이라면 무대리가 지금이든 과거이든 자기 자신일 수 있고 마순신 부장이 직장 상사일 수 있다. 신문을 놓치면 인터넷을 통해서라도 찾아볼 정도이다.

내가 깜짝 놀랐던 것은 그런 사람이 나뿐이 아니라는 사실이다. 친구들과 혹은 회사 직원들과 맥주 한잔 하면서 슬쩍 무대리 얘기를 꺼내면 모르는 사람이 없다. 물론 얘기를 꺼낼 땐 "이런 게 있다고 누가 그러기에 한번 봤더니……"라며 남의 핑계를 댄다. 그런데 젊은 직원들은 내가 남의 핑계를 댄 것이 쑥스러울 정도로 자신이 마니아임을 전혀 숨기지 않고 내용까지 줄줄 왼다. 그리고 자기들끼리 무대리 얘기 한마당을 정말 길게도 펼친다.

일본은 자타가 공인하는 만화 왕국이다. 출장에 가서 지하철을 타보면 많은 직장인들이 손에 문고판 크기의 책들을 들고 있다. 소설이나 교양서적, 경영 관련 서적을 읽는 이들도 있지만 만화를 보는 이들도 많다. 양복을 쫙 빼 입은 남자가 지하철에서 만화를? 우리나라 같으면 거의 불가능한 일이라고 본다.

일본 만화를 소재로 애니메이션이 아닌 영화로 만들어진 것도 상당수이다. 우리나라에서도 만화를 드라마나 영화로 만드는 것이 하나의 추세로 굳어지고 있는 듯하다. 일본의 영향이 많았을 테고, 그만큼 만화의 내용과 질이 높아진 때문이라고 본다.

우리 세대가 만화였다면 요즘 세대는 인터넷이다. 물론 많은 사람들이 인터넷으로 정보와 지식을 얻고 있지만, 많은 이들에게는 오락의 수단이기도 하다. 아이들이 학교에 다닐 때 "인터넷 너무 많이 하지 마라"고 주의를 주면 어김없이 "이거 공부하는 건데요"라는 대답이 돌아오곤 했다. 우리의 부모 세대가 만화는 무조건 오락이라고 생각했듯이, 나는 모니터를 매개로 하는 매체는 오락으로 간주하는 시각을 갖고 있는 것이다. 거꾸로 아이들은 만화든 소설이든 인쇄된 매체는 무조건 공부라고 생각하는 경향이 있다.

우리가 어릴 적에도 인식의 차이로 갈등을 자주 겪었다. 만화를 보면 부모님의 주의가 따랐고 학습만화라고 해도 꾸중이 뒤따랐다. 물론 재미로 보는 만화보다 학습만화를 보는 빈도는 훨씬 낮았지만 말이다. 해외 출장을 꽤나 많이 다녀본 몇몇 후배들은 『시관이와 병호의 모험』을 보면서 알게 된 세계 각국의 역사와 문화에 대한 상식은 지금도 유효한 것들이라고 얘기한다. 내용상 유익한 만화도 많았다. 그런데 그건

내 생각이고, "한번 보세요. 이건 공부라니까요"라고 말해도 부모님에게 만화는 만화일 뿐이었다. 그럴 때면 부모님이 원망스러웠다. 만화책을 책상 밑으로 구겨 넣을 수밖에 없었다.

인터넷이 세상을 온통 바꿔버린 지 10년이 훨씬 지났다. 지금도 인터넷의 영향에 대한 찬반 논란이 끊임없이 계속되고 있다. 특히 아이들에 대한 유해성에 대해 그렇다. 인터넷 중독부터 내용의 적합성까지 그 논란의 대상은 다양하다. 나도 이 문제에 대해 관심이 많았다. 나는 아이들의 컴퓨터 사용시간을 통제해보기도 하고 간혹 인터넷으로 뭘 하나 하고 슬쩍 아이들 방을 염탐하기도 했다. 그러다가 어느 순간 내 생각을 180도 바꿨다. 두 가지 방향이었다.

하나는 인터넷에 대한 무조건적인 나의 반감을 없애는 것이었다. 내가 인쇄매체를 통해 지식과 정보를 얻고 만화를 통해 오락을 즐겼다면, 인터넷은 아이들에게 그 두 가지 모두를 충족시켜주는 훌륭한 수단임을 내 스스로 인정하는 것이었다. 그들이 인터넷을 그러한 수단으로 활용하기를 기대하고 흔쾌히 그들의 자유를 허용하는 것이었다. 나는 그렇게 즐겨 보던 만화 때문에 비뚤게 성장하지는 않았다. 또한 만화에 빠져 내 할 일을 못한 것도 아니지 않는가?

다른 하나는 내가 내용의 통제를 하지 말자는 것이었다. 아이들 스스로 수용해야 할 정보, 접근해야 할 사이트를 취사선택하게 하자는 것이었다. 효율 측면에서도 이 방법이 더 현실적이라고 판단했다. 소위 '야

동' 같은 불건전한 사이트를 내가 막는다고 얼마나 막을 수 있고 언제까지 그렇게 할 수 있겠는가? 그들이 성인이 되어 나의 구속으로부터 해방되었을 나이에도 내가 그렇게 할 수 있겠는가? 그때 과연 그들은 어떤 기준으로 인터넷을 사용할 수 있겠는가? 또 요즘처럼 어디에서든 마음만 먹으면 인터넷 접속을 쉽게 할 수 있는 환경에서 무슨 수로 그들을 24시간 감시할 수 있겠는가?

하나하나 짚어보니 내가 할 수 있는 것이라곤 잔소리밖에 없었다. 실질적으로 아이들을 제어할 방법은 나에게 아무것도 없었다. 그저 혼자 속 끓이고 효과도 없이 애들한테 감점만 당하고 있는 셈이었다.

생각이 여기에 이르니 내 말을 진심으로 받아들여야 소정의 효과를 얻을 수 있다는 결론에 도달했다. 말 그대로 설득의 커뮤니케이션이 필요한 분야였던 것이다. 그래서 아이들에게 내 나름대로의 가이드라인을 제시했다. 그 과정에서도 아이들이 수용하지 못하는 부분이 일부 있었다. 내 인터넷 지식수준이 뻔하기 때문에 그들 나름대로의 필요성을 얘기하면 후퇴할 수밖에 없었지만, 그런 토론 비슷한 과정을 거쳐 가이드라인이 짜졌다. 지금이야 훌쩍 커버린 나이들이기에 이 문제에서 자유롭지만, 하여튼 그들은 내 기대를 저버리지 않았을 것이라 믿고 있다.

사실 만화나 인터넷을 통제하지 않아야 한다는 믿음은 그 이후에 생겼다고 해야 옳을 것이다. 이제 내 자식은 다 컸으니 하는 이기적인 발상이 아니고 인터넷을 조금은 이해할 수준에 달했기에 가능했던 것이다. 만화와 인터넷이 가져다주는 순기능적 측면을 결코 간과할 수가 없다. 아이들에게 무한한 창의력을 제공하는 장이 되기도 한다. 만화나 인터넷 공간들이 모두 그렇다.

우리나라에서도 크게 히트한 영화 <트랜스포머> 시리즈가 바로 만화에서 출발한 것은 익히 알고 있는 사실이다. 그 영화에 성인 아이 할 것 없이 매료될 수밖에 없다. 컴퓨터그래픽이라는 것을 알면서도 스케일과 현란한 액션에 관객은 압도당하고 만다. 일본도 원조 만화 왕국답게 애니메이션에 강하다. 블록버스터가 아닌 잔잔한 내용으로 어린이와 청소년을 사로잡는다.

한때 우리나라의 방송 애니메이션은 일본이 장악하고 있었다고 해도 과언이 아닐 정도였다. 우리 세대에서 <황금박쥐>나 <아톰>이 인기 몰이를 했던 것은 우리나라 애니메이션의 기술력 부족이었다 치더라도 최근까지 <포켓몬스터>, <슬램덩크>가 동심을 붙들더니 교육상 문제가 다분한 <짱구>도 그 대열에 들어섰다. 아이들을 그토록 울렸던 <캔디>, <알프스 소녀 하이디> 모두 마찬가지이다. 이런 부류는 우리의 기술력만 탓할 것들이 아닐 것이다.

물론 최근 들어 우리나라의 애니메이션과 컴퓨터그래픽 기술이 여러 분야에서 두각을 나타내고 있다. 그래도 내 기억에는 <아기공룡 둘리>가 유일한 수출 상품이 아니었나 싶다. 미국 애니메이션계에서

<심슨 가족>과 <핑크 팬더> 등으로 명성을 날린 넬슨 신(한국명 신능균)도 있다.

　현재 우리나라도 애니메이션을 제작할 정도의 실력은 충분히 갖추고 있다고 알고 있다. 손 기술과 컴퓨터 기술이 세계에서 손가락 안에 꼽힌다고 한다. 그럼에도 불구하고 선진국을 뛰어넘지 못하는 벽이 바로 기획 분야이다. 기획력의 핵심은 바로 창의력이다. 창의력을 기르는 데 가장 필요한 것이 바로 생각의 자유이다.

　그동안 우리는 많은 제약으로 생각의 자유가 가로막히는 경우가 빈번했다. 헌법으로 보장된 생각의 자유가 초헌법적으로 때로는 반헌법적으로 제한받기 일쑤였다. 당시 그러한 자유의 제한은 "잘 살아 보세"라는 구호에 밀려 일정 부분 국민적 동의를 얻으며 시행되었다. 그렇게 경제발전을 위해 억압받던 소중한 가치가 거꾸로 경제에 걸림돌이 되는 아이러니가 되어버린 것이다.

　이제부터라도 우리는 생각의 자유에 대해 의식을 전환해야 한다. 거창하게 개인의 발전이 나라의 발전이라는 국민교육헌장적 지표나 국가 경제발전에까지 확대하고 싶지는 않다. 아이들이 좁은 사고의 틀에 갇히지 않도록 스스로의 생각을 가꾸고 관리하는 능력을 길러주자고 얘기하는 것이다. 그렇게 해야 그들이 사상의 자유와 양심의 자유를 만끽할 수 있을 나이가 되었을 때 자기 자신의 삶에 유용하게 그것들을 가꾸고 관리할 수 있으리라 생각할 뿐이다.

나는 혼·분식 세대, 토요일엔 국수 생각

지금은 주 5일 근무가 보편화되어 그럴 일이 별로 없지만, 이전에 나는 토요일만 되면 직원들에게 "어이, 자장면이나 한 그릇 하러 가지" 하고 으레 분식을 즐기곤 했다. 그러던 어느 날 여직원이 "사장님은 왜 토요일엔 꼭 면을 드세요?" 하고 물었다. 그때까지는 내가 무의식적으로 행한 일이었기에 "응, 그랬었나?" 하고 말꼬리를 흐리면서 이유를 꼭 집어 설명해낼 수 없었다. "토요일은 그러는 것 아니야?" 군색하기만 한 나의 답이었다.

곰곰이 생각해보니 나는 혼·분식 세대의 전형이었나 보다. 딱히 이유가 없었는데도 습관적으로 토요일에는 면 위주로 식사를 했다. 그리고 그런 나의 식습관을 주변에 강요한 흔적도 보인다. 주 5일 근무를 하게 된 이후에도 나는 가족과 혹은 가끔 토요일 점심을 끼고 오랜만에 만나는 친구들과 자장면이나 짬뽕, 칼국수, 잔치국수 같은 면 종류를 즐긴다.

지금이야 자장면 하면 가장 서민적인 음식이지만, 우리 때에는 운동

이야기 하나. 아이를 기르며 내 아이 적을 떠올리다

회 날이나 생일 등 특별한 날에만 맛볼 수 있는 별미 중의 별미였다. 지금도 아이들에게 자장면은 선망의 음식이다. 그런데 그 이유가 다르다. 우리 때에는 귀하고 상대적으로 값이 꽤 비싼 편이어서 선망의 대상이었다면, 지금은 몸에 해로울 수 있다는 부모의 지극한 자식 사랑으로 자장면 먹는 것을 막기 때문에 그 반작용으로 선망의 대상이 되었다고나 할까.

우리가 학교 다닐 때에는 그랬다. 반드시 의무적으로 도시락에 보리밥을 넣어야 했고 아니면 콩 같은 잡곡이라도 쌀 이외의 것을 30% 이상 섞어야 했다. 점심시간이면 선생님들은 예외 없이 분필과 정신봉을 들고 나타났다. 도시락 뚜껑을 열어 선생님에게 검사받은 후 무사히 통과해야만 점심을 먹을 수 있었다. 혼식 30% 이상이 되지 않은 아이들은 엄하디 엄한 훈계와 함께 치욕적인 징계를 당해야 했다. 간혹 정신봉으로 머리를 맞기도 했다. 도시락 뚜껑에는 분필로 큼지막하게 "혼식 준수"라는 낙인 아닌 낙인이 찍혔다. 도시락을 싸주신 어머니와 내가 단체기합을 받는 꼴이었다.

지독한 선생들은 밥 위로 칠판지우개를 엎기도 했다. '국가에 대한 충성도 좋지만 앞뒤 생각 좀 하셨어야지' 하는 생각이 지금도 든다. 거기에 섞여 있는 쌀은 어쩌라고? 선생님들도 정말 짜증나는 일이었기에 그런 신경질적인 반응을 보였을 수도 있겠다는 생각도 든다. 아이들을 가르치는 사람들에게 밥 검사를 하라니 오죽했겠는가 하는 마음이다.

그렇게 백보 양보해도 애꿎게 밥을 굶어야 하는 아이의 입장을 생각하면 심한 처사들이었다.

그 당시에는 어처구니없는 일들이 한두 가지 벌어진 게 아니었지만, 혼·분식을 강요했던 행태들은 동서고금을 막론하고 그 예를 찾아보기 힘들 것이다. 북한은 예외로 하자. 지금도 식사의 내용물을 검열하는 것이 가능했던 사회구조나 분위기가 불가사의하다. 사회 변화에 따라 인권 최우선주의의 사고가 내 몸에 밴 때문만은 아닐 것이다. 더욱이 교직자가 국가로부터 무언(無言)의 권한을 위임받아 행하는 꼴이 되었는데, 어떤 근거나 사회적 합의가 있었는지는 잘 모르겠다.

요즘 시각으로 돌아보면 위법과 위헌의 소지마저 다분했다. 심각한 교권 침해와 학생의 인권 침해를 문제 삼기에 충분하며, 행복 추구의 권리를 심각하게 훼손하는 위헌적 요소가 다분한 행위로 볼 수 있다. 그때에는 이와 같은 초국가적 단체 행위에 대해 누구 하나 반기를 들 수가 없었다.

잘 먹고 잘 사는 세상을 만들자는 데 묵언의 사회적 합의가, 그것도 관민 혼연일체로 이루어져 다른 소중한 가치를 짓밟는 해괴한 현상이 지배하고 있었다. 이에 토를 단다는 것 자체가 국가에 대한 반역 행위였다. 당시 반론을 제기하는 사람은 하나도 없었다. 그것이 우스꽝스러운 행위였고 위헌이었고 하는 따위의 말들은 이후의 평가 중 일부일 뿐이다. 실제 그런 일이 있었다는 말을 들을 적은 없지만 만일 그러한 행태를 비판하는 사람이 있었다고 하더라도 그를 무시무시한 반공법 위반으로 처벌할 수도 있던 것이 당시 정권의 태도였고 사회적 분위기였다.

현재 우리나라는 주식인 쌀이 남아도는 나라가 되었다. 그래도 쌀을 갖고 말들이 많다. 쌀을 많이 먹는 식습관을 지키는 것이 건강의 지름길이라는 주장과 쌀이나 김치를 많이 먹는 문화를 고쳐야 한다는 주장이 팽팽하다. 한때 이상구 박사라는 분이 야채를 많이 먹어야 한다며 고기를 배척하는 문화를 널리 퍼뜨린 적이 있었다. 우리 자랄 때에는 고기를 많이 먹지 말라고 얘기하지 않아도 먹을 수가 없었다. 그런데 이제 고기를 먹지 말고 쌀 좀 많이 먹으라는 분위기를 은근히 만들고 있다.

우리나라에서는 한때 쌀 막걸리를 만들지 못하게 했다. 박정희 전 대통령이 식량의 자급자족을 달성하기 위해 쌀로 술 빚는 것을 금했기 때문이다. 얼마 전 술자리에서 막걸리를 마시며 '우리나라가 언제부터 쌀 막걸리를 다시 먹게 되었는가' 하는 것이 화제에 올랐다. 모두들 5공 시절로 생각하고 있었다. 나 역시 그랬다. 왜냐하면 박정희 대통령 하면 혼식이라는 기억이 워낙 뇌리에 깊이 남아 있는지라 그때 그런 조치가 내려졌을 리가 없다는 예단 때문이었다. 결국 한국 남자들 좋아하는 내기까지 이어졌다. 1977년 모 대기업 신입사원이 발령을 받는 자리에서 쌀 막걸리 시판 재개 기념으로 막걸리 회식을 했다는 회사 임원 한 사람이 정말 자신 있게 나왔다.

요즈음이 어떤 세상인가. 젊은 직원 하나가 주변에 있는 PC방에 재빨

윈도우 57로 세상 보기

리 다녀왔다. 1977년 12월 7일자 신문에 "쌀 막걸리 시판에 따라 부정 주류가 나돌 것을 막기 위해 정부가 주질 향상 대책을 발표했다"는 내용의 기사가 실려 있었다. 그해 12월 8일부터 쌀 막걸리가 다시 시판되었다고 한다. 통일벼가 일궈낸 개가였다.

쌀 증산에 총력을 기울이던 정부가 생산량을 획기적으로 개선한 통일벼를 전국적으로 공급하면서 우리나라 쌀 생산량이 대폭 증가했다. 1971년 통일벼를 보급한 이후 1974년부터 연속 대풍이 들어 쌀이 남아돌기 시작한 것이다. 긴급조치 1호에까지 포함되어 있던 살벌한 혼·분식 장려운동도 그해가 마지막이었다. 나야 이미 대학에 들어가 도시락 걱정을 벗어던졌지만 어린 학생들의 고통 아닌 고통도 그때 사라졌을 것이다.

얘기가 조금 빗나가는 것 같지만, 우리나라 사람들이 먹는 고기의 양은 그다지 문제가 되지는 않는 수준이라고 한다. 1년 평균 1인당 고기 소비량을 보면, 미국인은 120kg 정도이고 우리나라 사람은 약 30kg이라고 한다. 미국인이 먹는 정도의 양이면 하루 평균 반근의 고기, 그것도 주로 소고기를 먹으니 트랜스지방이나 포화지방산 같은 문제를 야기할 수 있다. 그런데 우리나라 사람이 먹는 정도의 고기 양으로는 아무 문제가 되지 않는다는 것이다.

더욱이 일본이 고기 소비량의 증가와 더불어 수명이 길어졌다는 통계학적 근거로 볼 때 고기를 많이 먹어야 건강하다는 역의 논리가 성립

할 수 있다는 주장도 있다. 그런 주장에 대해 개인적으로는 고기 소비량이 증가한 것은 소득의 증가와 비례한 것이고 소득의 증가는 여가생활과 건강에 대한 관심의 제고, 의약의 발달을 수반할 것이기 때문에 고기 소비량과 수명을 단일 상관관계로 분석하기 어렵다고 생각한다.

쌀이 남아돈다는 말은 단적으로 이제 먹고사는 데는 지장이 없는 나라가 되었다는 말이다. 그런데도 우리 주변에는 결식아동이 분명 있다. 둘째 애가 중학교 다닐 때 결식아동 문제를 신문에서 보고 "너희 반에는 도시락 못 싸 오는 애가 몇 명이나 되니?" 하고 묻자, 당사자들이 말은 안 하지만 점심시간에 그냥 자리 비우는 아이들까지 포함하면 반 아이 스물다섯 명 중 다섯 명쯤이라고 대답했다. 좀 막막한 기분이 들었다.

어느 때부터인가 아이들이 도시락을 가져가지 않아도 된다 하기에 정말 잘 사는 나라인가 싶었다. 하지만 지금 이 순간에도 방학이 다가오면 마음껏 놀 생각에 기뻐하는 아이들 뒤꼍에는 주린 배를 먼저 걱정해야 하는 아이들도 있다. '뒤꼍'이라는 말 자체가 그들에게 정말 실례되는 줄 알지만 우리 사회에서 그들이 처한 상황이 너무도 안타깝기에 이런 표현을 썼다.

내 옆에 이런 아이들이 있는데도 쌀을 북한으로 보낸다. '안보 담보'라는 데 국민적 합의가 있었음은 인정한다. 또한 북측의 사전약속 이행이 우선되어야 한다는 둥 말들은 많지만, 쌀을 보내야만 하는 저간의 사정을 이해 못 할 바도 아니다. 그리고 아프리카나 후진국의 기아를

돕겠다고 발 벗고 나선 이들도 많다. 선진국이 된 나라로서 당연히 수행해야 할 책무이고 선진국 국민이라면 그 정도는 해야 함도 알고 있다.

안보 담보물이 되었든 선진국으로서 의무 이행이 되었든 그 부담이 과연 감당할 만한 수준이냐에 대해서는 의문이 따른다. 절대 액수를 따지자는 얘기가 아니다. 이 땅에 살고 있는 어린아이들이 굶고 있으며 방학을 두려워하는 아이들이 있는데, 이 아이들 걱정은 접어두고 그 일들에 그렇게 열을 올리는 데 문제가 있다는 것이다. 마치 생색내는 일에만 공들인다고 오해 아닌 오해도 해보게 된다.

주변에 혹여 끼니를 거르는 아이는 없는지, 배곯느라 또래와 어울려 노는 게 벅찬 아이는 없는지 한 번씩만이라도 주의를 기울여나갔으면 하는 바람이다. 나부터도 그리 쉬운 일은 아니다. 제 앞길 헤쳐 나가기도 고단하기만 한 현대 사회에서 일부러 그런 아이들 찾아 나서기가 쉽지는 않은 일이다. 그래서 주변부터 챙기는 마음가짐과 자세가 더 절실하다. 그조차 소홀히 하는 우리가 감히 먼 나라 이야기까지 들먹이는 것은 위선이고 죄악은 아닌지 자기 양심을 돌아봤으면 한다.

세발자전거는 지금도 있다

어느 신문 기사에서 요즈음 지능의 발달 탓인지 생활양식의 변화 탓인지 아기들의 기는 시간이 짧아졌다는 연구 결과를 본 적이 있다. 아기들의 성장과정을 보면 누워 있다가 뒤집기를 해 엎드리게 되고 그러다가 한참 동안을 긴다. 그리고 앉아 있는 시간이 이어진 후 여러 시행착오를 거쳐 서는 것에 성공하면 서려는 횟수가 늘고 그런 다음 걷는 과정을 거친다. 그런데 요즈음 아이들은 기는 기간이 굉장히 짧고 바로 서면서 무언가를 잡고 걷다가 바로 걷게 된다는 것이다. 직립 보행을 위한 준비기간이 그만큼 짧아졌다는 얘기이다.

그 연구자는 TV의 발달을 원인으로 꼽았다. TV 문화가 발달하면서 기기 시작할 나이에 아기의 가장 큰 호기심은 TV로 쏠리게 되고 자연스럽게 TV에 매달리는 시간이 많아진다는 것이다. 그렇게 하다보면 좀 더 가까이 가기 위해 TV를 잡게 되고 그런 후에 바로 일어나니 기어볼 새가 없다는 논리인데 꽤 공감이 가는 기사였다.

이 글을 읽고 나서 무심히 지나쳤던 우리 아이들의 어릴 적을 생각하니 분명 예전의 아기들보다 기는 시간이 훨씬 짧았다는 생각이 든다. 채 한 달도 안 된 것으로 기억된다. 이렇게 보면 신체가 지속적으로 진화되는 것을 알 수 있다.

요즈음 신체의 외형도 많이 변화했다고 한다. 신한국형 체형은 일단 발이 큰 것이 특징이다. 키가 커진 것은 당연하고 어깨가 좁고 엉덩이가 작고 얼굴도 평균적으로 작다고 한다. 내 발도 우리 세대로 봐서는 그리 작은 편은 아닌 265mm이다. 그런데 요즘 아이들은 일단 고등학교에 들어가면 270mm가 기본이다. 그리고 몸 자체가 길어 보인다. 아니 길어 보이는 정도가 아니고 몸집이 없이 길기만 하다. 전체적으로 뭔가 불균형하게 보이기까지 한다. 특별히 운동을 하지 않는 한 상체가 너무 가냘프게 보인다.

이처럼 행동발달 상태나 신체구조가 많은 변화를 보이고 있다. 그럼에도 신기한 것은 아직도 아이들이 걷는 데 자신이 생긴 후에는 남자아이와 여자아이를 불문하고 세발자전거에 지대한 관심을 보인다는 점이다. 이유는 내가 아동에 관한 전문가가 아니어서 잘 모르겠다.

세발자전거는 걸음마를 떼고 달음박질 정도 할 수 있는 나이가 되어야 타기 시작한다. 나에게는 세발자전거에 관한 아련한 기억이 있다. 그토록 어머니를 졸라 사게 된 세발자전거, 어머니도 기분이 흡족했던지 세발자전거를 산 날 사진사를 불러 동네 어귀 큰 나무 밑에서 사진을 찍어줬다. 새로 산 세발자전거 위에 내가 제법 의젓하게 앉아 있었다.

그렇게 좋아했던 세발자전거를 산 지 한 보름여 되던 날, 집안이 발칵 뒤집혔다. 해가 뜨자마자 자전거를 타겠다는 들뜬 마음에 마당에 나왔는데 내 애마가 없어졌다. 나의 큰 소리에 어머니가 나서서 찾아봤으나 행방이 묘연했다. 머리가 하얘지는 느낌을 그때 처음 알게 되었다. 어머니의 손을 잡고 동네를 몇 번이고 돌아보았지만 세발자전거는 온 데 간 데 없었다.

망연한 마음에 집으로 돌아오다가 내 눈이 왕방울만해지고 어머니를 잡고 있던 손에 힘이 들어갔다. 저 멀리 동네 어귀 공터에서 비슷한 또래 여자애가 타고 노는 자전거가 바로 그토록 애타게 찾던 내 자전거가 아닌가. 어머니가 말릴 틈도 없이 나는 그 아이에게 달려가 그를 밀쳐버렸다. 그리고 옥신각신하며 소유권 다툼을 벌였다. 그 아이는 뻔뻔하게도 "이 자전거, 우리 오빠가 어저께 사다준 거야"라고 대들었다. "너희 집이 무슨 돈이 있다고. 거짓말하지 마"라고 말하면서 나는 그 애 눈에서 눈물이 날 때까지 몰아붙였다. 나도 따라 울면서.

그런데 이상하게도 어머니는 심각한 표정으로 지켜보기만 했다. 분명 내 자전거가 맞는데도 내 편을 들어줄 생각이 없는 것처럼 보였다. 그러더니 "창렬아, 이 자전거는 저 애 것이 맞는 것 같다. 아버지한테 다른 자전거 사주시라고 할 테니, 가자" 하면서 나의 판정패를 선언했다. 떼를 써도 소용없을 것을 알면서도 한참을 실랑이하다가 어머니의 성품을 익히 알고 있던 나는 제풀에 지쳐 집으로 돌아와야만 했다. 저녁 늦게 귀가한 아버지는 어머니와 한참 얘기를 나누다가 내가 잠자리에 들기 직전에 새 자전거를 사주겠다고 약속을 해줬다. 그제야 내 분이 겨우 삭혀졌다.

그날 어머니의 행동은 한동안 나에게 숙제였다. 그 어려운 수수께끼는 내가 철들고 나서야 풀렸다. 내 자전거를 타고 있었던 그 아이는 부모가 어찌 되었는지 잘 모르지만 할머니, 오빠 이렇게 셋이서 어렵게 살고 있었다. 어머니는 그 집 사정을 잘 알았기에 오죽했으면 하는 마음과 어린 것에 대한 안쓰러운 마음에 나 몰래 배려해준 것이었다. 우리 집도 결코 넉넉한 편은 아니었지만 그들 사정보다는 훨씬 나았기 때문이다.

아장아장 걷기 시작할 무렵부터 아기는 누구나 세발자전거를 갖고 싶어 하고 타고 싶어 한다. 아무리 세태가 변하고 신체구조가 변해도 그것 하나는 변하지 않는 것 같다. 우리 때에는 세발자전거를 갖는 순간 그것이 '보물 1호'이었다. 아마도 그때까지 가질 수 있는 최고의 재산이기 때문이 아닌가 생각된다. 요즘에도 세발자전거는 어린아이가 꼭 갖고 싶은 것 중 하나인 것 같다. 대부분 세발자전거 타는 것을 동경만 하다가 개월 수가 차면 그 대열에 동참하게 된다. 그러나 생활수준의 향상과 더불어 세발자전거의 가치는 많이 쇠락했다.

시대감각이 떨어지는 나로서는 깜짝 놀랄 만한 장난감들이 너무 많다. 리모컨으로 움직이는 자동차 정도는 내가 아이 키우던 시절에나 첨단이었을 따름이다. 지금은 아예 진짜 자동차 빰치는 장난감 자동차 들이 나와 있다. 얼마 전에는 해외 유명 자동차 메이커가 수천만 원 하는 시속 40km의 장난감 자동차를 선뵈기도 했다. 이런 세상인데 까짓 세발자전거가 얼마만한 가치가 있겠는가 싶다.

그럼에도 불구하고 아장아장 걷거나 걸음마를 완전히 뗀 시점부터 세발자전거는 영원한 동경의 대상이고 앞으로도 그럴 것이다. 그 나이 아이의 눈에는 그만한 이상(理想)이 없을 것이기 때문이다. 그들에게는 꼭 이루어내야 할 지고(至高)의 가치이기 때문이다.

세발자전거는 내 마음속의 이상이었고 지금도 변하지 않는 소중한 가치이다. 내 어머니가 몸소 가르쳐주신 교훈과 함께. 나는 그렇게 변하 지 않는 가치를 지켜나가는 것이 삶에서 가장 중요한 일이라고 생각한 다. 죽는 날까지 스스로 내 마음속의 자전거와 같은 소중한 가치들을 지켜가는 사람이 되고, 그런 사회가 되었으면 좋으련만 하는 생각을 가져본다.

이야기 둘. 정말 앞뒤가 맞지 않는 학창시절

Windows 57

공부에 대한 철학이 있었다면?

몇 해 전 철학 과목을 중·고등학교 교과과정에 포함하느냐 여부를 놓고 논의가 있었다. 아직도 관철되지는 않았지만 논의 자체가 참으로 바람직한 출발이라는 생각이 든다. 그리고 언젠가는 우리 아이들이 철학을 공부하고 토론하는 모습을 보게 되리라고 기대해본다.

프랑스의 대학 입시라고 할 수 있는 바칼로레아(baccalauréat)는 나폴레옹 시절부터 지금까지 실시되고 있다. 이 시험은 정확하게는 우리나라의 고등학교에 해당하는 교과과정 이수에 대한 인증 시험이다. 절대평가방식으로 이루어지고 대학 입학에 기본적으로 요구되는 시험이니 우리의 수학능력 평가시험과 같은 것이라 할 수 있다.

그러나 바칼로레아는 시험의 내용과 수준에서 우리의 수능과는 판이하게 다르다. 우선 철학과 논술이 필수이다. 사상 문제, 인간정신, 도덕·정치·사회·경제·과학에 관한 가치관까지 다방면의 문제들이 출제된다. 또한 바칼로레아 문제에 고등학생이나 학부모는 물론 온 나라의 관심이 집중된다. 우리나라의 수능 문제에 대한 관심도와는 차원이 다르다. 내로라하는 석학들이 이 문제를 같이 풀어보고 토론하는 모습을 매스컴에서 쉽게 볼 수 있다. 우리나라의 수능 문제에 대한 관심은 난이도가 예년보다 높으니 낮으니 하는 정도, 그래서 대학교별 커트라인이 어느 수준이 될 것이다 정도의 평가뿐이다. 간혹 답이 중복되거나 없는 문제를 놓고 설왕설래하는 경우가 있고, 출제위원이나 교사, 학원 강사의 풀이 정도면 그만이다.

나는 매년 바칼로레아 시험 문제에 관심을 가진다. "정의와 부정의는 관습적으로 구별될 뿐인가?", "예술작품의 복제는 그 작품에 해를 끼치는 일인가?", "생물학적 지식은 일체의 유기체를 기계로만 여기기를 요구하는가?", "수학은 도구인가 언어인가, 모든 과학의 모델인가?" 정말 까딱하면 무엇을 묻는지조차 모를 난해한 문제들이다. 웬만한 독서량과 논리력으로는 답을 쓸 엄두도 내지 못하는 문제가 많다. 다른 것은 몰라도 이 점만큼은 프랑스가 정말 부럽다.

우리나라 대학 입학시험에서도 1997년부터 논술고사가 부활했다. 1980년대 중반 거의 형식적인 논술시험이 있기는 했다. 그러나 당시는 입시 반영비율이 10%에도 못 미치는 허울뿐이었고 시작한 지 1년 만에 막을 내린 일과성 시험정책으로 끝났다. 제대로 된 논술시험은 이제 시작이라고 할 수 있다. 1996년에 대학 입시 본고사가 재차 폐지되고 그 이듬해 다시 시작한 것이다.

그런데 논술시험은 여전히 대학 입학제도와 관련한 논쟁의 중심에 서 있다. 통합논술이 맞느니 그렇지 않느니 논쟁이 계속되고 있는 것이다. 통합논술을 반대하는 측은 논술을 빙자해 수학이나 영어 등과 같은 지식을 체크할 수 있는 시험 문제를 출제하게 되면 본고사 부활과 같은 효과라고 주장한다. 구더기 무서워 장 못 담그는 해괴한 논리이다.

우연히 어느 대학의 논술시험 문제를 본 경험이 있다. 지금 나보고 그 문제를 풀어보라고 해도 쉽지 않을 듯하다. 경제사상에 관한 글 네 개 정도를 지문으로 제시하고 그에 대한 분석과 본인의 의견을 묻는 식으로 문제가 구성되어 있었는데 부끄럽게도 무엇을 묻는지 감지하기 어려웠다.

2008년으로 기억되는데, 조선일보 기자를 하던 김왕근 씨가 갑자기 논술 강사로 나서면서 던진 변(辯)이 가슴에 와 닿았다. 김 씨는 어느 대학의 입학 논술고사 기출 문제를 풀어보고 답안지를 해당 대학의 교수에게 채점을 의뢰했는데 불합격 판정을 받고, 이럴 수가 하는 좌절감을 느꼈다고 한다. 글로 먹고사는 직업을 가졌던지라 더욱 곤혹감을 느낀 그는 본격적으로 논술에 대해 공부하고 학생들에게 논술에 대한 체계적인 지식을 전수하고자 직업을 아예 바꿨다고 전업(轉業) 이유를 설명했다. 기자였던 사람이 이 정도이니 나 같은 사람은 부끄러울 게 전혀 없어도 마땅한 일일지 모른다.

철학은 인간과 세계에 대한 근본 원리와 삶의 본질을 연구하는 학문이다. 이렇게 어려운 설명을 배제하고 한마디로 요약하면, 바로 생각하는 학문이다. 생각하는 방법을 배우는 것이 철학이다.

그런데 나는 학창시절에 철학 공부는 고사하고 공부에 대한 철학조차 갖추지 못했었다. 공부에 대한 이해나 생각을 할 겨를이 없었고 그 목적마저 정확하게 정해놓은 학생들이 드물었다. 오직 좋은 대학을 향한 맹목적이고 치열한 행렬에 몰입해 있었다. 그런 일은 1990년대까지 이어졌고 최근까지도 계속되고 있을지도 모른다. 아니 오히려 요즈음이 더 심한 것 같다.

공부에 대한 철학이 없다는 것은 불행한 일이다. 나는 우리나라에 '왜 공부해야 하는 것일까'에 대해 생각을 정리한 학생이 드물 것이라고 단언한다. 공부 자체가 목적이 되어버린 탓이다.

후배들이 『성문종합영어』를 마스터한 후 보는 책 중에 『영어의 왕도 (王道)』라는 것이 있었다. 대학 때 어떤 책인가 한번 훑어보게 되었는데, 제목과는 다르게 첫 페이지를 여는 순간부터 고난도 문장들로의 힘겨운 행군만 있을 뿐이었다. 어디에도 왕도는 없었다. 그렇다. 공부에서 노력 이외에 왕도가 따로 있을 수 없다.

하지만 최소한 공부에 대한 철학이나 신념은 있어야 한다. 왜 공부를 하는지, 어떤 공부를 하고 싶은지, 어떻게 공부해서 무엇을 이룰지에 대한 자기 자신의 방향 설정은 있어야 한다. 무턱대고 일단 객관적으로 좋은 평가를 받는 대학에 입학하고, 배점이 많은 국·영·수가 우선이고,

윈도우 57로 세상 보기

달달 외워서라도 대학 졸업만 하면 좋은 직장에 갈 수 있겠지 하는 막연한 공부가 과연 세상살이에 도움이 되었는지 되돌아보면 의문이 든다. 요즈음엔 서울에 있는 대학을 가야 한다고 'In Seoul'을 목표로 하는 학생도 있단다. 그런 공부이기에 공부 자체가 재미없고 능률이 오를 리 없다. 지금도 자라나는 세대들은 무의미한 '점수 따기' 전쟁에 내몰리고 있다.

대학교 1학년 교양 과목인 철학의 첫 수업시간에 교수가 학생들에게 "왜 사는가?" 하는 화두를 던졌다. 전국의 내로라하는 수재라고 자부하던 학생들이었지만 "글쎄요. 제가 제 의사(意思)로 태어난 것이 아니라서"라는 엉뚱한 대답 외에는 딱히 삶에 대한 자신의 생각을 한 구절이라도 말하는 학생이 없었다. 이러한 일이 실제 벌어지는 이유는 그런 주제에 대해 진지하게 고민하면서 자신을 돌아보고 성찰할 여지도 없는 시간을 보냈기 때문이다.

철학 교육과 마찬가지로 수학 교육도 심각한 수준이다. 물론 우리나라 학생들은 영어와 더불어 수학을 아주 물리도록 공부한다. 그런데 그것이 과연 진정한 수학이었던가 생각해보면 고개가 절로 저어진다. 모두가 공식을 달달 외우고 문제 푸는 요령에 숙달된 문제 푸는 기계로 전락해버렸을 뿐이었다.

최근 다시 시들해지기는 했지만 한때 수학 공부 바람이 분 적이 있었다. 서점에 가면 교양수학이라는 코너도 있다. 세상에, 교양수학이라니.

이야기 들. 정말 앞뒤가 맞지 않는 하찮시절

아마 수학을 전공하는 사람이 공부하는 수학이 아니라는 뜻일 게다. 수학은 모든 학문의 기초임을 모를 리 없기 때문이다. 꼭 이공계가 아니더라도 수학은 논리적 사고체계를 갖추기 위한 것이니만큼 어느 분야에서든 필수이다. 그런데 우리나라에서 수학 공부는 '점수 따기'의 한 장르에 불과하다. 수학 자체가 아예 점수를 위한 것이다. 수학을 공부하는 방법 역시 점수 올리는 데 집중되어 있다.

매년 세계 고등학생이 참가해 벌이는 국제수학올림피아드(IMO)라는 대회가 있다. 우리나라는 1988년 처음 이 대회에 참가했는데, 일천한 역사 때문인지 IMO의 각국 소개 메뉴에 우리나라는 빠져 있다. 그런데 대학 입학이라는 인생 최대의 관문을 통과하기 위해 우리나라 고등학생처럼 수학에 목매는 경우도 흔치 않은데도 우리나라의 IMO 성적은 만족스럽지 못하다. IMO 성적을 볼 때 일본도 별반 다르지 않은 것 같다. 희한하게 일본도 IMO 홈페이지의 나라 소개 메뉴에서 제외되어 있다. 우리나라나 일본에서 IMO가 좋은 학교, 좋은 학과에 가기 위한 수단에 머물고 있기 때문은 아닌지 모르겠다. 일본도 치열한 대입 경쟁으로 유명한 나라이니 말이다.

수학은 논리적 사고를 키우는 훈련이다. 수학 자체를 학문으로 하든지, 다른 학문을 위한 보조수단으로 하든지, 다른 공부의 전(前) 단계로 하든지 간에 수학은 논리적 사고와 문제 해결 능력을 길러주기 위한 것이다. 단지 점수를 따기 위해 벼락같이 매달렸다가 필요가 없어지고 마는 그런 영역이 결코 아니다.

우리는 '생각하는 것'을 너무도 소홀히 해왔다. 지금의 아이들도 마찬가지이다. 교육전문가가 아닌 입장에서 우리나라의 입시제도와 학교제도를 살펴보면, 그 어디 한 군데라도 자기 생각을 정립할 수 있는 자리도 시간도 없다. 나이에 비해 철학이 어려운 학문이라면 '공부를 왜 해야 하고 나는 무슨 공부를 하려는가' 정도는 진지하게 생각할 수 있는 아이들을 길러야 한다. 위정자들이 불민(不敏)하여 제도와 정책이 뒷받침해주지 못한다면 개개인이라도 나서서 마음가짐을 한 번씩 다시 다져보는 그런 철학 교육을 자라나는 세대에게 안겨 주었으면 한다.

스승, 선생님 그리고 선생

받아들여지는 뉘앙스조차 완전히 다르듯이 스승과 선생은 분명 다른 것 같다. 느낌도 다르다. 두 말의 어원도 분명 다르다. '선생'은 고려시대 과거에 급제한 사람을 높여 부른 말이라고 한다. '스승'은 그 어원에 대해 여러 설(說)로 갈리지만 불교가 융성하던 고려시대 때 고승을 사승(師僧)이라 불렀는데 사(師)의 중국어 발음 '스'가 차용되어 스승이 되었다는 게 다수설(多數說)이다. 이런 점에서도 스승은 단순한 지식의 전달자를 일컫는 말이 아니라 정신적인 면을 강조한 말로 상용된 듯하다.

우리나라에는 외국이 참으로 부러워하는 좋은 관행이 많다. 그중 하나가 바로 스승의 날이다. 과문한 탓인지, 다른 나라에 어버이날은 있어도 스승의 날이 있다는 얘기는 아직 듣지 못했다. 군사부일체(君師父一體)라는 말도 있다. 그만큼 우리나라에서 스승에 대한 높은 예우는 사회적 합의로 뒷받침되고 있다고 보아도 될 성싶다.

하지만 말 다르고 속 다른 것이 현실이다. 요즘은 선생님이라는 말을 찾아보기 힘들다. 담임선생님을 '담탱이'라고 부르고, 학생주임 선생님은 '학주'이다. 물론 우리도 친구들끼리 '님'자를 붙인 적이 별로 없고 가끔은 이름을 불렀다. 그리고 별명으로도 불렀다. 하지만 일부의 경우에 불과했다.

교사 스스로도 자신의 격을 낮추고 있다. 전국교직원노동조합(전교조)을 만든 것이 그 좋은 예이다. 그동안 교권이 권력에 의해 그리고 자본의 힘에 의해 침해받아왔다는 사실은 익히 알고 있다. 그래서 교권을 지켜야 한다는 데에 전적으로 동의한다. 교직원 스스로 그런 노력을 기울이는 것도 전혀 탓하고 싶지 않다. 물론 가르치는 것도 노동행위의 일종이다. 그런데 꼭 '노동조합'으로 했어야 하는가는 생각해볼 일이다. 전국교직원조합이라고 해도 될 터인데 말이다. 「노동조합 및 노동관계 조정법」을 비롯한 관련 법규 어느 구석에도 노동조합을 붙여야만 노동조합으로서의 법적 지위를 보장받는다는 구절이 없다. 그럼에도 굳이 '노동'을 붙여 어린아이들까지 사뭇 껄끄럽게 느껴지도록 하는 게 야속하다.

2005년의 일이다. 우연히 인터넷에서 "스승의 날은 없어져야 합니다"라는 제목으로 글이 올라 있는 것을 보았다. "체육 선생님이 수업 시간에 학생들을 발로 밟고 삽으로 때리는데 무슨 스승의 날이 필요하냐? …… 자기 자식이라면 그렇게 대하겠느냐?"는 말도 그렇고 문장 구성을 보아도 학생이 쓴 글임이 확연해 보였다. 그런데 그 글의 첫 구절은 학생이 내뱉은 불평으로 보아 넘기기에는 너무 충격적이었다. 꼭 한 번 단순한 말의 의미가 아닌 지금 이 사회의 인식 차원에서 짚어봐야 할 대목이었다. "요즘 교사들은 노동자에 불과합니다"가 그 일성(一聲)이었다. 어린 학생의 이런 생각은 바로 교사들이 자초한 것이라 할 수 있다.

노동을 천하게 생각할 필요도 없고 그렇게 생각하지도 않는다. 노동이야말로 신성한 것이다. 그러나 노동이라는 말에는 생활에 필요한 물자를 얻기 위해 몸을 움직인다는 말이 포함되어 있다. 그것이 우리가 공유하는 그 낱말의 함의(含意)이다. 정신노동이라고 표현할 수도 있다. 그러나 아이들에게 스승에 대해, 하다못해 선생에 대해 '생계수단을 얻기 위해 몸을 움직이고 있는 사람'이라는 인식을 심어줄 수는 없는 노릇이라는 생각이 앞선다.

우리나라에는 <대통령 찬가>가 있었고, <어버이 은혜>라는 노래가 있다. 그리고 분명 <스승의 은혜>라는 노래도 있다. 그만큼 사회는 교사에 대한 예우를 갖추고 있다. '군사부'라는 말에 꼭 들어맞는 최상의 예우이다. 우리가 오랜 세월 역사 속에 쌓아온 정신양식의 발현이다. 이러한 문화와 인식을 외면한 채 다른 나라의 시각과 잣대로 이 문제를 보아서는 안 된다. 외국인 선생이나 학원 강사가 스승의 날을 부러워하고 감탄하는 그런 문화이다. '군사부'에 걸맞은 처신을 오늘 이 땅의 선생님들에게 요구한다면 과욕일까?

오늘의 나는 수많은 선생님들을 거쳐 완성되었다. 담임선생님과 지도교수님만 해도 열여섯 분이다. 이 열여섯 분이 부모님과 함께 오늘날의 내 모습을 만들어놓았다고 해도 과언이 아니다. "참 되거라. 바르거라. 가르쳐주신" 은혜가 바로 스승의 은혜이다. 자라나는 세대들이 내 나이가 되어서도 스승의 은혜와 스승님을 그려보는 그런 사회가 되어 있으면 하는 마음에 시류(時流)가 아쉽기만 하다.

마지막 시험 세대가 '58년 개띠'를 보는 소감

나는 흔히 이르는 '마지막 시험 세대'이다. 바로 내 아래 학년부터 고등학교 무전형제도가 실시되어 추첨으로 고등학교에 진학했다. 내가 1957년생이고 그들이 1958년생이다. 우리 사회 혹은 우리 세대에 유명한 말 중 하나가 '58년 개띠'이다. 왜 유독 1958년생 개띠가 주목을 받을까? 그해가 원체 주목을 받아서 그런지 1958년 개띠 중에 기인이 많은 것처럼 느껴진다. 6·25전쟁 이후 베이비붐 세대의 출발점이기 때문이라는 해석도 있지만, 나 역시도 그렇고 선배들이나 후배들의 처지가 그들과 비슷하다는 점에서 설득력이 없다.

'58년 개띠'가 한창 고등학교 입시를 준비할 중학교 3학년이었던 1973년 초 갑자기 서울지역 고등학교의 진학방법이 시험이 아닌 추첨제로 바뀌고 만다. 당시 집권자였던 박정희 대통령의 아들 박지만 씨를 고등학교에 입학시키려고 그렇게 했다는 설도 있으나, 이는 확인할 길이 없다. 다만 그가 '58년 개띠'인 것만은 확실하다. 서울지역의 1969년 중학교 무시험 진학에 이어 1974년부터 시작된 고등학교 무시험 입학 제도는 그 후 전국적으로 확대되어 오늘에 이르고 있다. 소위 명문 중·고등학교가 없어진 것도 이 시기였다. 이후 최근 수년간 주목받았던 386세대의 선두 격인 대학교 81, 82학번도 비슷한 운명을 보냈다. 81, 82학번은 대학 입학 본고사가 없어지는 비운(?)을 맞아 하루아침에 자신의 목표를 상실한 세대였다.

'58년 개띠'와 1980년대 초반 대학 진학 학번, 이 두 세대의 공통된 특징은 사회 곳곳에서 특이한 두각을 나타내고 있다는 점이다. 머리가 나빠 보이지 않는데도 공부 쪽은 별로이고 보통 사람이 관심을 가지지 않을 법한 분야에서 발군의 실력을 나타낸다. 특히 '58년 개띠'는 바로 1년 후배이기 때문에 내 눈으로 직접 그런 사례들을 어렵지 않게 보아왔다. 좀 별나다고 생각은 했지만 그저 후배들을 혼내는 자리에서, 때로는 그들을 부러워하면서 "하여튼 58년 개띠들은……" 하는 정도였고 그 이유를 그다지 심각하게 생각해보지 않았다.

그런데 우연히 정부의 핵심 인사 몇몇과 간단히 식사하는 자리에서 '58년 개띠'에 대한 독특한 해석을 들을 수 있었다. 그들 중 많은 이들은 머리가 명석함에도 갑작스러운 입시 제도의 변화로 자기 목표를 잃어버린 채 공부가 아닌 다른 방향에 몰두했고 그 분야에서 두각을 나타내게 되었다는 나름 타당성 있어 보이는 분석이었다. 그는 "58년 개띠는 사회문화적 연구까지도 필요한 세대"라고 짐짓 진지하게 강조했다. 식사 자리에서의 아주 가벼운 얘기에 지나지 않았지만 나는 그 말에 무릎을 치며 공감의 표시와 함께 가볍게 찬사까지 보냈다.

내가 특정 연령대에 관해 얘기하는 이유는 간단하다. 사회제도가 한 사람의 인생을, 한 사람 정도가 아니라 한 세대 전체의 삶을 송두리째 바꿔버릴 수 있기 때문이다. '58년 개띠'처럼 불행(?)한 세대가 또 나올 수 있다. 반드시 좋은 학교를 나와야 행복한 것은 아니지만 자신은 물론 주변의 기대와는 생판 다른 사람으로 인생을 살아나가야 하는 과정은 그리 행복한 것이 아니었을 테니 하는 말이다.

1958년생과 386세대는 결코 실패한 세대가 아니다. 특히 386세대는 그동안의 관행에 비추어 파격적이라 할 만큼 정계와 재계의 요직을 두루 차지한 때도 있었다. 일반적인 잣대로도 성공한 케이스인 것이다. 오히려 진정한 삶의 승자일지도 모른다는 생각이 들게 하는 사람들도 많다. 그럼에도 불구하고 '58년 개띠'와 386세대를 보며 권력의 칼을 잘못 휘두르면 한 세대 전체를 불행하게 만들 수도 있다는 뼈아픈 교훈을 새겨야 한다고 생각한다.

행정의 중요한 기본 원칙들 가운데 '예측가능성'과 '계속성'이 있다. 예측가능성이란 말 그대로 행정 서비스는 수요자가 향후 정책 방향을 가늠할 수 있고 그를 토대로 대응할 수 있도록 집행되어야 함을 의미한다. 계속성은 정권 혹은 집권세력이 바뀌더라도 정책을 지속시켜 혼란이 생기지 않도록 해야 함을 의미한다.

교육은 백년대계라고 한다. 100년 앞을 내다보고 100년 후의 결과를 생각해서 정책을 만들어야 한다. 이 말에 이의를 제기할 사람이 없을 것이고 그럴 수도 없는 금과옥조 중의 금과옥조이다. 이 백년대계의 계획과 집행에 있어 얼마나 현명하고 신중했는가 하는 점에 대해 기성세대 모두가 자성할 일이다. 일반 행정에서도 반드시 지켜야 할 이 두 가지 중대한 원칙은 교육정책에서 더욱 철저히 지켜야 한다. 국가나 개인에게 그 영향력과 파장이 심대하기 때문이다. 그러나 현실은 그렇지가 않았다. 예측가능성과 계속성에서 그야말로 빵점이었다.

정권만 바뀌면 학부모는 입시제도의 변화 방향에 촉각을 곤두세워야 한다. 아니 장관만 바뀌어도 입시 정책을 점치기 바쁘다. 그때마다 이 땅의 자녀들은 여기 학원으로 저기 과외방으로 몰려다녀야 한다. 이름도 길어진 교육과학기술부 장관이나 책임자의 말 한마디에 자녀와 학부모 모두 희비의 롤러코스터를 타게 된다.

이제는 이 롤러코스터 교육 행정에 종지부를 찍었으면 한다. 어느 정부든 어떤 대통령이든 자신의 임기 중이 아닌 다음 대에 결론을 내는 한이 있더라도 5년이고 10년이고 장기 계획으로 제대로 된 교육정책을 입안하자고 진정 책임감 있게 제안하는 모습을 소망한다. 제발 할아버지, 아버지, 형과 누나가 다니고 배우던 그 제도대로 편안하게 공부하면서 자신의 꿈을 펼칠 수 있는 그런 시대가 오기를 간절하게 바란다.

국·영·수로 평생을 결정짓는 대학 입시

학교에 다니면서는 별로 느끼지는 못했지만 '고등학교와 대학교를 잘 나오면 평생 잘 먹고 살 수 있다'는 인식과 실제 그런 경우가 허다한 이 사회의 풍토에 참으로 많은 의문이 간다. 살수록 정말 풀리지 않는 숙제이다. 우수한 학교라고 해봐야 특별히 다르게 가르치는 것도 없다. 그렇다고 지능, 소위 말하는 IQ가 탁월해 보이지도 않는다. 결국 국어·영어·수학을 조금 잘하는 재주 하나 갖고 평생을 잘살 수 있다는 얘기인데, 허무맹랑하다. 허무맹랑하기 이를 데 없지만 그것이 현실이다.

자랑은 아니지만, 나는 그림에 특별한 취미가 있었고 제법 소질도 있었다. 그래서 건축을 택했고 여태껏 그 일로 먹고살아왔다. 그런데 대부분의 사람은 그렇지 않다. 개성이나 적성보다 성적에 맞춰 일을 선택하는 것이 오히려 보편적이다. 사회구조가 모두 그 모양이다.

우리가 학교 다닐 때, 적어도 중학교 때까지는 장래 희망을 물으면 공부 좀 한다는 애들의 대부분은 법관이라고 답했다. 요즘처럼 사업가

나 국회의원을 하겠다고 나서는 친구는 거의 없었다. 사업가나 국회의원은 위험하고 고단한 직업이라는 인식이 머릿속에 각인된 부모님들 덕분이었다. 특히 국회의원은 자칫하면 평생 교도소를 들락거리고 멸문(滅門)까지도 감수해야 하는 무서운 직업으로 생각했다. 공부를 열심히 해서 판·검사가 되면 무서울 것도 아쉬울 것도 없으리라는 부모님의 욕심이 아이에게 그대로 투영되던 그런 시절이었다. 실제로도 사법시험이나 행정고시에 일단 붙으면 거의 평생을 보장받았다. 적어도 우리 세대까지는.

우리 세대까지는 일본이 물려주고 간 못된 고시제도의 병폐를 고스란히 안고 살아왔다. 공무원을 폄하하는 건 아니지만 하다못해 공무원도 한 번 시험에 붙으면 붙박이다. 최근 개방형 공무원 제도가 생겨 외부 전문가들도 공무원이 될 수 있는 길이 열려 있으나 그런 사례는 아직 극히 예외적인 일이다. 그런데 공무원 시험의 과목을 보면 어이가 없다. 예를 들어, 9급 공무원 시험 과목은 국어, 국사, 영어가 기본이고 직렬별로 특성화된 시험 과목이 두 가지씩 덧붙는 정도이다. 문제도 과목당 20문항씩 사지선다형이다. 결국 100문제로, 그것도 심하게 말하면 찍기로 국가의 일선 행정을 책임질 사람을 뽑는다. 급수가 올라가도 과목만 한두 개 추가될 뿐 사정은 다르지 않다.

예나 지금이나 젊은이들이 선망하는 사법시험 역시 그다지 다르게 보이지 않는다. 현재는 바뀐 시험 과목도 많이 있지만, 우리 때는 1차,

2차가 각각 8과목인데 이해할 수 없는 과목들이 많았다. 1차 시험은 외국어, 헌법, 민법, 형법, 세계사, 국사, 경제학 그리고 선택 한 과목이었다. 2차 시험은 7개 법 과목과 국민윤리였다. 그 어디에도 그 사람의 사고체계나 변별력을 알아낼 방법이 없었다. 면접시험이 있다고는 하나 그 당시 면접에서 떨어지는 사람은 찾아보기 힘들었다. 고시제도의 원조 격인 일본도 거의 비슷하다.

검사나 판사는 사람과 사람의 행위를 평가하고 재단하는 일을 한다. 사람 간에 누가 옳고 그른지, 어떤 사람의 행동이 죄가 되는지를 구별해주어야 한다. 과연 그런 일을 시험 몇 과목의 점수가 높다고 제대로 해낼지는 의문이다. 그런 측면에서 미국의 사법제도가 우리보다 훨씬 합리적으로 보인다. 배심원제도나 당사자주의에 따른 '무전유죄 유전무죄' 경향에 대한 논란은 별개로 접어두고, 판·검사 임용 과정을 중심으로 보면 그렇다는 얘기이다. 미국은 변호사 자격시험을 통과하고 나면 일단 변호사로 일하며 그 변호사들 중에서 검사와 판사를 임용한다. 변호사로서의 실전 재판 경험, 경력, 평판 등을 중요시한다. 당연히 그 과정에서 쌓는 연륜의 양과 질도 따진다.

사실 결혼 한 번 해보지 않은 사람이 이혼 재판을 맡거나 회사 경영을 알지도 못하는 사람이 상사 재판을 하게 되면 얼마나 솔로몬의 지혜를 발휘할 수 있겠는가? 그저 기계적으로 법을 해석해 적용할 따름일 것이다. 형사 사건에서는 억울한 사람도 많고 피치 못해 범죄를 저지른 사람도 많다. 형식적인 법 논리만 따른다면 그들의 그늘을 찾아내는 혜안을 결코 기대할 수 없다.

정치의 저급한 수단 중 하나인 3S(Sports, Sex, Screen)정책의 일환이라는 비난도 있었지만, 제5공화국 시절부터 추진된 '스포츠 스타 키우기'는 우리 사회에 많은 순기능적 작용을 한 것이 사실이다. 공부가 아니더라도 충분히 자기 역량을 발휘해 꿈을 실현할 길을 열어주었기 때문이다. 그 덕분에 야구의 박찬호, 골프의 박세리에 이어 이제는 김연아 같은 세계적인 피겨 선수도 나오게 된 것이다.

그러나 우리 사회에서 아직 그런 사람들은 극히 일부이다. 여전히 대부분의 부모는 국·영·수를 잘하게 해서 좋은 대학에 보내는 것을 자녀 교육의 목표로 삼고 있고 그것을 아이에게 강요하고 있다. 사법시험의 합격자가 많아지다 보니 요즈음에는 변호사들의 벌이도 신통치 않다고 하는데 고시를 준비하는 인구는 여전히 몇 만 명에 이르고 있다. 마흔 넘어서까지 가능성이 희박해 보이는 사법시험에 매달려 실업자 아닌 실업자 신세가 되어 있는 이들을 주변에서 흔하게 볼 수 있다. 이제 그들도 로스쿨이라는 새로운 제도로 인생 항로를 바꿔야 할 운명에 처해 있지만.

한편으로 스포츠 스타의 탄생으로 생긴 부작용도 있다. 아이의 재능과 소질을 고려하지 않고 유행 몸살을 앓게 한다. 박찬호가 명성을 떨치면 야구장으로, 박세리 시절에는 골프장으로, 박태환의 승전보에 따라 수영장으로, 이제는 스케이트장으로 아이들을 내몬다. 이것은 모두 기성세대가 잘못 뿌린 씨앗의 결과라는 점을 전적으로 인정해야 한다. 우리는 우선 제도적으로 왜곡된 사회 풍토를 만들어놓은 점에 대해 반성해야 한다. 그리고 우리의 의식과 문화에 대해 깊이 자성해야 한다.

캐나다나 뉴질랜드에 이민 간 친구들이나 후배들이 한결같이 만족스럽게 생각하는 부분이 있다. 가끔 귀국해서 만나게 되면 할 일이 없어 죽겠다고 넋두리를 한 뒤 아이들 교육에는 정말 좋은 나라라는 얘기를 시작한다. 우선 아이들이 학교 가는 걸 기다릴 정도라며 은근히 부아를 돋우기도 한다. 학교생활이 즐겁기 때문에 아이들이 학교를 좋아한다는 것이다.

우리나라에서는 학교생활을 즐겁게 하는 아이들을 찾아보기 어렵다. 나 또한 학창시절에 친구 말고는 학교가 즐겁다고 생각할 이유가 없었다. 우리의 부모님도 그랬고 나 역시 그랬지만 모든 것을 대학 입시에 맞추었고 국·영·수를 잘해야 한다는 공부 지침마저 내려져 있었기 때문이다. 심지어 어른들은 국·영·수만 잘하면 뭐든 잘할 수 있다고 '뻥'을 쳐왔지 않은가? 지금은 판서(板書)만 각인되어 있는, 그 잘난 국·영·수는 사회에서 별로 쓸모가 없었는데도 말이다.

피겨 여제 김연아 선수의 어머니 박미희 씨는 『아이의 재능에 꿈의 날개를 달아라』라는 책을 통해 우리에게 아이들 교육에 관한 중대한 조언을 해주고 있다. "부모는 그저 아이를 눈여겨 지켜보면 된다. 부모

자신이 만든 잣대로 볼 것이 아니라 있는 그대로 아이를 관찰해야 한다. 그러다 보면 아이가 말을 해준다. 하고 싶은 것, 잘 할 수 있는 것, 훌륭하게 해낼 수 있는 것에 대해서.”

언제 제도가 바른 자리 찾을지 모를 형국이다. 우리 스스로 국·영·수 지상주의의 틀에서 벗어나야 할 때이다. 또한 야구장으로, 골프장으로, 스케이트장으로 유행에 따라 아이들을 흔들어대는 일도 없어져야 한다. 이렇게 얘기하면 “이제 저는 애들 교육 다 시켰다고 한가한 소리한다”고 욕하는 사람도 있을지 모르겠다. 그래도 나는 내 손자들 눈을 지켜만 볼 것이다. 그 아이들의 눈에서 “하고 싶은 것, 잘 할 수 있는 것, 훌륭하게 해낼 수 있는 것”을 찾아낼 것이다. 내 자식들에게도 자식 교육방법을 그렇게 가르칠 것이다. 그동안을 반성하는 마음으로. 그렇게 해서 내 손자들에게 진정한 자기 삶을 살 수 있도록 해주고 싶다.

학과 선택 = 내 취미와 주변 기대의 타협

이과를 선택한 후 고등학교 시절 내내 진로를 고민했다. 사실 나는 예술, 그중에서도 미술에 관심이 많았다. 소질은 없어도 눈에 보이는 것을 그림으로 표현하는 것을 꽤나 즐겼다. 열심히 노력한 덕에 몇몇 대회에 나가 상도 받을 수 있었다. 그러나 주변, 특히 부모님의 기대를 저버리기란 너무 부담스러운 일이었다. 내가 크던 시절, 예술가는 배고프다는 통념이 현실과 너무도 맞아떨어지고 있음을 세상 물정에 밝지 못한 나이였음에도 불구하고 뼈저리게 느끼고 있기도 했다. 또한 음악이나 미술을 배우는 데 만만치 않은 돈이 들어가는 건 지금과 마찬가지였다.

그 나이에 주변 여건까지 고려해서 진로를 결정하는 것은 쉽지 않은 일이었다. 아니 정말로 어떤 문제보다도 풀기 어려운 함수였다. 그 어려운 결정에서 내 나름대로 절묘한 줄타기를 해서 답을 얻어낸 것이 바로 건축학이었다. 서울대학교 공대를 들어가서 주변의 기대도 만족시키고 내 적성도 살리는 대안을 찾아낸 것이다. 아버지는 나의 뜻을 흔쾌히 받아주셨다. 딱 한 번 이유를 물어보셨고 나는 꽤 오랜 시간 준비한 포부를 밝혔을 뿐이었다. 그게 전부였다. 그렇게 선택한 학과에 진학했고 또 그 일을 하며 지금껏 살아왔다. 그리고 만족한다. 풍족하지는 않지만 나는 여태껏 그 일로 내 삶을 꾸려왔고 가족을 건사했고 주변을 챙기면서 마음만은 넉넉하게 살려고 노력해왔다. 절묘한 타협이 나에게 큰 선물이 되어주었다고 생각한다. 그런 의미에서 행운아일지도 모른다. 그만큼 자신의 적성에 맞는 진로를 찾아갈 수 있는 것이 쉽지 않던 시절이었기 때문이다.

지금도 그렇겠지만 특히 우리 때에는 자신의 진로도 여러 주변 정황을 고려해야만 했다. 단지 가정 형편을 고려하는 차원이 아니었다. 나에게 거는 주변의 기대가 꼭 부모님에게만 있었던 게 결코 아니었다. 친척들, 부모님의 친구분들 그리고 심지어 동네 어른들의 기대와 바람도 충족시켜야 하는 것이 당시의 시대상이었다. 지방은 더욱 그랬다. 그래서 공부 좀 한다는 아이들의 장래 꿈은 비슷할 수밖에 없었다. 법관과 의사, 일부는 장군, 그런 것들이 대세였다.

대부분은 고등학생이 되어서야 어느 정도 현실 감각을 갖는다. 일부는 고등학교 진학 단계에서 자기 진로를 결정해야 했다. 집안 형편 때문에 혹은 성적 때문에 실업계로 진학하는 친구들이었다. 그리고 인문계 고등학생은 1학년 말에 이과냐 문과냐를 선택해야 했다. 그런 제도는 현재까지도 이어지는 것으로 알고 있다.

지금 생각하면 참으로 가혹한 일이다. 마냥 공부, 공부 소리만 들어오던 아이들에게 자신의 진로를 진지하게 고민해보라고 했으니 말이다. 그렇다고 특별히 정보를 쥐어주는 것도 아니었다. 형이나 누나라도 있으면 그나마 다행이지만 나처럼 맏이인 경우는 친구가 최고의 상담사였다. 10℃ 물에다가 10℃ 물을 탄다고 따뜻해질 리 없으련만 답답한 속을 그렇게라도 풀었다. 직업에 대한 정보나 지식은커녕 대학 학과별로 뭘 배우고 나중에 선택할 수 있는 직업군이 무엇인지 그제서 홀로 공부 아닌 공부를 해야 했다. 그러니 진로 선택은 참으로 안개 속을 헤매는 격이었다.

그리고 대학교 입시 원서를 쓸 때 다시 한 번 고민을 했다. 성적이 특출한 학생이야 문과는 법대, 이과는 의대라는 정해진 코스대로 정하면 그만이니 무슨 고민이 있으랴마는, 적당한 성적의 학생들은 고민을 하고 또 해야만 했다. 결국 학교를 먼저 정하고 학과를 맞추는 경우가 허다했고, 법대를 꼭 가야 하는 특수한 상황이라면 거꾸로 성적에 대학을 맞추는 식이었다. 물론 그 특수한 상황이라는 것도 본인의 상황이 아니고 집안의 권유, 특히 아버지의 맹목적인 신앙이 대부분이었다.

말도 되지 않는 일들이 비일비재했지만, 학과 선택의 기준도 참 특이했다. 서울대는 법대 다음이 상대였고 고려대도 마찬가지였으며, 연세대는 상대가 우위였다. 그 서열은 당시로서 이의를 달 사람이 없는 공리(公理)와 다름없는 것이었다. 법대에 갈 실력이 되지 않으면 일단 입학금을 내놓고 재수시키는 참으로 강직(?)한 부모도 본 적이 있다. 기업할 사람과 법조인이 되고자 하는 사람은 분명 적성이 달라도 한참 달라야 하고 살아갈 길도 판이할 터인데 고등학교 성적으로 꿰어 맞추는 어처구니없는 일들이 벌어졌다.

요즈음 아이들은 우리의 비뚤어진 전철(前轍)을 밟지 않는 것 같아 천만다행이다. 어렸을 때부터 자기 주관이 뚜렷하다. 그만큼 장래 꿈도 구체적이다. 디자이너도 그냥 디자이너가 아니라 산업디자이너이다. 단순히 멋있어 보이는 조종사보다는 항공기 정비사를 꿈꾸기도 한다. 선박 설계사, 자동차회사 경영자, 세계 최고의 요리사 하는 식이다. 대기업 오너를 꿈꾸면서 재벌이 희망이라고 하는 아이들도 더러 있다. 학문의 길을 걷고 싶어 하는 경우에도 단순한 교수가 아니라 생명공학을 전공해서 과일을 따먹어도 계속 열리는 기술을 개발하겠다고 한다. 사회가 다양화되고 정보가 풍부해진 덕분이기도 하다. 의식 또한 점차 선진화되고 있다는 얘기도 된다.

그런 아이들이 있기에 이 땅의 미래는 좀 더 밝아지고 있다. 주위의 누구 하나 가보지 못한 길인데도 스스로 갈망하며 굳건히 발을 내딛는 아이들이 많아지고, 자신의 소망과는 관계없이 억지로 법관의 길이나 의사의 길을 걷는 일이 점차 없어지고 있어 한없이 기쁠 따름이다. 자식을 통해 자신의 꿈을 이루려는 미련한 짓은 우리 세대가 마지막이지 않나 생각해본다.

공부로부터 해방, 이제 대학생이다!

재수 끝에 대학에 합격한 날은 정말이지 실컷 술을 마셨다. 이미 대학에 다니는 친구들, 같이 재수한 친구들과 함께 미래에 대한 걱정을 털어넣으면서 해방감을 맘껏 표출했던 것이다. 그렇게 합격자 발표 날부터 본격적으로 마시기 시작한 술을 대학 시절 내내 무슨 건수든 만들어서 계속 마셨다. 갖다 붙일 게 없으면 유신정권의 긴급조치 1호 해제를 기념하며 마시기도 했다. 참고로 긴급조치 1호는 박정희 정권이 1974년 유신헌법을 만들면서 헌법 개헌 논의를 못하게 함은 물론이고 헌법에 대해 부정적인 의견을 피력하는 것 자체를 봉쇄한 초헌법적 조치로 1978년에 해제되었다.

대부분의 대학생이 그러했듯이 나 역시 대학생활 내내 사치스러운 방황을 했다. 지금 생각하면 참으로 치기 어린 행동들이었지만 그때는 늘 이유가 있었던 것으로 기억한다. 그 이유들만큼이나 나름의 고민도 많았다. 지금 생각하면 그렇게 술 먹으면서 괴로워해야 할 일이었나 싶지만 그때는 삶의 근본 문제까지 들먹일 정도로 고뇌에 찼던 기억이 난다.

2학년 겨울방학 때 모 대학에 다니던 친구 하나에게 한 과목이 펑크가 났는데 큰일이 될 것 같다며 한잔 하자는 연락이 왔다. 친구의 사연인즉 전공과목 기말시험에 문제와는 아무 상관없는 주제를 답안으로 제출하자고 과 친구들과 작당하고 자신은 '삶과 죽음'에 대해 막걸리 철학을 8절지 두 장이나 써냈는데, 화가 난 교수가 학생들을 다 불러놓고 엄중하게 경고한 후 주동자로 밝혀진 친구에게 F학점을 주고, 나머지 학생들에게 C학점을 줬다는 것이다. 당시 사회분위기에서는 정학 정도는 받아야 할 행위였고 잘못하면 중정(중앙정보부, 국가정보원의 전신) 요원에게 통보되어 요시찰 대상이 될 수도 있는 사안이었다. 그 친구, 사고 한 번 단단히 쳤던 것이다.

결강과 대출도 하나의 멋이었다. 꼬박꼬박 출석하는 것을 부끄럽게 여기던 시절이었다. 공부는 고시 공부하는 몇몇 친구들이나 하는 것이었다. 지금 읽어보면 어렵기만 하고 그다지 유익하지도 않은 책들을 숨어서 돌려가며 읽기도 했다. 소위 사회과학 공부라는 것을 통과의례처럼 하느라 그런 책들을 읽었다. 그것도 하나의 대단한 멋 정도로 생각했다, 분명히.

또 다른 멋은 통기타를 둘러메고 나서는 하이킹이었다. 주로 경춘선이 닿은 북한강 자락 주변을 맴돌았다. 요즈음 대학생들은 해외로 배낭

여행을 다녀오곤 하지만, 해외여행이 자유화되기 이전이어서 외국은 엄두도 내지 못할 형편이었다. 그렇게 마음 맞는 친구들끼리 떠나는 여행길에도 종국에는 술이 따르곤 했다.

대학 시절에 가장 많은 시간을 보낸 곳은 서클룸이었다. 지금은 동아리라는 말로 바뀐 서클은 대학생의 상징이기도 했다. 나는 취미에 따라 연극반을 들었고, 대학생활에서 가장 많은 열정을 쏟았다. 나뿐 아니라 많은 학생이 강의실보다는 서클룸에서 대학생으로서의 존재감을 찾았던 것 같다.

그 당시 돈을 구할 수 있는 방법이라고 해봐야 부모님에게 얻어내는 용돈과 가끔 의뢰받은 과외비 정도였는데 신통하게도 술값은 잘들 염출해서 썼다. 요즘 같으면 상상도 할 수 없지만 학교 앞 선술집에서는 학생증도 담보로 받아줬다. 아주 드문 경우이지만 부모님에게 비상용으로 금반지를 하나 받은 친구는 그야말로 우리에게 대단한 '빽'이었다. 그 반지의 주인이 누구인지 모를 지경이었다. 맡기고 술 마시고 돈을 마련해서 찾으러 가서는 으레 그 반지를 다시 맡겨야 하는 처지가 되곤 했으니 반지의 반은 주인아저씨 것이었다.

요즘은 개그 소재 정도의 얘기이지만, 용돈을 만드는 방법도 다양했다. 특히 지방에서 올라온 학생들의 일화는 무용담 수준이었다. 구구절절이 편지를 써서 부모님의 심금을 울리는 수법이었다. 부모님에게 수강신청비를 비롯해 의대생은 현미경 구입비, 공대생은 무슨 뜻인지도 모를 다양한 실습비 명목으로 돈을 타냈다. 책값은 혹여 이름을 기억할 수도 있으니 가급적 원서 제목으로 둘러댔다. 문무대 입소 교육과 전방 부대 입소 교육(1980년대의 대학생은 1학년 때 '문무대'에서, 2학년 때 '전방 군부대'에서 각각 1주일간 군사 훈련을 받았다)을 받았던 후배들은 M16 소총을 사가야 한다고 순박한 시골 부모님에게 편지를 써서 "이번에는 중고 사 가라. 다음에 새것 사주겠다"는 눈물겨운 편지와 함께 전신환을 받았다는 얘기는 지금도 유명하다.

과외는 좋은 용돈벌이이자 집안에서 자신을 대학생으로서 다시 한 번 각인시키는 아주 유용한 수단이었다. 그래도 요즘 같은 고액 과외는 없었다. 그저 주변의 아는 중·고등학생을 가르치고 말 그대로 용돈 정도 받는 수준이었다.

그런데 이 과외 또한 어처구니없는 우리나라의 역사를 담고 있다. 한참 동생뻘인 82학번의 직장 후배가 있는데, 그는 제5공화국이 다른 면에서도 용서가 안 되지만 특히 자기 인생을 망친 점을 용서할 수 없다고 진지하게 말하곤 한다. 지방 출신이 그래도 자기 실력에 맞는 학교를 선택해 서울에서 공부할 수 있는 방법이 입주과외였는데, 그 길을 막는 바람에 장학금을 받기 위해 다른 대학을 선택해야 했고 인생의 씻을 수 없는 후회를 남기게 되었다는 것이다.

뜬금없는 과외 금지 조치는 지금 생각해도 이해되지 않는 부분이다. 1981년 대학 본고사 제도를 폐지하면서 왜 느닷없이 과외 금지조치를 내렸는지 도통 그 이유를 모르겠다. 사교육비를 잡겠다는 밖으로 드러낸 취지는 알겠는데 정권의 정통성을 위협받던 처지에 그런 극단적인 조치를 취할 수밖에 없었던 배경이 궁금하단 말이다. 대학생들이 딱히 아르바이트 할 자리가 없던 시절에 학비를 버는 것조차 막는 그런 발상이 어떤 연유로 생겨났는지도 불가사의하다. 똑똑하지만 돈 없는 아이들을 사관학교로 몰아넣어 사관학교를 키우려는 음모가 있었다는 루머가 오히려 설득력이 있을 지경이다.

실효성 또한 의문이다. 위험수당(?)까지 얹어주는 고액 과외 암시장이 성행하던 사실을 당시 위정자들은 알고 있었을 것이라고 나는 단언한다. 정말 돈 있고 '빽' 있는 사람들의 자식들만 가능한 과외 시장이었다. 그 시절 대기업 사원의 봉급이 월 20만 원이 채 안 되었는데 사법 처리를 불사하고 아르바이트에 나선 대학생이 손에 거머쥔 학생당 한 달 과외비가 50만 원을 호가하는 일이 허다함을 우리는 익히 알고 있다. 결국 사교육비 문제 해결이라는 원래 취지조차 달성하지 못한 채 막을 내려버린 위헌적 조치가 가져온 폐해를 생각하면 후배의 말이 백 번 옳다. 참으로 여러 사람을 잡은 공화국이었다.

회사 생활을 하면서 만난 직장 후배들은 "단물은 80년대 초반까지 선배들이 다 빼먹었다"고 원망 아닌 원망들을 해댔다. 1970년대부터 1980년대까지의 고도성장기 동안 대기업에 다니던 사람들은 큰 노력하지 않고도 대우받으면서 일할 수 있었다. 그때에는 그저 웬만한 학력만

윈도우 57로 세상 보기

뒷받침되면 좋은 회사에서 보너스까지 두둑이 챙기면서 다닐 수 있었다고 해도 과언이 아니다. 게다가 대기업은 공무원이나 다름없는 평생 직장을 보장해주었다. 그래서 억울한 면도 있기는 하지만 직장 후배들의 불평에 일부 공감한다.

다시 한심했던 대학생활로 돌아와서, 시쳇말로 '놀고먹고 대학생'이라는 말이 있었다. 그만큼 대학에 가서 공부한 기억을 찾을 수가 없다. 참으로 다행스러운 것은 요즈음 대학생은 우리 때와 판이하게 다르다는 것이다. 적어도 우리 때처럼 술로 4년을 채우지는 않는 모습이 대견하다.

요즘 젊은 직장인을 가만히 살펴보면 학생인지 회사원인지 구분되지 않을 정도로 열심히 산다. 일에서도 그렇지만 공부도 열심히 한다. 우리는 상상도 하지 못할 만큼 자기 계발에 많은 투자를 한다. 퇴근 후에 컴퓨터는 기본이고 영어회화도 공부하고 취미생활도 다양하게 즐긴다. 저녁 무렵 큼직한 가방을 메고 잰걸음으로 바삐 움직이는 넥타이 부대들을 종로나 강남의 학원가에서 발견하는 것은 그리 어려운 일이 아니다.

대학생은 더 말할 나위 없다. 입시 전쟁에 이어 취업 전쟁에 나선 모습이다. 특히 3학년만 되면 취업 정보의 수집부터 시작해서 취업 준비에 본격적으로 열을 올리기 시작한다. 우리 때에는 유학을 준비하는 일부 친구들의 일로 치부했던 TOEIC이나 TOEFL, 거기에 영어회화까지 기본으로 공부한다. 소위 '스펙 쌓기'에 불철주야 애쓰는 모습이다. 그러니 후배들의 불만은 당연해 보인다. 더욱이 이제 평생직장의 개념은 사라져버린 지 오래되었지 않는가?

외국, 특히 미국이나 캐나다에서는 고등학교 때까지 학교 수업과 숙제 정도만 하고 자기가 하고 싶은 운동이나 다른 공부를 마음껏 한다. 그들도 모자라는 공부, 더하고 싶은 공부는 과외를 한다. 그래도 우리처럼 고등학교 때부터 공부로 진을 빼지는 않는다. 그런데 대학 가서는 정말 독하게 공부한다. 외국으로 유학 간 사람들이 체력이 딸려 기본적인 독서량을 따라가기조차 힘들다고 하는 건 언어 장벽에 따른 엄살만은 아닌 듯하다. 가끔 사진자료를 통해 볼 수 있는, 대학 도서관에서 지친 모습으로 휴식을 취하는 모습이 그 나라 대학생의 참 모습이다. 그것이 바로 그 나라 경쟁력의 근간을 이루고 있는 것 중 하나이다.

이 땅에도 대학생 공부벌레들이 점차 늘고 있음에 나는 기쁘다. 자기가 선택한 공부를 열심히 하는 것이기에 더욱 기쁘다. 이러한 젊은이들이 늘어날수록 그만큼 희망도 늘어나고 미래도 풍성해질 것이다. 앞으로 자기 재능에 따라 선택한 길을 사랑하고 가꾸면서 한껏 누릴 수 있는 세상이 더 넓게 열려 가리라 기대해본다. '놀고먹고 대학생'이야말로 우리 때의 추억으로만 잊혀도 아쉬울 게 전혀 없다.

우리나라 대학들이 중국의 베이징대나 칭화대보다 못한 것으로 평가되다가 2009년 ≪타임≫지가 발표한 세계 대학 순위에서 서울대학교가 47위를 차지해 그나마 조금은 자존심을 찾았다. 그동안 '놀고먹고 대학생'이 영향을 끼친 성적은 아니었는지 하는 생각을 해보게 된다. 우리 젊은이들이 계속 선전(善戰)할 수 있도록 이들을 뒷받침해줄 세계 10위권 안팎의 경제력에 걸맞은 대학들이 나오기를 기대해본다.

교육열, 최대의 수혜자는 부모?

우리나라는 교육열에서 세계 어느 나라에도 뒤지지 않는다. 드라마 <강남엄마 따라잡기>나 영화 <맹부삼천지교>에서 나오는 장면들을 실생활에서도 흔하게 접할 수 있는 게 현실이다. 그 정도의 정성을 바치지 않는 부모를 이상하게 볼 지경이다.

2009년 상반기에도 우리나라 사람만이 이해할 수 있는 일이 일어났다. 심야학원 교습 규제를 놓고 벌인 소동이다. 찬반양론이 국민 사이에서는 물론 정부 안에서도 치열하게 맞붙었다. 저간의 사정을 전혀 알 리 없는 외국 사람의 시각에서 보면 논의의 출발과 과정이 어리둥절할 노릇이다. 그들에게는 공부를 열심히 하겠다는 뜻을 정부 한쪽에서는 막으려 들고 다른 한쪽에서는 계속 공부하도록 하자며 서로 옳고 그름을 따지는 꼴로 비쳐졌을 것이니 말이다. 언뜻 보면 현대 사회에서 있을 수 없는 우민화(愚民化)정책을 놓고 벌이는 실랑이인가 착각할 수도 있다.

아내의 지나친 교육열로 멍든 가슴을 하소연하던 친구가 생각난다.

목동에 살고 있는 그 친구의 얼굴에는 2년에 한 번씩 턱없이 올라가는 전세금을 맞추느라 등골마저 휘는 고통이 항시 처연하게 드러나 있었다. 그 친구는 멀쩡하게, 그것도 서울 시내에 40평형짜리 자기 아파트를 갖고 있으면서 생고생을 했다. 외동아들이 초등학교에 입학할 무렵부터 시작된 일이었다. 아내가 무조건 아이 교육을 위해 목동으로 이사를 가야 한다며 다른 동네에 있던 자기 집은 전세 놓고 목동의 30평 아파트로 거주지를 옮겼다. 당연히 양쪽 집의 전세 값 차이가 상당히 났고 그 부분을 대출로 메워야 했다. 봉급쟁이 신세에 여간 고단한 일이 아니었을 그의 처지를 생각하니 가슴이 답답했다. 그러나 다른 한편으로 이 땅의 교육 현실을 다 겪어본 나는 어느 쪽의 손도 들어줄 수 없어 그저 그의 푸념만 들어줄 따름이었다.

서울에서 학원가 덕분에 교육 명소로 이름을 떨치는 동네가 대치동과 목동이다. 바람직한가는 차치하고 누구도 부인하기 어려운 현실이 그렇다. 지금은 심야교습 규제 때문에 없어진 풍경이지만 2009년 초가지만 해도 밤 12시에 그 동네들은 지나가기 어려울 정도였다. 처음에는 나도 웬일인가 싶었는데, 학원이 끝난 자녀들을 마중 나온 차들로 장사진을 쳐 도로 전체가 주차장이 되었기 때문이다.

이제는 철 지난 얘기가 되어버렸지만, 고르바초프의 글라스노스트와 페레스트로이카 이후 러시아가 경제적 어려움에 처해 있던 시절의 얘기이다. 출장 중 알게 되어 친해진 모스크바 국립대 수학과 교수가 한국에 왔다. 며칠 동안 같이 식사도 하고 서울 시내 구경도 시켜주고 하다가 선물을 좀 해줘야겠다 싶어 본인에게 뭐가 좋을지 물어보았다. 한국이 처음인 사람이라 가급적 오래 기억에 남는 선물을 해주고 싶었다. 그 친구는 대뜸 어린이용 바이올린 하나를 부탁했다. 인사동 구경도 시켜줄 겸 낙원동으로 가서 그리 비싸지 않은 바이올린 하나를 선물했는데 그렇게 좋아할 수가 없었다.

재혼해서 얻은 그의 늦둥이가 우리나라 학제로 치면 초등학교 2학년이었다. 그 아이는 바이올린을 배우고 있는데, 바이올린 한 대로 돌려가며 수업하기 때문에 그 아이에게 맞는 바이올린을 마련해주고 싶었던 것이었다. 앞으로 음악가로 키울 생각이냐고 물었더니 수리력이 좀 떨어져서 가르치는 것이라고 했다. 수학을 잘하는 아이를 만들려면 피아노 같은 음악 공부를 시키는 게 도움이 된다는 연구 결과를 어느 신문기사에서 읽었던 기억이 났다.

주워들은 얘기들을 종합해보면 러시아의 교육열은 대단하다. 생활이 넉넉하지 않은 형편인데도 아이에게 수학이나 과학 과목의 과외 공부를 시킨다는 얘기를 종종 들어왔다. 유치원 비용도 수입에 비해 굉장히 비싸지만 더 좋은 유치원을 보내려고 애쓴다고 한다. 그런 점은 우리나라와 비슷하다고 할 수 있지만 자녀 교육에서 분명 다른 것이 있었다. 두 가지 측면이다. 하나는 강제성이 없다는 점이고, 다른 하나는 진로 선택을 아이 위주로 한다는 점이다. 수리력이 떨어지면 음악을 가르쳐서 스스로 보완할 수 있는 길을 제시해주지, 우리처럼 수학 과외로 몰아치지는 않는다. 그리고 아이의 적성이나 소질이 연극에 맞는다면 과감하게 그 길을 밀어준다.

다른 러시아 사람의 예를 하나 더 들어보겠다. 업무상 러시아 여자 대학원생을 현지 통역 겸 가이드로 몇 달 고용한 적이 있었다. 그녀의 어머니는 예술가 출신으로 당시 러시아 문화부의 꽤 고위직 공무원이라고 했다. 그녀의 전공은 한국어였다. 대학 때까지 발레를 전공하다가 아무리 해도 소질이 많은 다른 친구들을 따라잡을 수 없어 언어학으로 바꾸었다고 했다. 대학원 진학 시 고민 끝에 향후 진로를 고려해서 한국어를 택했다는 것이다.

그동안 어머니가 들인 공이 아까웠을 것이라는 순전히 한국식 판단에 어머니의 반응이 어땠는지 물었더니 전공을 바꿀 때 오히려 잘했다고 칭찬했으며, 한국어도 어머니가 추천했다고 말했다. 지금 자신도 너무 잘한 선택이라고 생각한다고도 덧붙였다. 그러고 보니 배운 지 기껏해야 2년 남짓 되었는데 한국말을 곧잘 해냈다.

만일 우리나라 학생이었으면 과연 그런 선택이 가능했을지 의문이 들었다. 더욱이 어머니는 예술 분야의 대가이고 직분상 충분히 딸을 도와줄 수 있는 위치에 있는 사람인데 말이다. 그러나 그들은 우리처럼 하지 않았다. 아이의 재능에 맞지 않은 길을 과감히 버리고 진짜 재능을 찾아서 길러주었다. 아마 우리네 같았으면 모녀 사이에 금이 가도 심각한 금이 갔을 수 있는 일일 게다. 부모들이 흔히 써먹는 "모녀간의 정을 끊자"는 협박이 등장했을 것이다.

태어난 지 얼마 안 되는 아기의 누워 있는 모습을 보며 "요게 언제 크지?" 하면 어르신들은 "누워 있을 때가 가장 편한 때인 줄 알거라" 하신다. 그 의미가 아기들 뒤치다꺼리로 힘들어진다는 데서 바뀐 지 오래됐다. 이 땅의 부모는 자녀가 엉금엉금 길 때부터 이미 공부시킬 준비에 여념이 없다. 각종 학원을 섭렵하랴, 유치원 정보 수집하랴, 다른 집은 어떻게 하나 염탐(?)하랴 마음이 바쁘다.

정작 아이는 안중에도 없는 경우가 허다하다. 일단 다른 아이들을 따라잡는 게 목표로 세워진 듯 보인다. 적성은 고사하고 재능도 안 따진다. 한글 떼기조차 어려울 나이에 수학과 영어는 기본이고 태권도나 무용도 기본으로 좀 해야 한다. 대학교 등록금보다 훨씬 비싼 영어유치원도 불사한다. 그렇다고 그 아이가 정말로 외국인과 영어로 막힘없이 대화할 수 있는지는 미지수이다.

생각이 여기에 이르면 이 땅의 교육열이 진정 아이를 위한 것인지 고민해보지 않을 수 없다. 자기가 못한 것에 대한 대리만족은 아닌지, 다른 부모와의 경쟁에서 이기는 것이 목적은 아닌지, 그리고 내 아이가 바른 길로 가고 있는지를 말이다.

김연아 선수의 어머니 박미희 씨는 앞서 인용했던 책을 통해 이 부분에 대해서도 따끔하게 그리고 너무도 적절하게 지적한다. "엄마는 지금

하는 고민이 '나를 위한 고민인지 아이를 위한 고민인지'부터 판단해야
한다. 아이를 중심으로 판단했을 때 후회는 없다." 이 말은 김연아 선수
의 코치 선택을 두고 한 말이어서 경우는 다르지만 박 씨의 고언은 자녀
를 둔 모든 부모가 아이 문제에서 항시 마음에 새겨야 할 대목이다.

이야기 둘. 성발 앞뒤가 맞지 않는 학창시절

학생운동, 하면 불효 안 하면 배신

학생운동을 주도하는 학생세력을 '운동권'이라고 한다. 내가 대학에 다니던 시절의 기억에는 없는 것으로 보아 1980년대부터 생겨난 용어라는 분석이 맞는 것 같다. 한국대학총학생회연합회가 학생운동을 주도하면서부터 그러한 말이 생겨났다고 한다. 우리 때는 주동자는 있어도 특별히 운동권·비운동권을 가리지 않았다. 젊은 피가 있다면 "독재 타도!"는 어느 누구에게나 증명이 불필요한 명제였다.

대학교에 들어가자마자 마주치는 것이 선배들의 데모(시위라는 말이 바른 말이지만 당시 그대로의 표현을 사용한다)하는 모습이었다. 뿌얀 최루가스, 그 냄새는 데모 다음 날에도 가시지 않았다. "유신 타도!"를 외치는 함성소리는 지금도 귓가에 선연하다. 데모는 1970년대 말에 극에 달해 내가 대학 4학년 때인 1980년에 들어서면 가장 중요한 일과가 되어버렸다. 일부 고등학생들까지 데모 스크럼 속으로 들어섰다.

당시 우리나라에서는 젊은 피의 특권이라 할 이 저항의식의 결말이 불행으로 이어졌다. 집권세력이 대학생 탄압의 논리적 발판으로 내세우는 ‘한국적 특수 상황’은 그야말로 한국의 젊은이만이 겪는 특수 상황을 만들곤 했다. 소위 ‘블랙리스트’(군사정권 시절 학생운동을 주동하거나 적극 가담한 사람을 유관 기관이 관리하던 명단)에 오르면 공직은 물론이고 대기업에도 취업하기 힘들었다. 어린 나이에 데모 한 번 잘못하면 고난의 인생길로 몰리기 일쑤였다.

내 후배들은 더욱 가혹한 처분을 감내해야 했다. 5공 정권은 학원녹화사업을 명분으로 내세워 데모를 주동하거나 거기에 적극 가담하는 학생들을 강제 휴학시키고 군대로 보낸 것이다. 대학 당국도 신군부의 이러한 불법적 조치에 협력했음이 나중에 밝혀졌다. 기가 막힐 노릇이다. 군대에 강제 징집된 이들은 군대에서도 특별관리대상이 되어 파란 많은 군 생활을 보냈음은 말로 다할 필요가 없을 것이다.

군사정권들이 특수 상황임을 강변하며 막았던 학생운동은 선진국에서는 다른 대접을 받아왔다. 그들도 불법 시위, 특히 폭력 시위에 대해서는 무자비하게 제재를 가한다. 가끔 해외 뉴스 영상을 통해 기마경찰이 말발굽으로 시위대를 저지하는 광경도 볼 수 있을 정도이다. 하지만 일반적인 시위에 대해서는 그 주장 내용의 여하를 불문하고 관대하다. 특히 대학생의 시위는 더욱 그렇다. 시위 당시뿐 아니라 그 이후에도 관대하다. 정의로운 일이라고 격려해주기도 하고, 사회에 대한 열정으로 받아들여 주기도 하며, 잘못된 신념에 의한 것일지라도 최소한 한때의 치기(稚氣)라고까지 이해해준다.

그러나 우리는 그렇지 못했다. 학생운동세력은 개인 생활에 많은 제약을 받았음은 물론이고, 가족도 조선시대 사화(士禍)에 비견할 만한 가혹한 대접을 견뎌야만 했다. 연좌제는 1894년 갑오개혁 때 없어졌으니 정권마다 연좌제가 없는 듯이 얘기했고, 무시무시한 신군부가 만든 헌법에도 "모든 국민은 자기의 행위가 아닌 친족의 행위로 인하여 불이익한 처우를 받지 아니한다"고 명시되어 있음에도 그것들은 공허한 정치적 수사(修辭)에 지나지 않았다.

우리의 부모들은 제1공화국부터 피해의식이 몸에 밸 정도로 연좌제에 떨어야 했던 세대들이기에 연좌제가 없다고 믿지 않았다. 당연히 데모를 하는 학생은 집안의 눈총도 고스란히 받아 삭혀야 했다. 형제의 앞길을 막는 못된 자식 취급을 감내해야 했다.

그래서 학생운동에 대해 당시 대학생의 마음 한구석에는 부모님에게 큰 죄를 짓는 것이라는 의식이 자리하고 있었다. 더 큰일인 자기 안위 문제는 후순위였다. 지방 출신 친구들은 서울에 올라오며 부모님과 두 가지 약속을 한다고 했다. 데모와 연애는 절대로 하지 않겠다고, 그것도 아주 굳게. 데모는 그렇다 치고 결혼은 고향 처녀와 해야 한다는 의미인지 지금 생각해도 절로 웃음이 난다.

그러다 보니 당연히 대학생들은 고민에 휩싸인다. '분명 나라가 잘못되어 있고 국민이 신음하고 있는데 젊은 우리가 나서지 않으면……' 하

윈도우 57로 세상 보기

는 생각은 누구든 갖고 있었다. 최루 가스도 이후 닥칠 고난의 길도 무서울 게 없건만, 그 거리에 그리고 그 대열에 선뜻 나서지 못하게 만드는 것은 순간마다 떠오르는 부모님의 얼굴이었다. 양심과 가족 사이에서 늘 번민해야 했다.

그래서 데모를 주저하게 될 때 정의감 말고도 심사를 괴롭게 만드는 것이 있었으니 바로 의리였다. 친구와 선후배가 끌려가는데 보고만 있어야 하나 하는 자책감이 괴롭게 만들었다. 그냥 끌려가는 것도 아니었다. 주먹과 발길질로 린치를 당하면서 끌려가곤 했다. 울컥 하는 마음을 추스르지 못하면 다음에 기다리는 것은 가시밭길이었다.

나는 자신 있게 얘기할 수 있다. 나와 같은 시대를 살았던 많은 사람들은 험난한 자기 인생의 가시밭길보다는 부모님과 가족을 위해 참을 수밖에 없었노라고, 그리고 또 다른 이들은 친구와 선·후배의 참상을 못 견디고 불효 아닌 불효를 저지를 수밖에 없었노라고 말이다.

그때 가시밭길을 걸었던 사람들이 지금은 대부분 제자리를 찾았다. 민주화에 참여한 분들이 여러 분야에서 자기 인생을 새롭게 살 기회를 얻게 되었다. 한때 학생운동 경력을 훈장처럼 착각하게 만든 적이 있어 눈살을 찌푸리게 했지만, 그들을 위해서도 이 사회의 미래를 위해서도 정말 잘된 일이다. 제자리를 찾은 사람들이라 하더라도 젊은 날 감내하기 어려웠던 그 고통과 상처를 어찌 다 보상해줄 수 있겠는가, 그런 자식으로 인해 다 타버린 부모님의 가슴을 어찌 되살려 드릴 수 있겠냐만 이렇게라도 정상을 찾았으니 참으로 다행이다.

그렇다 해도 불명예를 뒤집어쓴 채 온갖 수난에 몸서리친 흔적을 주변 곳곳에 남긴 채 저 세상으로 간 분들과 그 가족들에게 보상할 방법은 전혀 없다. 그리고 유명을 달리해야 했던 이들, 목숨은 남았지만 사는 게 사는 것이 아닌 사람들이 이 사회에 상처로 그리고 빚으로 남아 있다.

이제는 사회가 민주화되어 법규와 절차를 갖춘 시위는 누구나 주최할 수 있고 참여할 수 있다. 그래서 이제는 마음껏 내 주장을 펴면서도 효도할 수 있고, 정의를 찾고 우정을 지키면서도 효도할 수 있는 세상이 되었다. 만시지탄(晚時之歎)은 이럴 때 쓰라고 만들어진 말인 것 같다. 그저 그 한(恨)으로 고통 받던 우리 친구들, 선·후배들의 얼굴과 함께 가슴속에 남아 있을 뿐이다.

이 글을 쓰는 순간 가슴속을 울려주던 가요들을 몰래 들었던 기억이 떠오른다. <농민가>, <해방가>, <훌라송> 같은 운동가요들이야 그렇다 치고, <아침이슬>, <금관의 예수> 등 주옥같은 가사가 담긴 노래마저 막으면 터지는 가슴들을 어떻게 하라고 그랬는지, 그네들 계산법은 알다가 모를 일이다. 은유적 표현으로나마 목마름을 달래주어야 덜 터지는 세상 이치조차 모르는 한심함에 동정마저 갈 따름이었다.

그런 아픈 기억들에 가슴이 터질수록 "깊은 산 오솔길 옆 자그마한 연못엔 지금은 더러운 물만 고이고 아무것도 살지 않지만, 먼 옛날 이

연못엔 예쁜 붕어 두 마리 살고 있었다고 전해지지요"라는 김민기 선배
의 <작은 연못>이 생각난다. 그 연못에 붕어가 다시 살도록 해준 많은
이들이 고맙기 그지없다. 우리 아이들이 기개를 펼 수 있는 맑은 '작은
연못'을 찾아준 그들에게 머리 숙여 감사해야 할 일이다.

가끔 KS가 창피해지는 이유

나는 소위 말하는 'KS'이다. 경기고를 나와 서울대를 나왔다는 말이다. 좋은 자리를 독점하고 있다고 언론에서 비판적인 시각으로 붙여준 이름인데 이제는 조금 자랑 섞인 말로도 자리 잡고 있다. 나도 솔직히 그런 학교 출신이라는 데 자부심을 갖고 있다. 하지만 가끔은 내심 창피할 때가 있다.

자기가 다닌 학교에 대한 애정은 누구든지 갖고 있다. 나 역시 예외는 아니다. 그래서 내가 참여하는 모임의 많은 부분은 학교와 관련되어 있다. 특히 고등학교가 그렇다. 동기별로, 활동지역별로, 그리고 직업별로 다양한 모임이 계(契)처럼 만들어져 있다. 개중에는 내가 주도한 모임도 있다.

우리나라 남자들에게 고등학교는 특별한 의미가 있어 보인다. 보통 초등학교 시절은 선배라고 해도 존댓말을 하지 않다가 중학교부터 깍듯하게 존대를 한다. 어색하기는 하지만 그렇게 배웠고 또 선배들이 직접 요구도 한다. 그렇게 적응할 무렵 고등학교에 들어가게 되고 고등학교에서는 자연스럽게 선배는 하늘로 생각하게 된다. 이러한 습관은 사회에 나와서도 마찬가지여서 대부분의 남자들은 고등학교 선후배를 만나면 일면식이 없는 상태에서도 금방 하대와 존댓말을 하는 것이 자연스럽다. 그만큼 유대감도 다른 집단과는 확연하게 달라 보인다.

대학교는 조금 다르다. 인원도 많고 학과도 제각각이다. 학과가 같아도 사회에 나와 특별한 유대감을 갖는 경우는 드물다. 해석해보건대, 이 나이부터 확실한 자아(自我)가 자리 잡아 학교라는 틀에 자신을 가두는 것을 거부하게 되기 때문인 것 같다. 그럼에도 고등학교보다는 덜하지만 대학교 동문도 사회생활 중에 여러 모임을 갖는다.

이처럼 지금도 이런저런 모임을 만들어 만나고 서로의 소식을 궁금해 하는 고등학교와 대학교에 애정이 없을 리 없다. 그럼에도 불구하고 나는 경기고와 서울대를 나온 동문들에게 잔소리하고 싶은 마음이 많다. 애정의 반작용이라고 여기는 분도 있겠지만 말 그대로 불만이다. 아주 일부이지만 그런 언행들이 너무 인상적이다 보니 일부라고 받아들여지지 않는다. 자연히 많은 사람들이 나 같은 불만을 갖게 된다. 결코 침소봉대(針小棒大)할 마음이 없다. 허심탄회한 자리에서 나에게 직접 그런 불쾌감을 표하는 사람이 꽤 있으니 나만의 트집이 아니라고 확언한다.

우리나라에서 가장 공부 잘하는 사람들이 모였다는 데가 바로 경기

고등학교였다. 그렇기 때문에 경기고 출신은 가장 우수한 사람일 것이라고 짐작해야 할 형편인데, 어찌 된 일인지 대통령 한 번 나오지 않았다. 장기간의 독재 정권들을 거치느라 헌정 역사에 비해 대통령이 될 기회가 적었지만, 기회는 분명 몇 번 있었다. 상고(商高) 시대가 열렸다는 얘기가 나올 정도로 '별 볼 일 없는'(?) 학교를 나와서도 대통령이 되신 분들도 몇 있다. 그런데도 우수한 인재라고 자타가 인정하는 경기고는 한 번도 대통령을 배출하지 못했다. 대통령이 전부는 아니지만 창피한 일이다. 물론 한 분이 있기는 하지만 예외적인 상황임은 다 아는 사실이니 논외로 하겠다.

사회현상 분석을 즐기는 사람들은 그 이유로 '단결력' 문제를 꼬집는다. 서로 잘났으니 절대 단결할 리 없고 그러다 보니 선거처럼 힘을 합하는 문제에서 약할 수밖에 없다는 것이다. 가만히 생각해보니 경기고 출신들이 몇 명씩 한꺼번에 대선 행렬에 나선 경우가 몇 번 있었다. 그러한 분석이 일리가 전혀 없는 게 아닌 것이다.

그런데 오히려 끼리끼리 뭉치지 않는 풍토 자체는 다행이라고 생각한다. 동남아 현지에 있는 교포가 우스운 얘기 하나를 들려주었다. 세계 어디에 가든 우리나라 교민 200명만 넘으면 꼭 만들어지는 단체가 특정 부대 전우회, 특정 대학교 동창회, 특징 지역 향우회, 이 세 가지라고 한다. 그럴듯한 말이다. 주변을 돌아보면 정말 그 사람들의 단결력이 뛰어나 보이기는 했다. 그 교포는 패거리 문화에 상당히 염증을 느낀

듯 불만을 털어놓았다. 그래서 나는 고등학교든지 대학교든지 그렇게 배타적인 모임을 만들어 움직이는 데는 동의하지 않는다.

문제는 자기들끼리 뭉치지 않음은 물론이고 다른 조직이나 단체에서도 융화가 어렵다는 데 있다. 융화는 고사하고 오히려 대접받기를 은근히 바라는 언행을 보이기도 한다. 그런 면모는 대중적인 활동에서도 예외 없이 보여준다. 또 대접을 받으면 더욱 겸손한 모습을 보여야 도리인데 당연한 것으로 받아들이고 만다. 정말 잘나서 대접해주는 것으로 착각하기도 한다.

항간에 실업률 1위 대학이 서울대라는 말이 있다. 잘못된 정보일 수 있지만 분명 그런 말들이 회자되고 있다. 서울대 체면에 아무 일자리라도 찾아갈 수는 없고 그렇게 버티다보니 실업자가 의외로 많다는 얘기이다. 확인할 방법은 없지만 일견 일리가 있어 보인다. 내 주변에도 괜찮은 일자리임에도 불구하고 자존심 같은 것을 내세워 취업을 미룬 채 소일하는 사람이 꽤 있기 때문이다.

삶에서의 모든 일들이 그런 것 같다. 공부를 잘한다고 세상사가 다 잘되지는 않는다. 행복은 결코 성적순이 아님은 단지 영화 때문에 생긴 유행어가 아니다. 우리가 살면서 피부로 느끼는 일들이다. KS들이 성적순대로 살지 못하고 있어 창피한 것은 아니다. KS들이 사회가 이름까지 붙여주며 대접한 만큼 살지 못하는 모습이 나 스스로를 자성하게 한다. 경기고·서울대를 다닌다고, 또 그 학교들을 나왔다고 자긍심을 지워줬으면 기대에 부합하는 노력을 다해야 한다. 당연한 것으로 받아들이고 그에 합당한 처세에 무척이나 인색하다. 겉으로 드러나는 행동만이 아니고 속마음조차 그렇게 보일 때가 많다. 주변의 다른 이들로 하여금 대접을 거두어들이고 싶은 마음이 생기도록 만든다.

이 세상에 독불장군은 없다. 혼자서 모든 일을 다 할 수도 없을뿐더러 자기 혼자 할 수 있는 일이라곤 일기 쓰는 일 이외에는 없다. 아니 일기도 다른 사람들이 없다면 이 세상에 홀로 남아 일기 쓸 일이 몇 가지나 되겠는지 생각하면 그것도 불가능할 성싶다.

경기고와 서울대를 누워서 침 뱉는 격으로 이렇게 심하게 얘기하는 것은 결코 내 학교, 내 동문을 욕보이기 위함이 아니다. 이 사회는 사회에서 대접한 만큼의 봉사를 요구하고 있다. 설령 사회가 요구하지 않더라도 그것이 바로 사람 사는 도리다. 노블레스 오블리주(noblesse oblige)는 재력이나 권력을 갖고 있는 자에게만 해당하는 것이 아니다. 학력에도 그대로 적용된다고 본다. KS라 하면 사회에서 무의식적인 대접을 받아왔음을 자인하고 그에 상응한 자세를 갖추어야 한다. 그만큼 높은 사회적 책무를 감당해내야만 한다. 바로 노블레스 오블리주에 대한 얘기를 하기 위해 잠시 모교와 동문에 자해(?)를 가하고 있는 것이다. 나부터 대오각성한다는 의미이니, 친구들이나 선·후배님들은 오해하시지 말기를 바란다.

동문들이 "우리가 무슨 대접을 그리 받았다고?"라고 항변한다면 할 말은 없다. 그런 항변은 비단 우리만이 아니고 이 땅의 소위 무엇인가를 가진 자 모두가 그런 속마음을 감추고 있을지도 모를 일이기 때문이다. "그래, 잘나서 대접받은 것이지"라고 그저 핀잔주고 싶은 심정뿐이다. 사실 겉으로 드러내놓고 말은 하지 않지만 속내는 내가 잘났기 때문이라고 생각하는 사람들도 보았다. 말이 아닌 행동으로 표현하는 사람들 말이다.

영국의 사립 명문학교 이튼스쿨(Eton School)은 제1·2차 세계대전 때 이 학교 졸업생의 절반을 전쟁으로 잃었다는 일화로도 유명하다. 몇 해 전 이라크 전에 참전하느냐 마느냐 하고 설왕설래했던 영국 해리 왕자도 이 학교 출신이란다. 존경을 하고 어쩌고 하는 수식이 따로 필요 없다. 그저 멋지고 마냥 부럽다.

이 땅에 사는 권력을 가진 정치가, 돈을 가진 기업가, 그리고 명예를 가진 명망가는 그렇지가 못하다. 그래서 때만 되면 으레 노블레스 오블리주를 외치는 사회평론이 넘쳐나고, 이제는 그런 행사에도 아예 무덤덤해져버렸다. 이런 현실이 우리를 슬프게 한다.

정치가나 공직자에게는 국민의 4대 의무를 들먹이기도 싫다. 그저 양심이라도 찾기를 권하고 싶다. 무슨 청문회라도 할라치면 고차원 방정식 풀기보다 어려운 의혹과 변명이 오고 간다. 그리고 루머가 설(說)로, 설이 사실로 확인되고, 변명이 아닌 해명이랍시고 한 일들에 대한 증거가 속속 나온다. 이런 일을 한두 번 겪은 것이 아니다. 그들에게

이야기 둘. 정말 앞뒤가 맞지 않는 학창시절

평범한 생활인이 하는 의무라도 다하고 일반 국민이 못하는 일은 하지 않는 정도라도 바라고 싶다. 국민의 종으로 나서려 했다면 주인보다 더 많이 누리는 종의 자세부터 고쳐야 하지 않겠는가.

기업인에게 사회 환원을 요구하고 싶지 않다. 어렵사리 번 돈을 환원하라는 것도 도리에 어긋나는 일이니 말이다. 우선은 욕먹는 일에 기업인이 연루되는 일이 없었으면 한다. 지금도 진행형이지만, 한때 대기업 총수들이 입을 맞춘 듯 '기업인이 존경받는 사회'를 요구하는 것이 유행이었다. 그런데 존경받으려면 최소한 일반 대중으로부터 손가락질 받지 않는 데서부터 출발해야 하는데 지금까지는 그렇지가 못했다. 존경을 기대하기 어려운 형편이었다. 욕먹는 일을 다 없앤 연후에 존경을 찾아 나설 일이다.

또한 우리 사회에는 이런저런 이유로 명예를 가진 분들이 있다. 굳이 교수처럼 학계가 아니라 하더라도 예술, 문화, NGO 등 여러 방면에서 명예를 얻고 존경도 받고 있다. 그럼에도 불구하고 종종 그 행동거지가 못마땅하다. 눈살을 찌푸리게 한다. 돈이 결부되기도 하고 자신의 사회적 지위와 결부되기도 한다. 이름값 좀 했으면 하는 바람뿐이다. 명예와 더불어 권력과 돈마저 취하려는 자가 흥한 경우는 없다.

하루아침에 이루어지는 일은 아니지만 가진 자들이 양심을 회복하기를 기대해본다. 좌파가 그들만의 잣대로 도덕성을 무한 재단하는 것이 이제는 지겹다. 자신이 남들보다 낫다고 생각하면 일반 평균인의 상식

윈도우 57로 세상 보기

에 비춘 양심을 찾아가려는 노력을 한층 더해야 한다. 그렇게 하다 보면 사회적 책무를 다하게 되고 더 나아가 사회에 봉사할 날도 오게 될 것이다. 그리고 먼 훗날 그들이 정말 우리 사회에서 존경받는 진정한 지도층으로 거듭날 수 있을 것이다. 나에게는 그날이 바로 멋진 모교와 동문을 얘기하고 다른 사람들에게도 KS 출신임을 한 치의 부끄럼 없이 밝힐 수 있는 날이 될 것이다.

나는 유학파를 이기는 '토종 엘리트'다

나는 해외 유학을 한 번도 가보지 않았다. 그 흔한 해외 연수도 변변하게 해본 적이 없다. 자랑할 만한 일이 아니다. 나 또한 대학을 졸업하며 유학의 꿈을 가져보지 않았던 것은 아니다. 유학 가는 친구들을 부러워하지 않았던 것도 아니다. 훗날 유학 다녀온 사람들과 이런저런 일로 부딪쳤을 때 가끔 후회하기도 했다.

그래도 외국에서 공부 한 번 못 해본 내가 이 세상을 살아가는 데 불편한 것은 없었다. 변변치 않지만 이만큼이라도 내 자리에서 제 몫을 하는 데 외국 학위가 없는 것이 걸림돌이 된 적은 추호도 없었다. 오히려 한국에서만 공부한 덕을 톡톡히 본 적이 여러 번 있었다. 특히 직장생활을 할 때에는 오히려 유학파들이 천덕꾸러기였다. 길지 않은 시간 동안 한국을 떠나 있었을 뿐인데도 많은 유학파 직장인들은 한국의 기업문화에 적응하는 데 어려움을 겪었다. 그 부적응증을 "경영학에서 배운 것과는 너무 판이하다. 한국 기업은 너무도 잘못되어 있다"는 말로 변명하는 사람들이 태반이었다.

사업을 하면서는 더욱 그랬다. 이 세상에 이론대로만 이루어지는 일이 어디 있던가? 세상 이치가 그러한데 외국 학교 출신들은 교과서에 의존하는 경향이 강했다. 한때 우리나라에서 유행처럼 선망의 대상이 되었던 MBA 출신들도 회사를 마치 경영학 이론의 실험도구라도 삼는 양 현실과 동떨어진 경영을 하다가 실패하는 일을 숱하게 볼 수 있었다. 지금 이 순간에도 그런 일들은 진행되고 있다.

우리 때 유학에 가는 나라로는 미국, 유럽 그리고 아주 드물게 일본 정도였다. 유학의 대상지가 점점 다양화되어 중국으로 이어지더니 급기야 필리핀이나 말레이시아 같은 동남아시아까지 확대되고 있다. 동남아 국가가 개발도상국이라고 폄하하는 것이 아니라 우리나라 학생들이 이들 국가로 유학 가는 양태가 꼴불견이다. 뭔가를 배우러 가는 게 아니라 단지 유학을 목적으로 가는 경우가 많기 때문이다.

중학생은 이제 옛말이고 초등학생까지 이들 나라에 간다. 남의 나라에 유학을 가려면 그곳에 가서 배워야 할 이유가 있어야 한다. 더군다나 어린 나이에 그 고생길에 오르려면 그 길 아니면 되지 않는 특별한 목적이 있어야 한다. 그런데 대부분은 영어를 배우는 것이 주된 목적이다. 국제학교에 입학해 영어로 수업을 듣는 그 하나의 득(得) 때문에 얼토당토않은 일을 벌이고 있는 것이 우리의 조기유학 실상이다.

이제는 면역이 되어 큰 이슈가 되지 않고 있지만, 한때 기러기 아빠들이 커다란 사회문제로 집중 조명을 받았다. 더불어 아이의 조기유학길에 따라간 엄마들의 불륜 행각으로 가정파탄이 일어난 경우도 많이 있었다. 내 주변에도 그런 실례가 많았다.

아이의 방학 동안 잠깐 어학연수를 시키러 간다고 떠난 아내에게서 방학이 끝날 무렵 전화가 온다. 아이가 너무 잘 적응해서 혹은 아이가 너무 원해서 내친 김에 그곳에서 그대로 유학을 하는 게 좋겠다고 덜렁 전화로 통보를 한단다. 그리고는 이곳에 남아 있는 남자 혼자 때 아닌 이산가족 신세를 고스란히 감당해야 한다.

그들이 스스로도 가장 서글퍼하고 주변에서 보기에도 안타까운 모습은 저녁 한 끼 같이 먹을 사람이 없어 쓸쓸한 모습으로 집에 가는 발걸음이다. 주말에 혼자서 멍한 모습으로 영화관을 나오는 친구와 마주쳤던 날, 그 친구의 창피해 하는 표정에 나는 저녁 내내 마음이 아팠다. 어찌해서 이런 일이 우리나라에만 벌어지고 있는지 답답했다.

교육은 한 가정이나 사회 전체 모두에 중요한 사안이다. 그러나 오로지 자녀 교육만을 위해 가족의 모든 가치를 희생하는 것은 본말(本末)이 전도(顚倒)된 짓이다. 자녀 교육만이 세상살이의 전부는 아니다. 더욱이 유학만이 자녀 교육을 잘 시키는 길도 아니다.

아직 덜 자란 아이에게는 잔혹한 얘기겠지만, 조기유학이 그렇게 자신 있는 자녀들이라면 현지에서 혼자 공부할 수 있는 길을 찾아주면 될 일 아닌가 말이다. 유학비를 충당하기 위해 등골이 휘도록 돈 버는

기계로 전락한 아빠, 사고무친(四顧無親) 이역 땅에서 아이 뒷바라지 하
라 남편 걱정하랴 마음 가는 데는 많지만 의지할 데 없는 엄마, 멀쩡한
제 아빠 놓아두고 편모슬하에서 낯선 학교를 다녀야 하는 아이들 모두
불행하기는 마찬가지이다.

　유학과 관련한 유명한 고사가 있다. 통일신라시대에 원효대사가 당
나라로 유학을 떠났다. 그 옛날 유학길은 너무도 고달팠다. 걸어가거나
기껏해야 말 타고 가는 길이니 중노동이었을 것이다. 원효대사도 지친
나머지 어느 날 밤 인적 없는 동굴에서 피곤과 허기를 달래며 고단한
몸을 뉘었다. 자다가 목이 말라 잠결에 옆에 있던 바가지 안에 든 물을
너무도 달게 마셨다. 아침에 일어나 주위를 둘러보던 원효대사는 깜짝
놀랐다. 전날 밤 그렇게 달게 마셨던 물은 동굴 안 해골에 담긴 썩은
물이었던 것이다. 당연히 그렇지 않아도 빈속이련만 모두 토해내고 말
았다. 그러다 큰 깨달음을 얻고는 유학길을 되돌려 고국으로 돌아왔다
고 한다. 이때 남긴 유명한 말이 바로 "심생즉종종법생(心生則種種法生),
심멸즉종종법멸(心滅則種種法滅)"이다. 마음이 생기면 모든 법이 생기고,
마음이 없어지면 모든 법이 없어진다는 이치를 깨달은 것이다. 다시
말해 모든 것은 마음먹기에 달려 있다는 불멸의 진리인 것이다. 이 말은
불가의 진리이지만, 유학 문제에서도 곱씹고 곱씹어보아야 할 교훈이
들어 있다.

　나는 유학 문제와 마찬가지로 극성스러운 과외, 정확하게 표적을 삼

자면 치맛바람에 대해서도 극렬한 반대자이다. 과외라도 시켜서 좋은 학교에 보내겠다는 부모의 열망은 인지상정(人之常情) 아니겠느냐고 반박하는 사람들도 있다. 이에 대해 나는 이렇게 극언(極言)으로 답을 한다. "그럼 대학 공부도 과외로 할 수 있겠지. 또 회사 들어가서도 과외하고 어머니가 손잡고 다녀주면 되지. 까짓것, 그렇게 할 자신 있으면 과외를 하든지 조기유학을 하든지 맘대로 해라"라며 억지 부리듯 핀잔을 주고 만다.

유학과는 별개로 학위 문제에 관련해서는 나도 반성할 점이 있다. 공부가 아니라 학위만을 탐했던 것은 아닌지 자문해본다. 나는 두 개의 석사학위를 가지고 있다. 도시계획과 경영학에서 취득한 두 개의 석사학위에 대해 내 나름대로의 명분도 확실하다. 건설업에 종사하다 보니 도시계획에 대한 공부가 필요했고, 회사 경영을 위해 업그레이드된 경영 마인드가 필요했다.

그런데 그렇게 해서 남들보다 더 많은 책을 읽고 공부에 천착했는가, 남들보다 더 많이 고민해보고 더 많은 자료를 찾기 위해 노력한 적이 있는가를 돌아볼 때 스스로 얼굴을 붉히고 만다. 솔직히 직장 생활할 때 사업의 타당성을 검토하기 위해, 그리고 사업하면서 의사결정을 위해 책 읽고 자료 찾으며 고민했던 것들이 더 공부가 되었던 것 같다. 대학원에 들어감으로써 그나마 게을러지려는 나를 채찍질하고 새로운 견문을 쌓는 훌륭한 활력소 역할을 했노라고 위안을 삼기도 한다. 그러면서도 실력보다 학력을 탐했음도 자책한다. 내실 없이 모양새를 좇았던 나를 반성한다.

학력이 아니라 실력으로 봐달라는 말은 이제 식상할 정도로 사회단체와 언론에서 많이 주문해왔고 지금도 그렇다. 하지만 고쳐지지 않는 부분이다. 돈만 밝히는 자본주의를 꼬집는 천민자본주의라는 좌파적 용어가 있다. 이를 차용하면 우리 사회에 천민학력주의(賤民學歷主義)가 만연해 있다. 우리가 어찌 해볼 수 없을 정도로 높으신 극히 일부 자본가들이 천민자본주의를 만들었다면, 천민학력주의는 일반 대중이 다 같이 만들어낸 잘못된 풍토이다.

따라서 우리가 의식을 고친다면 반드시 바꿀 수 있다. 그렇게 바꾸어나간다면 오늘도 거리를 헤매는 기러기 아빠들에게 아내가 만들어준 따뜻한 저녁 밥상에서 아이들이 그날 학교에서 겪은 일을 듣고 멀어져가는 기억을 더듬어 붙잡을 수 있는 행복을 되찾아줄 수 있을 것이다. 애들 방에서 수학 문제 하나 같이 풀어주는 기쁨을 돌려줄 수 있을 것이다. 토종 엘리트가 사회 각 분야에서 유학파를 이겨왔듯이 토종 교육만으로도 반듯한 자녀를 길러내기에 충분하다. 행복은 결과보다 온 가족이 부대끼며 누리는 과정에서 찾아오는 것이다.

이야기 셋. 회사생활의 득과 실

직업의 의미조차 몰랐던 사회 초년병, '미스터 부'
학교에서 뭘 배웠나?
영원한 경쟁자, 직속 상사
섭섭하다 오너들이여! 봉급 때문만은 아닌데
접대로 얻는 것과 잃는 것
남녀평등에 대한 생각

Windows 57

나에게 "태어나서 가장 열심히 일한 적이 언제냐?"고 묻는다면 생각할 것도 없이 신입사원 시절이라고 대답할 수 있다. 회사에 입사하고 3~4개월의 적응 기간이 지난 이후 정말 밤낮도 앞뒤도 가리지 않고 일했다. 꿈에서조차 일과 씨름하는 날도 많았다.

연수원을 갓 나와 실무에 투입되니 모든 것이 낯설기만 했다. 워드프로세서의 전 단계였던 전동타자기, 해외에서 날아 들어오는 텔렉스 따위의 하드웨어도 그렇고, 전화 한 번 해서 부탁해도 될 일을 굳이 협조 공문까지 보내야 하는 시스템도 그랬다. 선배들이 단순 노동이라고 투덜대며 기계적으로 척척 하는 일도 내게는 버겁기만 했다.

그 당시 우리나라의 기업 행정은 군대 행정을 그대로 모방한 것이었다고 들었다. 또한 그 군대 행정은 대부분 일본으로부터 물려받은 것이었다. 어쩌면 책임 소재를 가리는 일이 반도 더 되는 것처럼 보였다. 그리고 형식에 너무 얽매이다보니 효율이 도통 오를 수 없는 구조를 가진 일들도 많았다. 그때마다 '구태여 이것을 왜 해야 하지'라는 의문을 갖게 되었다. 사실 그런 마음속 불평은 연수원에서 그렇게 많이 해보던 기안이 왜 그리도 서툰지, 영 손에 설어 기안 하나 작성하는 데 몇 시간을 보내야 하는 괴로움을 피하고 싶은 심정에서 기인한 경우도 꽤 많았다.

시간이 흐름에 따라 서서히 사무기기와 요식행위도 손에 익어갔다. 그럴수록 위에서 떨어지는 일도 많아졌다. 아직은 서툰 시기에 일은 많아지니 일에 매달려 지내는 신세가 되었다. 요즘도 이런 모습은 여전한 것 같다. 그래서 사원 1~2년 차들은 회사 일을 혼자서 다 하는 것처럼 바쁘다. 겉으로 보기에 대리나 과장은 놀고 사원만 부려먹는 것처럼 착각하게 하는데 실제로는 그렇지 않다. 많은 부분은 본인이 일 처리에 능숙하지 못해 발생하는 현상이다. 물론 요령을 부리지 않고 정석대로 하려는 의지도 시간을 많이 빼앗는 원인이지만, 그 요령이라는 것도 일의 우선순위를 가려 시간 안배를 잘 하는 비결 중 하나이다.

그렇게 일하던 어느 날 저녁, 나이가 꽤 든 선배 직원인 대리 한 분이 소주나 한잔 하자고 했다. 일거리가 밀려 있어 좀 곤란한 표정을 짓자 그는 늘 하던 식으로 비아냥거리듯 말을 던졌다. "게으른 새는 석양에 바쁘니라." 그 말을 들을 때마다 억울하고 자존심 상해하던 터라 하던 일을 대충 정리하고 따라나섰다.

둘은 예나 지금이나 직장인의 영원한 동반자인 삼겹살을 곁들여 소주를 마시면서 얘기를 이어나갔다. 그리고 직장인의 영원한 안줏거리인 회사와 직장 상사를 이리저리 씹으며 거나해져갔다.

그러던 중 그 선배가 난데없이 질문을 던졌다. "부창렬 씨, 직업이 뭐요?" 직업이란 말을 무수히 사용하면서도 한 번도 깊게 생각하지 않았던지라 낱말 뜻을 묻는 것인지 철학적 해석을 요구하는 것인지 약간 헷갈렸다. "직업이 회사원이지요." 내 딴에는 덜 떨어진 우문(愚問)에 기막힌 현답(賢答)이랍시고 의기양양하게 대답했다. 조금은 장난스럽게. 그랬더니 선배는 정말 침울한 표정을 지으면서 "미스터 부, 장난하지 말고"라며 근엄한 목소리로 답을 채근했다. 그런데 이상하게 아무리 머릿속을 뒤져봐도 그 정의조차 찾기 어려웠다.

내가 우물우물하자 법학을 전공했다는 그는 헌법학에서 직업 선택의 자유 부분에 나오는 직업의 정의라며 장황한 설명을 시작했다. 당시에 그는 생계의 기반이 되어야 직업이라는 점을 강조했다. 그리고 지속적으로 하는 것이어야 하고 자신의 적성과 능력에 따라 일하는 것이 되어야 한다는 것, 이렇게 세 가지 요소로 이루어진 것이 바로 직업이라고 했다.

그는 세 번째인 적성과 능력에 따라 일해야 직업이라는 부분에서 너무도 안타까워했다. 직업이라는 개념의 제1 구성요소인 생계의 기반을 위해 나머지 부분을 희생할 수밖에 없는 처지를 한탄하는 것이었다. 마치 내일 아침이라도 사표를 던져버릴 듯 느껴질 지경이었다. 그러나 다음 날 그런 일은 일어나지 않았다. 그는 언제 그랬냐 싶게 평소처럼 일했고 그날 일은 나조차 까맣게 잊어갔다.

그 일을 계기로 나에게 변화가 있었다면 아주 가끔 직업의 의미를 돌아보게 된 것이었다. 그 선배처럼 일에 짜증났을 때, 더 멋진 생활을 하는 듯해 보이는 친구를 만나고 났을 때, 희끗희끗하게 센 머리를 연신 조아리는 임원을 보고 있을 때, 일요일에 모처럼 늦잠으로 호강하고 난 다음 멍하게 넋 놓고 있는 내 자신이 한심해 보일 때 그랬다.

내 어릴 적만 해도 직업 선택의 기준에서 으뜸은 자아실현이었다. 세상 물정을 몰랐으니까 당연한 일일 수도 있겠지만, 대학 시절에도 보수를 위주로 직업을 선택하지는 않았던 것 같다. 직업을 선택할 때 실제로는 경제적 보상과 사회적 지위도 함께 따지지만, 다른 사람에게 는 대부분 자아실현 그리고 보람 이런 것을 선택의 이유로 들었다. 그 당시 이러한 사회의식에 대해 과학적으로 여론조사를 하지 않았으니 정확한 통계는 모르겠으되, 시류가 그랬던 것만큼은 확실하다.

세태의 변화에 따라 보수(報酬)가 직업 선택의 기준에서 차지하는 비중이 높아져왔다. 여기에는 돈에 대한 가치관의 변화도 크게 영향을 미쳤다고 본다. 2008년 한국직업능력개발원 조사 결과를 보면, 직업 선택의 기준으로 조사 대상의 31.9%가 고용안정성을, 25.5%가 보수 문제를 꼽았다. 특이한 것은 나이가 어릴수록 임금에 더욱 관심을 보인다는 점이었다.

이러한 현상은 2007년 한국고용정보원의 조사 결과에 이어 2009년 지속가능사회를 위한 연구소(ERISS)의 조사 결과에서도 나타났다. 한국고용정보원의 조사에서는 대학생이 보람과 적성을 최우선시한 반면, 고등학생과 중학생은 돈을 더 중시했다. ERISS 조사에서 대학생은 성취감(39.8%)과 안정성(27.0%)보다 다소 낮은 21.5%가 보수를 꼽은 반면, 고등학생은 안정성(32.9%)과 보수가 비슷한 비율(31.3%)을 보였다. 어떻게 해석해야 할지 난감한 부분이다.

그 답을 앞에서 예로 들었던 2008년의 한국직업능력개발원 조사 결과에서 일부 찾을 수 있을 듯하다. 조사 대상자들은 자신에게 적용되는 것과는 달리 자녀의 직업 선택 기준으로 발전가능성을 가장 많이 꼽았다(48.3%). 자신이 직업을 갖고 일하면서 현실을 알아갈수록 직업에서 돈보다 더 귀중한 것을 몸으로 찾아낸다는 반증이라고 할 수 있다.

나이 어린 학생들이 직업 선택의 기준으로 보수를 중요시하게 된 현상이 서글프다. 우리가 평소 자녀들에게 너무 "돈, 돈, 돈" 해왔던 탓은 아닐까 하는 생각이 들기 때문이다. 어린 학생들은 부모가 원하는 것이 곧 자기에게 바라는 것이라고 착각하기가 쉽다. 기성세대들의 욕구에 무의식적으로 동화되었을 수도 있다는 말이다.

직업은 생계를 유지하기 위해 자신의 적성과 능력에 따라 지속적으로 하는 일이라는 사실을 잊지 말아야 한다. 그런 사실을 아이들에게는 제대로 인식시켜주어야 한다. 우리가 이제껏 살아오면서 겪어온 직업의 정체가 그렇기 때문이다. 생계는 단지 살림을 살아나갈 방도일 뿐이다. 결코 사치나 과시를 위한 방도까지 포함해서는 안 된다.

워렌 버핏(Warren Buffett)은 직업 상담을 해온 한 학생에게 "자네 생각에 지금은 매우 힘들어도 참고 일하면 십 년 후에는 좋아질 것이라고 생각하고 회사를 선택하거나 지금은 보수가 적지만 십 년 후에는 열 배를 받게 될 것이라는 기대로 회사를 선택하지 말게. 지금 즐겁지 못하면 십 년 후에도 마찬가지일 것이네"라고 충고했다. 자신의 저서『부의 진실을 말하다』에 밝힌 직업에 대한 그의 철학이다.

부모는 직업에 관해 건전한 교육을 해야 한다. 본인의 발전가능성을 최우선으로 생각하게 해줄 필요가 있다. 직업의 의미조차 몰랐던 '미스터 부'도 살다보니 '일에 미쳐 열심히 하다보면 돈이 따라오지만 돈만 좇다가는 일도 망치고 돈도 놓치게 된다'는 평범한 교훈을 얻게 되었다.

학교에서 뭘 배웠나?

신입사원 티를 어느 정도 벗어가니 혼자 기획하고 보고서를 내는 위치가 되었다. 이전에는 선배 사원이나 상사들이 내려준 지침대로 분석하고 자료를 찾고 정리하는 수준이었다면 하나씩 창조해나가는 작업을 하게 되었다고 할 수 있다. 그만큼 회사에서 자리도 좀 잡고 업무 폭도 넓어진 셈이다. 그때쯤부터 '이렇게 무능력하다니, 그동안 무엇 하고 살았나' 하고 대학교 때의 게으름을 자책하게 되었다.

그 정도가 되면 회사 내에서도 정치를 해야 한다. 선배나 상사들에게 어느 정도 잘 보이려는 노력은 기본이다. 그리고 당시의 회사구조상 여직원에게도 점수를 따야 했다. 고졸 여사원들은 직급도 그렇고 나이로도 그렇고 내가 상사이어야 할 텐데 가끔씩 억울함을 느낄 때가 있다. 그러나 참을 수밖에 없는 것은 바로 타자 때문이었다.

통상적인 문서는 손으로 직접 쓰면 되었지만, 중역 이상에게 보고되는 문서는 그렇지가 않았다. 반드시 타자로 줄을 맞춰서 작성해야 했다.

이야기 셋. 회사생활이 특과 실

원본은 최상급 보고 대상에게 올리고, 차상급 대상부터는 타자 칠 때 밑에 먹지를 받쳐 만든 보고서로 보고한다. 요즈음에는 거꾸로 중요성과 긴급함을 알리고자 할 때 컴퓨터를 이용하지 않고 손으로 메모해 보고하는 것도 하나의 기법이라니 격세지감(隔世之感)이 따로 없다.

한 부서에는 여직원이 그다지 많지 않았기 때문에 줄을 서야 했다. 담당 여직원에게 밉보이기라도 하는 날이면 시간에 맞춰 보고서를 완성하기는 기대하기 어려웠다. 그리고 여직원 탓으로 생긴 일도 결국 순전히 본인의 능력 부족으로 결론 나곤 했다. 그렇지 않아도 복종만 해야 하고 명령할 길 없는 처지에 그런 일까지 당하고 나면 분통이 터졌다. 그런데도 어디 하소연할 길도 없어 벙어리 냉가슴을 앓아야 했다. 그 과정을 몇 번 반복하고 나서야 또 다른 정치의 필요성과 아울러 수법까지도 체득하게 되었다. 이른바 중견사원이 되어가는 과정이었다.

당시 대기업들에는 요즈음은 무척 생소한 직업인 필경사(筆耕士)라는 사람들이 있었다. 필체 좋은 사람들이 말 그대로 인쇄하듯이 글씨를 써주는 독특한 직업군이었다. 중요 임원들에게 보고하거나 관공서 같은 곳에 대외적으로 격식을 갖춰야 하는 문서를 보내야 할 때면 이 사람들의 도움을 받아야 했다. 군대나 정부 조직에도 그런 사람들이 일하던 시절이었다. 글씨들을 퍽 잘 쓰긴 했는데 다 같은 펜 서체 공부를 해서 그런지 어느 조직에서 나온 문서이든 간에 글씨체가 한결같았다.

타자를 잘 치는 여직원들과 마찬가지로 필경사들도 많은 공을 들여야 할 대상이었다. 나이도 꽤 지긋한 분들이었고 직급도 나보다는 위여서 억울하지는 않았다. 야속한 것은 정말 급한 상황이 발생했을 때 느긋하게 대응하는 태도와 오자(誤字)라도 생겨 다시 작성해야 할 때 똑같은 봉급쟁이 처지인데도 매몰차게 몰아치는 고압적 태도였다. 그러니 임원에게 보고할 수준으로 내용이 완성되고, 적어도 과장급의 재가가 있어야 필사를 의뢰할 수 있었다. 나도 딴에는 글씨 좀 쓴다고 생각했지만 그 정도로는 어림도 없었고 정형화된 보고서용 필체가 따로 있었다.

복잡하고도 어려운 과정을 거쳐 다음 날 회장단 회의에 올릴 보고서를 부장에게 올렸다. 나의 첫 작품이었다. 아무 말도 하지 않고 서류를 보던 부장이 정말 무표정한 얼굴로 "야, 학교에서 뭘 배운 것이냐?"라며 언성을 높였다. 가슴이 철렁했다. 그렇지 않아도 그런 자책을 하던 차라 눈앞이 캄캄해지기도 했다. 그리고 치욕스러웠다. 훗날에는 더 심한 질책도 받았는데 유독 그 무렵 그 말에 울화가 치민 것은 학생 티를 덜 벗었다는 반증(反證)이 아니었나 싶다.

제법 반항 섞인 어투로 물었다. "문제가 있습니까?" 부장은 갑자기 빨간 볼펜을 꺼내들었다. 부장이 빨간 펜 교사 노릇을 하는 내내 책상에서 조금 떨어져서 서 있던 나는 뭘 저리 많이 고치는지 궁금하기 짝이 없었다. 결재판을 받아들고 내 자리로 돌아오기까지는 정말 기나긴 시간이었다. 필경사에게 부탁해야 하는 관문을 또다시 통과해야 한다는 부담도 머리를 아프게 했다.

조급한 마음은 자리에 앉기 전부터 결재판을 펴보게 했다. 빨간 글씨들을 보다가 어이가 없었고 끝까지 확인하고는 기가 막혔다. 부장이 그렇게 화를 내며 고쳐낸 것들은 모두 맞춤법에 관한 것이었다. 내용은 손도 안 대고 여남은 공간에 휘갈겨 써놓았다.

학교까지 거론되었으니 자존심이 걸린 문제였다. 마침 직장인 대림그룹 근처에는 내가 입사하던 1981년에 문을 연 대형 서점이 하나 있었다. 곧장 달려가 큼직한 국어사전 하나를 사들고 돌아왔다. 내가 아무리 공대 출신이라지만 국민 된 도리 중 하나라고 생각하고 우리말을 바르게 쓰려고 노력하던 터였기에 더욱 악착을 떨었나보다.

지적한 단어 중 한 개만 빼고 내가 맞았다. 그리고 그 한 개는 둘다 틀렸다. 회사만의 맞춤법이 별도로 있다면 몰라도 사전상으로는 그랬다. 그렇다고 사전을 들고 가서 따져볼 수도 없고. 그런데 문제는 그 다음부터였다. 보고서를 다시 만들어야 하는데 부장의 의견에 맞추자니 틀린 것이고 내 의견대로 밀고 가자니 틀림없는 항명이고, 말 그대로 진퇴양난이었다. 어쨌든 또 한 번 필경사의 신세를 져야 하는데 그 점도 난처했다.

묘안이 하나 떠올랐다. 잠깐이나마 탐닉했던 『삼국지』에 나오는 이이제이(以夷制夷) 전법을 써먹기로 했다. 필경사에게 커피 한 잔을 갖다주며 자초지종을 얘기하고 고민을 털어놓았다. 한참을 듣고 있던 그가 묵묵히 보고서를 들고 우리 부장에게 걸어갔다. 순간 간이 콩알만 해짐

윈도우 57로 세상 보기

을 느꼈다. '아니, 어쩌려고!' 걱정이 되면서도 내가 할 수 있는 일은 없었다.

또다시 길고 긴 시간이 흐른 뒤 그가 자리로 돌아왔다. "다시 해줄게. 나중에 술 한 잔 사라" 하고 대수롭지 않게 그만의 종이를 꺼내 글씨를 쓰기 시작했다. 진심으로 고민거리를 털어놓는 내 모습에 그가 마음을 열었는지, 아니면 부장을 한 번 이길 수 있는 기회라고 생각했는지 아무튼 그 일은 그렇게 진행되었다.

완성본을 받아보니 부장의 빨간 펜 옆에 내가 조심스럽게 연필로 다시 쓴 대로 적혀 있었다. 나중에 알고 보니 필경사 그 분이 자기 의견으로 포장해 내 의지를 관철시켜준 것이었다. 아니 바로잡아준 것이었다. 우여곡절을 겪은 끝에 나는 첫 회장단 보고용 작품을 시간에 맞춰 끝마칠 수 있었다.

묘수풀이를 끝내고 나니 "학교에서 뭘 배웠나?" 하는 부장의 목소리가 귓전에 되살아났고 그 기분은 집까지 이어졌다. 출신 학교나 성적이 과히 나쁘지 않은 나에게 왜 학교까지 들먹였을까, 본인도 '학교 따로 사회생활 따로'인 과정을 다 겪어본 마당에 왜 그런 말을 했을까 등등 고민 반 걱정 반을 하게 되었다.

그런데 신기하게도 나 역시 시간이 흘러 상급자가 되고 경영자 노릇도 하면서 가끔 화가 나면 그 말을 입 밖으로 내뱉었다. 그리고 또 하나, 학교 성적표가 그 사람의 모든 것을 말해줌을 깨닫게 되는 묘한 경험을 하게 되었다. 분명 성적표에는 이유가 있었고, 선입견일지 모르지만 그 사람이 딱 성적표만큼 일한다는 이치를 체득하게 되었다.

단적인 예로 우리 때는 교련과 체육이 필수 이수과목이었는데 그 과목의 성적을 잣대로 삼기도 했다. 나 자신부터 그러했듯이 그 과목은 소홀히 대하기 십상이었다. 아니 그런 과목의 점수가 잘 나오면 오히려 친구들로부터 조롱받거나 요즘 말로 '왕따'당하는 것이 예사였다. 어용(御用)이라는 낙인이 찍혀버렸다. 그 과목들은 대부분 출석 위주로 점수를 매기는데 결강을 대학생의 특권처럼 생각하던 시절이었으니 학점이 좋게 나오는 경우가 흔할 리가 없었다. 역으로 생각하면 조금만 성의를 가져도 점수 따기가 쉬웠다.

대학교에서의 교련은 1989년에 폐지되었으니 10년 후배들까지는 계속된 셈이다. 그 후배들이 회사에 입사할 무렵 나는 이미 부서장이 되어 있었다. 능력은 있어 보이는데 왠지 뺀질거리고 성실하지 못하다 싶으면 복사해두었던 입사 기록을 들춰보았다. 그러면 영락없이 대학 성적 중 교련이나 체육 학점이 겨우 펑크만 면한 턱걸이 수준이었다. 그렇지 않다 하더라도 성적이 들쭉날쭉 춤을 추었다. 제가 하고 싶은 과목은 열심히 하고 아닌 과목은 방치한 티가 확연했다. 이런 노하우가 점차 쌓이면 아예 신입사원이 입사할 때 향후 그의 행동양식까지 예측하고 대응방안까지 마련하게 되는데 얼추 맞아떨어지는 게 신기할 지경이었다.

꽤 오랜 시간 동안 터득한 이 이치들을 내 자식들과 조카들에게 들려준다. 그리고 벌써 나이 때문에 기회가 많지는 않지만 대학생 후배들을 만날 때 한 번씩 얘기한다. 고리타분해 할 것을 알면서도 의무처럼 말한다. 대학 4년이라는 시간이 이후의 날들에 비해 너무 짧기도 하고, 그들에게 훗날 어떤 일이 눈앞에 펼쳐질지 전혀 감도 잡기 어려운 나이기도 하기에 내가 악역을 자처한다. 그런 일이야말로 술 사주는 악역 외에 또 하나의 기분 좋은 악역이 아니겠는가?

영원한 경쟁자, 직속 상사

건설회사는 산업의 특성상 현장 업무가 중심이 될 수밖에 없다. 그러다 보니 자연히 지방 현장 근무가 많다. 회사나 개인의 사정에 따라 혹자는 신입사원 시절부터 현장에 배치되기도 하고 혹자는 본사에 오래 있다가 꽤 높은 직급에 오르고 난 다음 낯선 현장에서 생활을 시작하기도 한다. 또 대형 건설회사의 경우에는 해외 현장 근무도 부지기수이다.

나라고 예외일 수는 없었다. 중견사원이 되자 바로 현장 발령을 받았다. 본사 생활에 막 적응하려던 차에 인사발령이 났던 것이다. 첫 현장은 고속도로를 지나며 이정표에서 보았던, 물설고 낯설기만 한 천안이었다. 며칠간 인수·인계 업무와 더불어 현장 업무 및 천안에 대한 공부를 해야 했다. 일과 후에는 현장 경험이 있는 선배들과 소주 한잔을 하며 현장 업무에 대한 강의를 듣는 것도 필수 코스 중 하나였다.

현장에는 공종별(工種別)로 책임자와 실무자가 있다. 물론 작은 현장에는 담당자가 한 명만 있는 경우도 많다. 그리고 공무(工務)를 총괄하는 과장급 이상과 관리를 총괄하는 책임자가 있다. 현장소장은 부장급 이상으로 현지 사령관 역할을 한다. 큰 현장은 열 명 안팎, 작은 현장은 예닐곱 명으로 구성되고 나머지는 하청업체 인원들이다.

현장에서 일하려면 본사에서는 잘 쓰지 않는 일본식 건설 용어가 입에 배어야 한다. 언론에서도 무수히 문제점으로 지적되고 있지만, 유독 건설 용어에는 일본어의 잔재가 많이 남아 있다. 현장의 구내식당을 '함바'라고 하는데 '飯場', 즉 밥 먹는 곳을 일본어 발음으로 읽어 그대로 쓰고 있다. 촌놈 취급을 받지 않으려면 이러한 사소한 용어까지도 확실하게 내 것으로 만들어야 한다고 생각했다. 어차피 '시로토'[초보자를 뜻하는 일본어로서 백인(白人) 혹은 소인(素人)에서 유래된 잘못된 용어]로 취급받기는 매한가지인데 그때는 몰랐다. 초보 티를 내지 않겠다는 결연한 의지만 있을 뿐이었다.

드디어 천안으로 내려갔다. 두려움 반, 기대 반이었다. 현장 사무실에 도착하니 건축 책임 과장과 공무 차장이 가장 반겨주었다. 특히 건축과장은 "드디어 시다바리(아랫사람, 조수를 뜻하는 일본어 '시다바다라키'가 변해서 비속어로 쓰이는 말) 신세 면하는구나" 하면서 좋아한다. 소장 인사, 자리 배정, 숙소 안내가 이어졌다. 그리고 환영 회식으로 이어졌다.

그런데 그날의 회식은 소장이 빠진 예비 회식에 지나지 않았고, 정식 현장 회식을 포함한 갖가지 자리가 계속되었다. 곧바로 진한 업무 세례가 있을 것으로 생각해 바짝 긴장했었는데 인정(人情) 세례가 줄기차게 이어졌다. 현장 하도급업체 직원들과의 회합에 이어 관내 유관 공무원을 비롯한 외부 인사들과의 인사 자리를 마지막으로 한 순배가 끝나고서야 기나긴 신고식이 마무리되었다. 이후 본격적인 일이 시작되었다.

다 같이 타향살이하는 처지이다 보니 의기투합하는 일도 많았다. 여러 선배들, 특히 직속 상사인 건축과장은 친형제 같은 착각이 들 정도로 나를 챙겨주었다. 업무부터 사생활의 사사로운 부분까지 알려주고 알아서 먼저 챙겨주고 그랬던 것 같다.

그런데 이상한 것은 소장 앞에서나 본사 임원들이 와 있을 때 건축과장이 나를 대하는 태도가 평소와는 너무 판이하게 다른 점이었다. 특히 임원이라도 오면 전날 충분히 연습해서 보고사항에 아무 문제가 없는 것으로 검토가 끝난 건인데도 보고하는 자리에서 무방비 상태인 나에게 지적 아닌 공격을 하곤 했다. 임원은 이해하고 지나갔는데도 꼭 지적거리를 만들어냈다. 차라리 시비로 보일 때도 많았다.

그런 일이 반복되다 보니 둔감한 나로서도 신경이 쓰였다. 처음에는 전날 내가 잘못한 것이 있나, 좀 지나서는 업무적으로 내게 불만이 있나, 아니면 소장이 나에게 만족스럽지 못해 하는 것을 대변하는 것일까, 그렇게 생각은 발전과 진화를 거듭했다. 내 딴에는 요모조모를 따져본다고 따져보았지만 도통 건축과장의 심리를 이해할 수 없었다. 사적인 자리에서 짐짓 진지하게 물어보면 정작 그는 "신경 쓰지 마. 그냥 그런 거야"라고 대수롭지 않게 넘겨버렸다. 그러고 나서는 나를 대하는 태도가 원위치되곤 했다. 더욱더 신경이 쓰이고 거리감이 생겼다.

내가 그렇게 직장 상사와의 갈등으로 고민하고 있던 어느 해 초에 다른 회사에 다니는 친구한테 술 한 잔 하자는 연락이 왔다. 오랜만에 보는 친구였다. 나도 현장으로 도느라 시간이 없었고, 그 친구도 당시 바쁘기로 유명한 대기업에 다녀서 가끔 전화로 안부나 주고받는 정도로 지내던 차였다. 늘 그렇듯이 용건의 핵심은 술자리의 앞 대목에서 밝혀진다. 그 다음은 넋두리, 한탄, 체념 그리고 의기 충전, 이것이 직장인들의 순서이다.

그 친구가 한잔 하고픈, 회사 동료 이외의 사람과 허심탄회하게 나누고 싶어 했던 사연은 이랬다. 안부를 들어 익히 알고 있었지만 그 친구는 회사에서 한 부서 붙박이였다. 5년이나 같은 부서에서 같은 업무를 하고 있었다. 그 정도면 그 업무에 관한 한 충분히 능력을 인정받은 셈이었다. 그런데 그 부서에 과장 고참이 3개월 전에 발령을 받아왔다는 것이다. 문제는 인사고과였다.

며칠 전 부장과 담당 임원이 친구를 임원실로 불렀단다. 그를 보고 부서장이 먼저 "앞차가 빨리 빠져야 뒤차도 빨리 가는 법이니, 이번에 ○과장 특호봉 줘서 차장으로 진급시키자. 네가 고생은 했지만 좀 양보해줘라. 네가 제일 많이 고생한 줄은 알지만 전체를 위해서 희생해야지"라고 말머리를 꺼냈다는 것이다.

친구는 그 얘기를 듣고 강하게 반발했다고 한다. 자신은 부서 일을 도맡다시피 했지만 한 번도 특호봉을 받은 일이 없는데다 그 과장에게 주는 특호봉이라는 것이 통상의 2호봉보다 1호봉 많은 3호봉도 아니고 인사 규정에도 없는 4호봉을 주는 것인데 그러기 위해서 내 친구에게 줄 특호봉을 뺏어주겠다는 의미였기 때문이었다. 그런 상태이니 조용하고 남을 잘 배려해주기로 유명한 그 친구도 참지 못했을 것이다. 직접 보지는 않았지만 억울한 심정을 충분히 짐작하고도 남았다. 더군다나 그 친구는 3호봉만 받아도 과장 특진을 할 기회였다.

임원이 계속 설득했지만 그 친구는 결코 수용하지 않았단다. 그럼에도 불구하고 다음 날 통보하듯이 ○과장은 4호봉, 친구는 2호봉을 주었다고 부장이 얘기했다. 그러나 모든 일에는 원칙이 있는 법이다. 인사부가 규정상 불가하다고 그 과장을 승진에서 제외했고 결과는 그 부서에 진급자가 없게 되었다고 한다.

내 친구는 "에이, 그만두어야지. 저희끼리 뭉쳐 잘 해볼 것이지, 왜 다른 학교 출신은 뽑았는지 모르겠어" 하고는 몇 잔을 연거푸 들이켰다. 다른 경로를 통해서도 그 회사가 특정 대학 출신을 인사에서 우대한다는 소문은 익히 듣고 있었다. 그래도 나는 그저 직장인들 넋두리 코스대로 내일 아침이면 결연한 의지를 다시 갖추겠지 하고 지나쳤다. 그러나 내 예상과 달리 그 친구는 실행에 옮겼다. 한 달 남짓 지나 회사를 옮긴 것이었다. 나중에 만나니 후련하기는 했지만 옮긴 회사에서도 그런저런 갈등이 있기는 마찬가지라고 했다. 특히 바로 위 상사와의 관계가 매끄럽지 않다고 했다.

직장에서 상사란 그런 존재인가 보다. 상사와 부하의 관계이기도 하지만, 조직 전체에서 보면 경쟁자라고 할 수도 있다. 물론 너무 직급 차이가 나는 상사야 경쟁상대로 생각조차 못 하겠지만 그 차이가 별로 크지 않은 관계에서는 언제 어디서 부딪힐지 모르는 막강한 경쟁자가 되어버린다. 나보다 회사 경험이 많은 건축과장의 입장에서는 내가 견제해야 할 상대 중 하나였던 것이다.

어찌 보면 비정하기 짝이 없지만 올라갈 자리는 한정된 회사구조상 받아들일 수밖에 없는 현실이다. 회사를 정글에 비유하는 사람도 있다. 약육강식과 먹이사슬로 얽혀 있을지도 모르는 냉엄한 사회구조를 극단적으로 표현한 말이다. 지금이라고 그런 구조가 바뀌었을 리는 없다. 아니 갈수록 더 치열한 경쟁을 겪으며 살게 된다. 그래도 나는 그 선배, 아니 상사들과 웃고 떠들고 같이 살아왔다. 그게 삶인가 보다.

"눈을 떠보니 유명해져 있더라"라는 말은 자주 인용되는 유명한 말이다. 우리는 살면서 자신이 의도하지 못한 일, 전혀 예상조차 못 한 일들을 겪는다. 나쁜 일에 당황스러운 것은 당연하지만, 그것이 좋은 일일지라도 참으로 당황스러울 때가 있다.

1990년 서른여덟의 나이에 계열사 사장으로 발령 났을 때가 그랬다. 아무도 예상하지 못했다. 나 자신조차 발령 소식을 듣고 어안이 벙벙했다. 사장이라는 자리는 봉급쟁이들의 영원한 목표이다. 대부분의 직장인들은 그 목표를 달성하지 못한 채 직장생활을 마무리한다. 사장 자리는 하나밖에 없기 때문이다.

기쁨과 두려움이 교차했다. 아니, 이제부터 모든 책임을 혼자 짊어져야 하는 길을 가야 한다는 두려움이 더 컸다. 최고경영자는 참으로 고독한 자리라는 인터뷰 내용을 접할 때 호강스러운 엄살이라고 치부했던 나였다. 그랬는데 내가 막상 그 자리에 오르니 가장 먼저 누구와 상의해야 할지가 걱정이었다.

말단 사원일 때는 선배를 붙잡고 투정부리며 고민거리를 상의할 수 있었다. 중견 사원일 때에도 선배나 동료들이 있었다. 업무상 문제에 봉착했을 때 그들과 해결책을 상의하고 많은 도움도 받아왔던 것은 부인할 수 없는 사실이었다. '그런데 이제부터 어떡하지?' 그 자리에 가 있다고, 그리고 풀기 어려운 현안에 맞닥뜨려 있다고 가정해보았다. 그 자리에 있는 내 주위에는 아무도 없었다.

직원들에게 보고서를 올리게 하고 참모들의 의견을 들어볼 수 있을 것이고 친구들과 상의할 수 있을 것이다. 그러나 최종 결정은 순전히 내 몫이었다. 의사결정과정에서 조언을 듣고 도움을 받았을지라도 그 이후의 책임은 온전히 내 몫이었다. 그렇게 생각하니 정말 고독감이 엄습하는 것 같았다. 정작 사장 자리에서 일할 때에는 고독감을 그다지 뼈저리게 느끼지는 못했지만 취임하는 날까지 내 기분은 분명 외로웠다.

대림그룹 계열의 연승산업 사장으로 부임하는 날이 왔다. 혈혈단신이라는 느낌이 어느 때보다도 강하게 들었다. 연수원을 마치고 사령장을 받아들고 부서를 찾아갈 때도 그 정도는 아니었다. 낯선 현장에 처음 갈 때도 '가면 거기에도 우리 회사 사람들이 있겠지' 하는 기대감이 두려움과 어색함을 항상 상쇄해주었다.

자리가 사람을 말해준다고 했던가. 많은 회사 직원들이 맞아주려 회사 건물 앞까지 영접을 나왔지만 그들이 모두 여차하면 공격의 칼날을

이야기 셋. 회사생활의 득과 실

번뜩일 적군처럼 느껴졌다. 내 방에 들어가 자리에 앉고 보니 그 옹졸하기 그지없었던 소갈머리가 영 마음에 들지 않았음은 물론이다.

취임하고 나니 맥이 풀렸다. 그렇게 마음속으로 각오에 각오를 다졌건만 그만 긴장의 끈이 탁 풀려버렸다. 모 회사의 일부 업무를 그저 일상적으로 관리하는 일이기 때문이었다. 조직과 사람 관리가 거의 대부분인 나날을 보내야 했다.

그렇게 지루한 1년여가 지날 무렵 드디어 그룹으로부터 사장답게 일할 만한 중대 임무가 하달되었다. 경기도 군포에 준공한 '한숲스포츠센터'가 6개월이 넘도록 회원 분양이 이루어지지 않아 그룹 전체의 골칫거리가 되고 있었는데, 그 스포츠센터를 인수해 직영하라는 지시였다. 아직 문도 못 연 스포츠센터의 조직, 분양, 운영 모두를 정상화시키라는 의미가 포괄적으로 담겨 있는 임무 내용이었다.

건물은 덩그러니 올라가 있는데 개점휴업 상태인 사업장에 도착하니 막막했다. 건설회사에 있으면서 황량한 현장으로 부임하는 일에는 이골이 나 있었지만 가장 을씨년스럽게 느껴지는 순간이었다. 군포의 중심인 산본동에 떡 하고 자리 잡고 더군다나 당시로서는 주변 환경에 비추어 웅장한 건물인데도 문을 못 연 채 서 있는 모습이 썰렁했다. 회사로서도 이만저만 손해가 아님은 익히 알고 있던 터였다. 하루하루 날짜마다 재무제표에 마이너스를 더해가는 처지였다.

신입사원마냥 일해야 했다. 조직을 만들고 운영하기 위해 직원을 신규 채용해야 했다. 이틀 동안 단 10분도 쉬지 않고 직접 면접을 보고 직원을 뽑았다. 인사부에 맡겨도 될 일이었지만 그만큼 회사의 절박함이 내 마음을 조급하게 만들었다. 조직이 갖춰진 후에도 그런 비장함을 유지했다. 실무를 챙기고 기획서를 만드는 일은 직급상 내 차지가 아니었지만 각오는 신입사원 이상이었다. 그렇게 두 달을 준비해서 그랜드 오픈을 했다. 결과는 대성공이었다.

6개월이 걸려도 힘든 일인데 2개월이라는 짧은 시간에 성공적으로 해낸 것이 대단하다는 평가도 있었다. 이런 성공은 나의 특별한 능력 때문은 아니었다. 어쩌면 시운(時運)이 내 편을 들어준 덕일 수도 있다. 그리고 인복(人福)이 더해준 행운이었다. 지금 이 순간에도 그 일은 나 혼자만의 힘으로는 절대로 불가능한 것이었다고 생각한다.

나에게는 밤낮을 가리지 않고 어떠한 수단도 불사했던 연승산업의 직원들이 있었다. 그들은 진정 자기희생의 의미를 알고 실천해준 나의 소중한 자산이었다. 그리고 군포의 뜻있는 사람들이 팔 걷고 나서주었다. 너무나 고맙게도 그들 역시 네 일 내 일을 가리지 않고 스포츠센터의 성공적인 개관에 힘을 보태주었다. 지면을 빌려 다시 한 번 그들에게 감사의 말씀을 드리지 않을 수 없다. 그리고 지금도 그들과의 소중한 만남을 감사하게 계속하고 있다.

그 어려운 숙제를 푸는 과정에서는 느끼지 못했지만 시간이 흐를수록 직장인의 한계를 느끼게 해주는 대목이 있었다. 군포의 스포츠센터

이야기 셋 회사생활의 득과 실

문제는 전임자들의 능력이 나보다 출중했음에도 풀지 못한 숙제였다. 해결을 위한 준비 시간에 가해졌던 중압감은 이루 말할 수 없었다. 무언(無言)의 압박이든 꼭 집어 얘기하든, 그리고 직접적이든 혹은 간접적이든 내게 다가온 압력들이 무수했다. 그런데 그 압력들은 '밥값은 해야지'로 요약할 수 있었다. 과정이 그러했듯이 결과에서도 마찬가지 반응이었다. '밥값 했네' 정도로 함축되었다.

철없는 나이도 아닌데 칭찬을 바랐기 때문에 그렇게 생각한 것이 아니었음은, 지금 생각해봐도 그 느낌 그대로이기 때문이다. 내가 오너가 된 지금도 그때 일을 생각하면 봉급 때문에 일하는 사람처럼 취급당하는 신세가 못내 억울했다. 이는 직장인이라면 모두가 공분하는 일이라고 감히 생각한다.

중국의 전국시대에 위나라 출신의 오기(吳起)라는 장군이 있었다. 그는 부하 사랑이 지극하기로 유명했다. 하루는 병사 한 명이 상처로 고생하는 것을 보고는 입으로 빨아 고름을 제거해주었다. 그 말을 전해들은 병사의 어머니는 땅을 치며 통곡했다. 이에 주위 사람이 장군이 그 정도로 아껴주는데 웬일일까 하고 의아해하며 이유를 물으니 그 어머니는 "지난번에도 오기 장군이 저 애 아비의 상처를 입으로 빨아 치료해주는 바람에 전장에 나가 죽기 살기로 싸우다가 죽었는데 저 애야 오죽하겠느냐"라고 말했다. 이것은 연저지인(沇疽之仁)이라는 고사성어에 얽힌 일화로 사마천이 지은 『사기(史記)』에 실려 있다.

현대의 회사에 비유하면 오기는 일개 계열사의 사장에 불과하다고 할 수 있다. 그는 이 나라 저 나라로 옮겨 다니며 장군 자리를 찾는 신세였다. 허나 여기서 생각할 부분은 바로 오기와 병사의 관계이다. 그는 결코 물질로 부하들을 감동시키지 않았다. 곡식 몇 되 더 주는 것으로 병사들이 자기 목숨을 던졌을 리 만무하다. 또한 오기는 부하들의 마음을 얻기 위해 의식적으로 행동한 것이 아니었다. 자기 자신 역시 부하들과 공동의 목표를 향해 뛰고 있었기 때문에 부하 사랑이 자연스럽게 몸에 배어 있었음이 분명하다. 그런 습성이 몸에 배어 있었던 오기는 스스로 병사들과 똑같이 짐도 짊어지고 다닐 정도였다고 한다.

직장인들이 회사 일을 대할 때 월급을 계산하면서 일하지는 않는다. 회사를 잘 되게 만들려고 노력할 뿐이다. 또한 전쟁터에서 군인들이 애국심보다 전우애로 전투를 한다는 말이 있듯이 구성원을 위해서 일하기도 한다. 항상 공동 책임을 묻는 조직의 속성을 익히 알고 있으므로 남에게, 내 동료에게 누를 끼치지 않기 위해 애쓸 때가 많다. 공동의 목표를 위해 개개인이 모두 부지불식간에 자기희생을 하는 것이다.

오너가 자기 회사의 이익을 위해서 일한다면 봉급쟁이들은 잘나가는 회사를 만들기 위해서 일한다. 이익이 많이 나서 보너스 받을 계산을 하는 것은 일 년에 몇 번 되지 않는다. 회사가 잘되면, 또 작게는 자신이 속한 부서의 실적이 좋아지면 거기서 만족감을 느낀다. 보너스 몇 푼

이야기 셋. 회사생활의 득과 실

더 받는 것보다 뿌듯하다. 물론 부상(副賞)이 뒤따르면 더할 나위 없이 좋은 일이지만. 시간으로 환산하면 통틀어 몇 시간도 되지 않는 짧은 시간만 계산할 뿐이다.

오너들은 과연 그러한지 반문하고 싶다. 아마 회사의 주식가치와 배당가치 계산, 회사의 가치 상승에 따른 부대 이득을 일 년 내내 계산하고 있을 것이다. 한 푼이라도 밑지는 일이라면 하지 않을 것이다.

그러나 오너들이여! 그대들의 직원들은 그렇지 않다. 한 가지 예로 체육대회를 한 번 해보아도 그렇다. 부서 혹은 본부별 대항전을 벌이면 흥겨운 축제의 장과 함께 치열한 경쟁의 장도 펼쳐진다. 업무 이외에도 소속 조직의 명예를 위해 뛴다. 구성원들, 동료, 부하, 상사의 사기를 위해 뛴다. 그깟 상금이 얼마나 된다고 그것 하나 바라고 하는 행동으로 해석할 수 있겠는가. 봉급쟁이들의 본심은 물질보다 더 높은 곳에 있다.

오너들에게 하고 싶은 말이 있다. 회사 구성원들에게 "주인의식을 가져라"라는 말을 제발 삼가라고 꼭 권하고 싶다. 그런 주문 자체가 주인의식을 빼앗는 결과를 가져온다는 점을 분명하게 알았으면 한다. 주인의식을 가지라고 강조하는 말 속에 주인이 아니라는 전제가 깔려 있다는 당연한 형식 논리를 왜 그리 간과하는지 도통 이유를 모르겠다.

나는 사장으로 재직하는 기간 중에도 그런 말을 하지 않았고, 오너가 된 지금도 그 말을 입에 담지 않는다. 공동 목표와 공동의 이익을 위해 같이 뛰는 모습을 보여주려 애쓸 뿐이다. 다 같이 주인이라는 생각을 나부터 갖고 출발한다. 비록 오기가 보여준 연저지인의 참 모습을 실현 하지는 못할지라도 내 식구라는 생각이 나를 그렇게 만든다.

이야기 셋. 회사생활의 득과 실

접대로 얻는 것과 잃는 것

가끔씩 세상을 떠들썩하게 하는 보도에는 반복되는 내용들이 있다. 향응과 접대 파동도 대표적이다. 항상 문제가 되어 다들 주의할 법한데도 주기적으로 되풀이되곤 한다. 2009년 초 여자 영화배우 한 명이 자살해 충격을 던져주더니 자살 동기가 베일을 벗으면서 큰 파문이 일었다. 바로 향응 접대로 인한 물의였다. 아직까지 규명되지 않았지만, 언론계까지 망라된 사회지도급 인사들이 접대 대상이었다는 의혹이 있다. 그동안 이 사회가 훈련시켜줘 터득하게 된 경험칙(經驗則)으로 볼 때 그 의혹들은 많은 부분 진실을 담고 있으리라. 그런 류의 루머는 대부분 사실을 담고 있음을 우리는 잘 알고 있다.

한국 사회에서 직장을 다니든지 혹은 자기 사업을 하든지 간에 업무상 술자리는 지겹게 많다. 어떤 친구는 술을 선천적으로 하지 못해서 업무를 바꾸기도 한다. 영업, 마케팅, 홍보 쪽 업무에서 술이 빠지면 일을 제대로 진행할 수 없는 경우가 허다하기 때문에 스스로 버티지 못하게 되는 것이다. 요즈음에는 이런 면에서도 많은 변화가 있다고 한다. 퍽 다행스런 일이 아닐 수 없다.

그러나 우리 세대에게는 어림없는 일이었다. 소위 '기름칠'만으로도 그 효과가 가히 위력적이었다. 관공서 일을 한 번 볼라치면 기름칠 없이는 정말 산 넘고 물 건너가야 하며 그렇게 험한 길을 돌고 돌아도 결론이 나지 않을 때가 많다. 헛바퀴만 돌기가 한두 번이 아니었다. 민간기업을 상대로 한 일에서도 매한가지였다. 기름칠도 직급별로 따로따로 해야 효과가 배가되는 이치를 자연스럽게 터득했다. 접대하는 입장에서는 일이 두 배, 세 배로 늘어남이 당연하다.

현진건의 『술 권하는 사회』에서 주인공의 아내가 마지막에 넋두리처럼 내뱉는 말이 있다. "그 몹쓸 사회가 왜 술을 권하는고!" 이 말은 접대하고 난 다음 날 쓰린 속으로 괴로울 때의 심경을 대변하기에 무척이나 적절한 표현이다. 괴로운 것은 쓰린 속과 아픈 머리 탓만은 아니다. 직장 업무든지 사업상 필요에 의해서였든지 간에 정말 허망하기 짝이 없는 게 바로 접대 다음 날의 심정이다.

이러한 악의 축, 접대에 대해 여러 정부가 오랜 기간을 거쳐 칼날을 들이댔다. 공무원 스스로도 업무상 관련 있는 사람들과 식사할 수 있는 한도를 정하기도 하고 기업의 접대비 결제 한도를 제한하기도 했다. 그러나 그러면 그럴수록 많은 사람들이 그 선을 지키기보다는 더욱 교묘한 방법으로 이 제한 조치들을 피해가는 데 주력하고 있다.

한밤중에 아는 기자에게 전화가 왔다. 자기가 고민이 있어 그런다며 당장이라도 만났으면 하는 눈치였다. 직장생활을 할 때부터 무척이나 친하게 지낸 사이여서 호형호제한 지도 꽤 되었다. 그래서 그와의 술자리는 접대라는 틀에서 그나마 자유로울 수 있었고 다음 날 자괴감에 빠지지 않는다. 업무 때문이 아니라도 자연스럽게 사적인 일로 가볍게 만나는 사이였다.

별 수 있나, 전화를 끊자마자 곱지 않은 아내의 시선을 뒤로하고 집을 나섰다. 그가 알려준 술집으로 찾아갔다. 그런데 술집을 들어서는 순간 상당히 고급스러운 집이라는 점에서 조금 이상한 느낌을 받았다. 자기 고민이 있는 듯한 통화 내용에 견준다면 구태여 이런 데서 만날 필요가 있나 하는 생각 때문이었다. 안내를 받아 방에 들어서자 낯선 얼굴 하나 가 더 있었다. 자기 처남이라고 소개하는데 서른이 갓 넘은 듯 보였다. 사연인즉, 그 처남이라는 사람이 회사를 그만두어야 했고 고민을 듣다 가 제대로 술을 사줘본 적이 없어서 이 참에 술 한잔 거나하게 사주려 한다는 것이었다.

결론적으로 계산해달라고 나를 부른 셈이었다. 한마디로 불쾌했다. 그 자리가 불편했다. 당장 자리에서 일어서고 싶었다. 둘이 마시고 다음 날 전화를 하면 내가 계산하겠다는 데도 막무가내였다. 꼼짝없이 자리 에 앉아 고문 아닌 고문을 당해야 했다. 처가 식구한테 자신의 지위를 과시하고 싶은 욕심까지 참작해준다고 할지라도 정말이지 이해 못 할

윈도우 57로 세상 보기

일이었다. 그날 나는 분명 변형된 접대를 했던 것이다.

이제는 어언 15년도 더 지난 일이다. 지금은 접대하는 측도 받는 측도 넘지 않아야 할 선이 그나마 자리 잡고 있다. 다행스러운 일이다. 그렇게 하지 못했던 우리 세대가 차라리 부끄러운 일이다.

그와 호형호제 할 정도의 사이면 과감하게 꾸짖을 수 있어야 했는데 당시 기자와 회사원 사이에는 상상도 불가능한 일이었으니 고스란히 당해야만 했다. 내 마음속에서는 이미 호형호제의 관계는 사라지고 청탁자와 수탁자의 관계로 정리되고 있었다. 그는 아무리 인간관계가 쌓여도 영원히 변화 불가능한 먹이사슬의 상하관계로 생각하고 있었음이 뻔한데 나는 그 진리를 그때서야 확인하였으니, 참 둔한 인간이었다.

공자님 말씀을 좋아하는 사람들은 자신의 과거를 회고하며 이런 얘기를 서슴없이 한다. "접대를 하고 하지 않고 별 차이가 없었을 텐데 후회가 된다" 하는 식으로 말이다. 꼭 그런 얘기들은 하던 일에서 은퇴하고 난 다음에 한다. 당연히 설득력이 없다. 현실이 뒷받침되지 않으니 후진들이 그 말을 듣고 그대로 믿지도 않음은 물론이다.

접대가 있고 없고의 사이에는 분명 큰 격차가 있다. 당장 몸으로 느낄 만큼의 차이가 있다. 본인도 심신이 고달픈 접대이지만 그 차이를 생각하면 하지 않을 재간이 없다. 일을 쉽게 풀어낸다는 점이 바로 접대로 얻는 이득일 게다.

한편 접대로 잃는 것은 이만저만이 아니다. 개인적으로는 건강을 해쳐 병을 얻기 일쑤다. 접대하는 입장에서는 같이 술 먹고 취한 처지에 마무리 차원에서 귀갓길까지 확실히 챙겨주는 관행도 있었다. 1990년 대 대기업의 홍보 책임자들이 2년 연속 불의의 사고로 유명을 달리한 적이 있었다. 연말 송년회 접대 후 다른 사람들에게 차를 잡아주다가 사고를 당하고, 귀가하려고 택시를 잡다가 도로에서 불상사를 겪기도 했다. 참으로 안타까운 일이다. 접대가 많은 업무를 맡은 회사원들이 술의 후유증으로 두고두고 건강 이상으로 시달리는 것은 흔한 일이다.

경제적 손실 또한 크다. 술로 떡이 된 다음 날 정상적인 근무를 기대 하기는 어렵다. 언론지상에 간간히 술로 인한 경제적 손실을 추산한 결 과도 보도되곤 한다. 근무를 정상적으로 못 할 때 생기는 인건비 손실, 숙취 해소를 위해 드는 비용, 과음 후유증으로 인해 드는 의료비 등을 어림잡아 계산했을 것이다. 그럴듯한 논리이고 충분히 수긍이 간다.

접대 때문에 잃게 되는 것 중 돈으로 환산할 수 없으면서 가장 안타 까운 것이 바로 인간관계이다. 오랜 기간 간단하게 식사를 하거나 차를 마시면서 진지하게 업무에 대해 대화를 나누고 합리적인 일의 해결을 모색하면서 인간관계를 쌓으면 얼마나 깊은 사이가 되겠는가. 어렵지 않게 상상해볼 수 있는 일이다. 선진국을 보면 그런 사례들이 많아 보인 다. 선진국에서도 부탁하고 그 부탁을 들어주어야 하는 관계들이 있다. 하지만 우리처럼 술과 향응으로 접대하는 경우는 드물다.

선진국에서도 부정과 비리로 인생의 막을 내리는 사건이 가끔 발생

윈도우 57로 세상 보기

한다. 특히 가까운 일본에서 사회문제로 부각되는 경우를 자주 접하게 된다. 그런데 일본에서는 정계나 관계 비리가 막판까지 가지 않고 중간에 유야무야되는 경우가 자주 있다. 그 이유에 대해 일본에서 오랫동안 비즈니스를 해온 어떤 사람의 분석이 꽤나 설득력 있어 보인다. 일본은 사무라이 정신 때문에 핵심 고리 역할을 한 사람이 자살로 사건에 종지부를 찍는다는 것이다. 그럴싸해 뵈고 실제로도 비리 관련자들의 자살 소식을 자주 접하게 된다. 최근 수사를 받던 분들이 자살하는 모습을 지켜보며 그런 면에서도 우리나라가 일본을 따라가는 것은 아닌지 씁쓸하기만 하다.

자살로 치부를 덮을 수밖에 없는 것으로 보아도 접대 그리고 뇌물은 정상적인 인간관계를 불가능하게 한다. 그 두 흉물은 태생적으로 그런 한계를 갖고 있다. 그 자체가 떳떳하지도 못하고 그로 인해 파생되는 대가들도 떳떳하지 못하다. 그런 떳떳하지 못한 관계에 진실함을 기대하기는 어렵다. 그래서 아무리 기간이 오래되고 친밀도가 깊어지더라도 사상누각에 불과하고 진실한 인간관계를 찾기란 어렵다. '우리 사이는 그렇지 않아'라고 스스로 위안을 삼고 방어해본들 진리는 진리일 수밖에 없다.

1990년대 초 어느 대기업 사보에 실린 교통경찰에 관한 칼럼 하나 때문에 해당 기업이 크게 술렁인 적이 있었다. 당시 교통경찰에게 관행적으로 주던 '점심 값'(교통법규 위반으로 단속되면 이를 피하기 위해 2~3

만 원씩 주던 뇌물을 일컫는 말)에 대해 비판적인 글이 실렸다. 그냥 늘 있는 언론 비판 정도로 넘어가지 않고 관내 교통경찰들이 나서서 해당 기업의 업무용 차량을 집중 단속했다고 한다. 언론과 달리 기업은 만만하게 보였기 때문이다. 경찰서가 독자적으로 했을 리는 만무하고, 더 윗선의 지시가 있었음이 분명해 보인다.

결국 최고위 경영자들이 무마에 나서 몇 차례 사과한 후에야 진정되었다. 그 자리에서 일선 경찰서 직원의 입에서 나왔다는 말 한마디는 지금도 뇌리에 생생하게 남아 있다. "거, 관내에서 고생하는 경찰들이 구내식당에서 밥 좀 먹는데 치사하게 돈이나 내라고 하고 말이야"라고 했다고 한다. 아마 인근에 있는 경찰들이 그 회사 구내식당에서 점심을 해결해오던 관행이 있었는데 사정을 모르는 신입 담당 직원이 이를 제지했고 그 처사를 두고두고 자기들끼리 성토하고 있었던 모양이다.

그토록 염치없고 모양새 빠지는 짓을 서슴지 않았던 시절이 바로 우리 세대의 시간이었다. 접대 자체도 파렴치하고 품위 떨어지는 일이지만, 이를 둘러싼 행태는 더욱 가관이었다. 다 지난 일이라고 하기에는 우리 모두가 부끄럽기만 하다. 부끄러운 과거를 안고 있는 우리 세대 회사원들은 농담 삼아 "나도 접대 한번 받아봤으면……" 하고 처지를 비관하곤 했다. 물론 부서에 따라 민간 기업 종사자들도 접대 받는 위치에 있기도 하지만 말이다. 나는 그 농담이 농담 이상의 의미를 갖기 어렵다고 생각한다. 접대 받는 사람들 심사도 오죽하겠는가 하는 점에

윈도우 57로 세상 보기

서 그렇게 생각한다.

접대 받을 만한 위치에 있건, 접대해야 할 위치에 있건 서로 사람이 좋아서 만나고 사람이 좋아서 같이 일하는 그런 세상은 아직 요원한지, 안타깝기만 하다. 진심에서 우러나와 호형호제 하고 친구 삼는, 그런 사람 내 나는 일들만 해보았으면 하는 욕심이 생긴다. 그런 좋은 세상이 빨리 오기를 기다려본다.

남녀평등에 대한 생각

1990년대 후반 한 토론회에서 있었던 일이다. 여성문제 전문가들이 모여 남녀평등과 여성의 사회 진출 확대 방안을 논의하는 자리였다. 당연히 정책 입안 권한이 있는 당시의 여당에서 주최했다. 당시만 해도 정당에서 여성의 정치 참여에 대해 말로는 확대한다고 외치면서도 딱히 제도로 만든 것은 없던 시절이었다. 그 이후에 국회의원 비례대표 여성 의무할당제도의 도입 같은 강제적 규정들이 만들어졌다.

그 토론회에서 유명한 여성 기업인과 역시 사회 명사였던 여의사는 굉장히 치열한 논쟁을 벌였다. 여의사는 "기업이 먼저 제도로 여성 채용인력 비율을 정해 배려하는 등 사회 진출 확대 조치를 취해야 한다"는 입장이었고, 여성 기업인은 자기 경험을 내세워 "여성들부터 각성하고 그 다음에 요구해야 한다"는 반론이었다.

결과는 외형적으로 무승부이었지만, 내용상으로는 기업가가 승리한 논쟁이었다. "나도 같은 여성으로 경영 초기 여사원을 배려하려 무척이

윈도우 57로 세상 보기

나 노력했다. 그런데 아무리 여성의 입장을 충분히 이해하려 해도 업무 성과가 너무도 확연히 차이 난다. 그 와중에도 여직원은 자신의 고충이나 열악한 처지를 고려해야 한다는 이해 못할 주장만 반복한다. 여성인 나 자신도 납득하기 어려운 부분이다”라는, 무척이나 짜증난 듯한 여성 경제인의 일갈(一喝)에 승부가 나버렸다.

세상이 많이 바뀐 지금도 여전히 여성은 사회적으로 약자이다. 그리고 육체적·심리적 측면에서 배려해야 할 부분이 많을 수 있다. 또한 그러한 배려 없이도 여성이 사회적으로 충분히 역량을 발휘하며 어느 면에서는 월등한 우위를 점하는 분야가 늘고 있다. 최근 10년 동안 각종 고시에서 여성은 남성을 앞지르는 성적을 보이고 있고 군에서도 서서히 두각을 나타내고 있다. 그럼에도 불구하고 여성의 사회 진출이 미흡한 면이 많고 제도적으로나 사회 시스템이 뒷받침되지 못하는 구석도 많다.

나는 페미니스트라고 할 만한 인식을 갖고 있지는 않다. 그렇다고 남녀차별주의자는 더더욱 아니다. 가정에서나 회사에서나 특별히 다르게 차별대우하거나 특별하게 우대하는 편도 아니다. 그런데 역지사지(易地思之)의 시각으로 봐줘야 할 대목이 몇 가지 있어 회사생활의 말미에 이 글을 덧붙인다. 앞으로 사회생활을 할 여성들, 그리고 사회생활에서 여성들과 부딪혀야 할 남성들에게 참고가 되었으면 하는 마음이다.

1980년대 말 내가 부서장으로 있을 때의 일이다. 사무실 한편에서 여직원과 남성 대리가 티격태격했다. 둘을 불렀다. 다툼의 발단은 대리가 복사 업무를 하나 시켰는데 여직원이 이를 거절한 것이었다. 여직원에게 이유를 물으니 여직원회에서 '3C 추방운동'을 벌이고 있다고 했다. 3C 추방? 보지도 듣지도 못한 표어 구절이었다. 여직원의 설명을 들어보니 3C란 Copy(복사), Cleaning(책상 청소), Coffee(커피 타기)를 의미하는 것이며, 3C 추방이란 심부름 종류의 일을 하지 않겠다는 뜻이었다. 옆에 있던 대리는 "그러면 너희는 무슨 일을 할 건데? 우리처럼 똑같이 하든지"라고 다분히 무시가 담긴 말을 했다. 갑작스런 일에 당황스러우니 분통을 터뜨리는 것 또한 이해가 된다.

그 3C 추방운동이 한 일 년은 지속되었나보다. 부서장으로서 참으로 고통스러웠던 기간이었다. 여직원회 주장의 골자는 대졸 여직원과의 차별에 있었다. 결국 남성 직원이 아닌 동성(同性) 간의 차별이 문제였다.

내가 입사하기 직전까지도 사환(使喚)이라는 직급 겸 직책의 인원이 있었다. 사환의 대부분은 여성이었고, 주요 업무는 여직원회가 추방 대상으로 삼았던 바로 그 심부름 같은 일이었다. 그러다가 사환이라는 제도가 없어지면서 급수도 주어지고 사원으로 불리게 되었다. 물론 학력에 대한 차별을 조금이라도 줄여보고자 하는 노력도 담겨 있었다.

그런데 심부름 등의 잡무에 필요해서 뽑은 직원인데 그 업무를 하지 않겠다니 회사 입장에서도 답답한 노릇이었다. 지금의 사회분위기에서는 시도조차 불가능한 일이지만, 당시에는 다음 해부터 업무를 명시하고 5급 여직원을 다시 뽑겠다는 초강수를 들고 나왔다. 결국 서로 한발

씩 양보하는 선에서 타협을 하게 되었다. 여직원들은 자발적으로 회사와 부서를 위해 일하고 회사나 부서장은 여직원의 업무 영역을 점차 확대하도록 조치한다는 식으로 명분과 실리도 갖추었다.

몇 년 후에는 웬만한 대기업들이 풀기 어려운 숙제를 떠안게 되었다. 바로 남녀 대졸 사원 간 불평등 문제였다. 똑같은 대졸인데 성별에 따라 왜 직급이 다르냐는 것이 불만의 요지였다. 회사에서는 남성의 경우 군대에 갔다 오고 입사하는 것이 통례인데 당연히 3년 정도의 차이를 두어야 하는 게 아니냐고 했다. 여직원은 남성 모두가 군대를 갔다 오는 것도 아니니 구분해야 하지 않느냐고 했다. 어떤 강경파 여직원은 "나도 방법이 있으면 군대 갔다 오겠다"고 했다. 양측 다 일리가 있다가도 감정이 더해지면 억지투성이로 바뀌었다.

그런데 여러 회사들의 속사정은 누가 먼저 고양이 목에 방울을 다느냐는 문제였다. 남들보다 먼저 남녀를 똑같이 대우하는 회사는 우수한 인력을 다른 회사에 빼앗길지도 모른다는 우려가 근저에 깔려 있었던 것이다.

사실 당시 대기업의 인사 관행은 위헌적 요소가 다분했다. 우리나라 헌법에는 "병역 의무의 이행으로 인하여 불이익한 처우를 받지 아니한다"고 명시되어 있다. 그것이 또한 지극히 형평에 맞는 일이기도 하다. 국방의 의무를 이행하기 위해 3년 정도의 공백이 생기는 바람에 학번도 한참 후배인 사원들과 같이 사회생활을 출발하는 것도 억울한데, 게다가 같은 직급을 주면 억장이 무너질 일이 아닐 수 없었다. 더욱이 3년 동안 녹슨 머리를 재정비할 일까지 생각하면 앞날이 캄캄해졌으니 말이다. 군대에 갔다 온 처지를 한없이 비관하게 만드는 일이었다. 이 문제는 훗날 법제화되어 해결되었다. 군 복무기간만큼 호봉과 직급을 배려해주고 나니 남녀 대졸사원 간 차별 문제도 자연스레 없어지게 되었다.

먼 옛날의 일처럼 느껴지는 불합리하기도 한 그러한 사회상이 바로 내가 살던 시절의 모습이다. 남녀 문제도 순리대로 보면 답이 확실한데도 한쪽은 피해의식까지 겹쳐 양보할 줄 모르고 한쪽은 논리적으로 설득하기보다 사회 관행이나 관습에 기대어 힘으로 밀어붙였다. 그렇다 보니 서로 마주보고 평행선을 달리듯 진정한 의미의 타협이나 합의는 없이 그저 미봉(彌縫)한 문제 꾸러미를 달고 사는 그런 분위기였다.

현재 여성의 파워는 막강하다. 정계, 회사, 군, 공직사회, NGO 모든 곳에서 여성들이 뛰고 있다. 그리고 자기 능력을 유감없이 발휘하며 주위 남성들을 기죽게 한다. 제도가 이런 사회를 만들었다는 설명은 시간상으로도 선후가 맞지 않는다. 열심히 일한 여성들이 제도를 만들어냈고 지금의 위치를 구축해놓은 것뿐이다. 그런 선배 여성들이 있었기에 오늘날 소모적인 논쟁 없이도 실력만으로 평가받고 대접받는 세상이 펼쳐져 있다는 사실을 오늘에 사는 후배 여성들이 깊이 돌아보기를 바란다. 더 먼 훗날 남성 사원들이 '3C 추방운동'을 벌이지나 않을지 공상도 해보면서 말이다.

이야기 넷. 성주가 되어버렸다

사업가 뭐는 개도 안 먹는다는데
창업(創業)과 계업(繼業)의 차이
벤처 기업만 도전은 아니다
건설은 제조가 아니다
변하지 않는 거의 유일한 것, 공무원 마인드

사업가 뭐는 개도 안 먹는다는데

유독 우리나라에만 있는 속담 중에 "사업가 뭐는 개도 안 먹는다"는 말이 있다. 내가 과문한 탓인지는 몰라도 비슷한 취지의 속담을 세계 어느 곳에서도 찾아볼 수 없다. 다른 속담들은 비슷한 내용의 것들이 일본을 비롯한 동양은 물론, 서구 쪽에도 많은데 말이다. "구르는 돌에는 이끼가 끼지 않는다"는 속담은 우리 세대에게 친숙한 속담이다. 영어 공부를 하면서 "A rolling stone gathers no moss"라는 문장으로 귀에 익숙해져 있기 때문이다. 우리나라에서는 비슷한 뜻으로 "한 우물을 파라"라는 간단하고 직설적인 속담이 있다. "소 잃고 외양간 고친다"라는 속담은 정말 영어권에 그대로 있다. "Shut the stable door after the horse is stolen(말을 도둑맞은 후에 견고한 문을 닫는다)"이다.

사업가라는 직업을 좋지 않게 표현한 속담이 우리나라에만 있는 이유는 다분히 복합적이다. 그 역사적 배경은 상당히 뿌리 깊다. 우선 조선시대에 폭넓게 자리했던 뿌리 깊은 유교사상에서 유래되었다고 할 수 있다. 사농공상(土農工商)의 서열이 보여주듯이 2차·3차 산업은 사회의 하류 계급이 수행하는 일이었다. 또 일천한 자본주의 역사도 원인일 것이다. 우리나라에는 일제 강점기 이후 본격적으로 자본주의가 이식되었다고 할 수 있다. 당연히 사업가는 익숙지도 않을뿐더러 상대하기도 꺼려지는 존재였을 것이다. 사업가들의 행태도 한몫했음을 부인할 수 없다. 소위 천민자본주의적 사고와 행태를 가진 기업가들이 우리 사회에 좋지 않은 기억을 많이 주었다. 나쁜 일을 하는 기업과 기업가라는 인식을 불식하는 데는 많은 시간이 필요했다.

듣기조차 험악한 그 속담에는 또 다른 측면에서 사업가의 고충도 담고 있다. 사업이 워낙 고달프고 속 끓이는 일이 많기 때문에 그만큼 장도 탈이 나기 쉽고 배설물 역시 독하다는 의미이다.

나는 학창시절에도, 회사생활을 접기 이전에도 수없이 '사업을 하면 정말 그런 것일까' 하고 생각해봤다. 특히 20여 년의 직장생활을 접고 창업하기로 결심하고는 번민을 거듭해야 했다. 솔직히 두려움도 있었다. 어디 한군데서도 대접받기 힘들고 고생은 있는 대로 해야 하고 나 홀로 처음부터 끝까지 개척해야 하는 가시밭길에 나서는 것만 같아 마음 다지기가 결코 쉽지 않았다.

2000년 드디어 대망의 꿈을 품고 회사 문을 열었다. 그제야 속담의 의미를 알게 되었다. 왠지 내가 한없이 작아 보이기도 했고, 사무실 인테리어나 집기 하나하나를 주머니 사정 살펴가며 결정해야 하는 신세

윈도우 57로 세상 보기

가 스트레스로 다가왔다. 그러나 그것은 시작에 불과했다. 대기업에 있던 것과 내 일을 하는 것은 온실 속의 화초와 들판의 잡초 차이라는 세간의 얘기를 나날이 몸으로 생생하게 경험했다. 어느 대기업 사장이라는 명함과 이름도 생소한 작은 기업의 사장이라는 명함은 그것을 받는 사람의 자세부터 천양지차로 다르게 만드는 듯했다. 혹자는 경계의 눈초리를 보이기도 했다. 자격지심이 발동한 탓도 있겠지만 당시 분위기는 실제 그랬다. 요즘에야 사업하는 분들의 어깨에 힘이 들어갈 만도 하지만 말이다.

그런데 속담이 내포하는 진정한 의미는 다른 데 있었다. 바로 마음고생이었다. 자금일보를 보고 나면 울렁증이 나는 때도 있었다. "시간은 돈이다"라는 금언이 뼈저리게 다가왔다. 시간이 가면 직원 급료, 사무실 임대료, 거래처 미지급금이 차례차례 돌아온다. 어떤 이는 이런 비용을 일할(日割)도 모자라 시간당으로 계산하는 사람도 있었다. 나는 그렇게까지 독하게는 하지 못했다. 너무도 내 자신이 각박해져가는 것 같아서.

직원들이 얼추 채워지고 회사다운 모양새가 갖춰지고 나니 근심거리가 한두 가지가 아니었다. 겉으로는 그런 마음을 드러내지도 못했다. 사업하는 선배들로부터 들은 풍월이 있었기에 항상 의연하고 자신감 있어 보이려 노력했다. 그렇게 표리(表裏)가 다른 내 모습은 사업하는 내내 지속될 수밖에 없었다.

홀로 내 방에 앉아 직원들이 다 빠져나간 사무실을 보고 있노라니

문득 봉건시대의 영주가 생각났다. 왕의 가신에게는 성(城)과 봉토(封土), 농노와 그에 합당한 징세권이나 사법권을 포함하는 권한이 주어진다. 더불어 의무가 주어지는데 가장 중요한 것이 바로 영토와 관할지역 주민을 지켜야 하는 의무이다.

오너가 된 나도 지켜야 할 성과 식솔들이 생겼다. 다른 것이 있다면 지배의 주체인 왕이 없으니 성주(城主) 정도로 표현하면 그럭저럭 들어맞는 듯했다. 봉건시대의 영주야 국왕이 지배자이기도 하지만 보호막 역할도 해주니 나하고는 처지가 달랐다. 보호막이나 지배자도 없는 나만의 성을 나만의 힘으로 지켜야 한다는 생각이 절로 들었다.

먼저 창업하신 선배의 말도 생각났다. 그분이 사업상 어려움을 겪을 때 내게 한 말이었다. "무릇 지도자라 하면 기생 짓을 하든지 사기꾼 짓을 하든지 일단 자기 식솔이 배곯는 일은 막아야 한다. 출발은 거기부터이다. 손에 때 묻히지 않으려 하고 혼자서 도덕군자인 척 해봐야 알아주는 사람 하나도 없다. 욕먹으면 욕먹었지 절대 존경 받지 못한다." 회사가 너무 어려운 나머지 회사만 살릴 수 있는 길이라면 무슨 일이든 마다 않겠다는 본인의 각오를 다지며 내뱉은 말이었다.

생각이 거기에 이르니 힘이 솟았다. '나라는 존재가 없었다면, 내가 이런 사업을 시작하지 않았다면 이들은 여기에 있지도 않았을 것이다. 그것은 앞으로도 마찬가지이다. 내가 없다면, 내가 이 사업을 접는다면 이들은 여기에 있지도 않을 것이다.' 각오가 비장해지기도 했다. 그러나

윈도우 57로 세상 보기

여전히 마음 한편에는 근거 모를 겁이 도사리고 있었다.

당시 보도된 어느 중견 건설업체 오너의 인터뷰 기사 내용이 생각났다. 한 번 부도가 나 도산했다가 다시 재기한 한 분이었다. 그는 "건설회사라는 게 망하고 나면 사무실 가득한 책상과 뽀얀 먼지밖에 없더라"라고 도산 당시의 참담한 심경을 회고했다. 나 역시 건설업을 하고 있기에 직원들이 다 빠져나간 늦은 시간에 휑하게 남아 있는 책상들을 보고 있노라면 그분의 비감했던 마음을 충분히 느낄 수 있었다.

비장함과 막연한 불안감 속에서 처음으로 수주한 공사 현장의 일을 시작했을 때의 벅차오른 마음은 잊을 수가 없다. '사업의 보람이 바로 이런 거로구나' 하는 참 철없는 생각을 한 기억이 지금도 얼굴을 화끈거리게 한다.

사실 진짜 사업의 고통과 보람은 다른 데 있었다. 그 고통과 보람은 단발적·불연속적으로 다가오지 않았다. 항상 내 삶 속에서 계속적·연속적이었다. 건설업 전체의 불황이 오면 매일매일 올라오는 자금일보를 보며 가슴 졸여야 했다. 공사를 수주하고 진행하면서 그리고 준공 후 회사가 이루어낸 일들을 보며 그때그때 성취감을 느꼈다. 임직원 중 창업해서 퇴직하는 사람이라도 생기면 떠나보내야 하는 가슴 아픔과 그래도 내 회사에서 인재 하나를 훌륭히 키워낸 뿌듯함이 교차되었다.

그런 나날을 지나 오늘의 내가 만들어졌다. 회사도 작지만 탄탄하게 거듭나고 있다. 그리고 지금 이 순간에도 나와 회사의 모든 임직원들은

이야기 넷. 성주가 되어버렸다

더 나은 내일을 만들려 네 일 내 일, 궂은 일 편한 일 가리지 않고 뛰고 있다. 그 한복판에 내가 있음을 한시도 잊지 않는다. 아니 잊을 수가 없다. 그리고 그 식구들이 있었기에 항상 행복한 성주였음을 고맙게 생각한다. 그들과 함께했기에 고통보다는 보람이 훨씬 많았고 컸음에 감사한다.

우리 때처럼 자식들이 사업하려면 "사업가 뭐는……" 하면서 말리는 부모가 요즘에는 없으리라 본다. 오히려 적극 추천하는 사람도 있을 것이다. 그만큼 기업 환경도 많이 변했고 인식도 많이 변했다. 젊은이들이여, 자신의 영역을 만들어가는 사업이라는 무대에서 과감하게 날개를 펼치고자 하는 뜻을 부차적인 이유로 접지 말기를 부디 바란다. 여러분의 앞날에는 찬사와 격려가 항상 같이할 것이다. 그리고 요즘 개는 사업가 것만이 아니고 그 누구의 것도 먹지 않는다. 그만큼 시대가 변했다.

창업(創業)과 계업(繼業)의 차이

라면(일본 말로는 '라멘')에 대한 일본 사람들의 자부심은 대단하다. 그래서 어느 케이블 TV 방송에는 <라면탐험대>라는 프로그램도 있다. 식도락에 일가견 있는 사람과 음식평론가, 이렇게 두 사람이 일본 전역의 라면집을 찾아다니며 그 맛을 비교·평가하는 프로그램이다. 일본의 라면은 우리와 달라서 인스턴트가 아니고 각 음식점마다 고유한 면과 국물을 만들어 파는 생라면이다.

그 프로그램에서 방영된 내용 중 다음과 같은 것이 있었다. 큐슈의 작은 시골에 유명한 라면집이 두 군데 있는데 그 집 주인들은 부자지간이었다. 아버지와 아들이 라면집을 하는 경우가 있긴 하지만, 그들이 특이한 이유는 각자 다른 식당을 열고 라면을 팔며 경쟁하고 있다는 점이었다. 라면에 대해 갖고 있는 두 사람의 소신은 극명하게 대립되었다. 아버지는 깊은 국물 맛이야말로 라면의 핵심이라고 강조한다면, 아들은 깔끔한 맛과 쫄깃한 면발을 중요시하는 식이다. 그런데 두 사람의 공통점은 각자 운영하는 식당 모두가 손님으로 북새통을 이루며 장사가 잘 된다는 것이었다.

일본에서는 음식점이나 두부공장 같은 소규모 사업을 가업(家業)으로 잇는 경우가 많다. 아들이 아닌 사위가 음식 만드는 기술을 전수받아 사업을 계승하는 예도 꽤 많다. 대부분 기술에서 타의 추종을 불허하는 명가 수준이다. 기술 유출을 꺼려서 그렇게 하는 경우도 있고, 어렸을 때부터 아버지가 하는 일을 꿈으로 삼기도 하고 한편으로는 마땅히 해야 할 일로 받아들이고 자라기도 하고 여러 가지 이유로 가업을 전승하는 풍토가 있다. 그랬던 일본도 최근 세태가 바뀌면서 가업 전승 전통이 많이 퇴색하고 있다고 한다. 기술을 전수해줄 마땅한 인물을 찾지 못해 고민하는 경우도 있다고 들었다. 그래서 큐슈의 그 라면집 아버지와 아들은 여러 가지 생각을 하게 만든다.

우리나라에서 삼성그룹의 이건희 회장 하면 가장 대표적인 기업가로 생각한다. 삼성이라는 기업이 우리나라를 대표하기 때문이다. 당연히 그의 언행 하나하나가 주목의 대상이다. 이 책을 마무리할 무렵 그에 대한 특별사면이 있었고 특혜 시비가 한창이다.

1993년 삼성그룹이 실시한 조기출퇴근제로 인해 우리 사회는 천지가 개벽한 것처럼 들썩였다. 이건희 회장의 지시에 따라 단행된 파격적인 근무제도였다. 오전 8~9시에 출근했다가 오후 6~7시에 퇴근하는 그동안의 관행이 곧 바뀔 것이며, 우리의 라이프사이클에 엄청난 변화를 가져올 것이라는 추측이 나오기도 했다. 성급한 이들은 새로운 산업의 형성까지 점쳤다. 오전 7시에 출근해 오후 4시에 퇴근하니 가족 단위의 외식산업이 번창할 것이고 직장인을 대상으로 하는 학원사업도 부대효과를 톡톡히 볼 것이라는 등 다방면에서 전망을 내놓았다.

그러나 그 제도는 몇 년 지나지 않아 유야무야되어버린 것 같다. 지금 내 주변의 사람들 중 오후 4시에 퇴근하는 삼성맨은 없으니 말이다. 글쎄, 사회에 미친 파장도 거의 없었다고 보아야 옳다. 삼성그룹 본관 주변의 상가 정도가 영향을 받지 않았나 싶다. 언론에서 그렇게나 법석을 부리던 모습을 돌아보면 어이가 없을 지경이다.

같은 삼성그룹 애기라 좀 그렇지만, 우리나라의 대표 기업이다 보니 자료도 가장 많고 정보도 많아 어쩔 수가 없다. 삼성그룹 3세인 이재용 씨 애기이다. 현재 삼성전자 전무인 그가 하는 사소한 말도 굉장한 의미가 있는 듯 기사화된다. 2009년 8월 제40회 국제기능올림픽이 열리는 캐나다 캘거리를 방문한 자리에서 기자들에게 "제조업의 힘은 현장이고, 현장의 경쟁력은 기능 인력에서 나온다"고 말했다는 기사를 보고 실소를 금할 수 없었다. 우리나라 기업가의 차세대 대표주자가 한 말이니 뉴스 가치를 떠나 보도될 법도 하다는 생각이 들기도 하지만 해도 너무하다는 생각이 들었다.

보도 자체를 문제 삼을 생각은 아니다. 이재용 전무에 얽힌 부분 때문이다. 그의 애기는 틀린 게 아니라 지극히 당연하다. 너무도 당연한 애기를, 뭇사람들이 다 알고 있는 얘기를, 많은 경제인이 말하고 생각했던 얘기를 무슨 의도로 전 국민이 보는 신문에 뻔뻔스럽게 올렸는지, 참으로 입맛이 썼다. 최소한 제조업의 핵심인 기능 인력 양성을 위한 제대로 된 정책은 아니더라도 참신하고 기발한 아이디어 정도라도 얘기한 게 아니라면 뉴스 가치가 없다, 단연코.

이병철 회장이나 정주영 회장이 대단한 분들임은 부정할 수 없다. 그분들에 대한 평가가 극명하게 대립되어 있던 시기도 있었다. 그럼에도 불구하고 경제가 어려워질수록 그들의 혜안에 대한 향수를 갖는 사람들이 늘어나는 것, 그 자체가 진정한 평가라고 여겨진다.

그분들이 대단한 이유는 바로 무(無)에서 유(有)를 창조한 데 있다. 두 분이 창업하던 시절만 해도 이 땅에 기업할 수 있는 토양이 전무했다고 해도 과언이 아니었다. 우리 세대는 차라리 호사스런 환경에서 출발했다고 할 정도이다. 그때야말로 사업에 대한 사회적 인식과 처우가 바닥이었고 변변한 기술적 토양도 없었다. 그런 척박한 환경 속에서 오늘의 현대와 삼성을 만들어낸 분들이니 아무리 칭송한다 해도 지나침이 없다. 그런데도 그분들이 어렵게 일구어놓은 회사를 이어받는 과정과 이후의 회사 모습을 보면 씁쓸하다.

많은 선진국에서는 상속세를 폐지했다. 미국도 2010년에 한시적으로 상속세를 폐지한다. 다른 국가들도 상속세를 완화하거나 폐지하려는 추세이다. 사실 상속세는 소득세와 함께 그 역사가 오래되지 않은 제도

윈도우 57로 세상 보기

이다. 당연히 부과해야 하는 것도 아니고 자연법의 소산도 아니다. 다만 국가의 재정상 필요에 의해 생겨났다고 해야 옳다. 따라서 우리나라도 재정상·사회여론상 여건이 갖춰지면 건전한 경제활동에 대한 동기 부여 차원에서라도 상속세 폐지에 대한 논의를 진지하게 할 필요도 있다는 사견을 갖고 있다. 꼭 부(富)를 물려주기 위해 경제 활동을 하는 것은 아니지만 말이다.

기업의 상속과 관련해서 본다면 부의 세습보다 경영의 세습이 문제이다. 자본주의의 맹주격인 미국도 경영권을 물려주는 예가 있기는 하다. 주식회사의 특성상 주주총회의 승인만 있으면 이사가 되든 대표이사가 되든 충분히 그 직을 이어받을 수 있다. 문제는 그 직을 승계한 사람의 자질이나 능력이다. 자질과 능력이 충분하다면 그 사람이 오너의 자제이든 손자이든 상관없는 일이다.

우리나라에도 전문경영인이 많다. 그러나 그 내용을 뜯어보면 민간기업에서는 전문경영인이라기보다 '봉급쟁이 경영자'라는 표현이 더 맞을 것이다. 권한과 책임에서도 그렇고 임면(任免) 과정도 그렇다. 전문경영인의 대부분이 오너의 지시를 받으며 관리 차원의 경영을 집행하는 수준이고, 오너의 의지에 따라 자리를 유지하거나 떠나야 하는 운명이다.

그러나 오너들도 속을 들여다보면 진정 해당 기업의 소유권을 갖고 있는지 의심이 간다. 그룹이라는 이름으로 존재하는 기업 집단이 문제의 핵심에 있다. 2009년 공정거래위원회의 발표를 보면, 자산기준 5조 원 이상인 31개 상호출자제한기업집단의 총수가 가진 평균지분율은 2.04%이고, 총수 일가의 지분을 포함해도 평균지분율이 4.51%에 불과하다. 그런데도 대부분의 경우 기업 총수가 오너이자 최고경영자이다. 그들은 순환출자 방식이라는 기묘한 틀로 기업을 지배하고 있다. 진정으로 기업의 지배권을 확보하고 있지는 못하다는 얘기이다.

한편으로 우리나라의 자본주의 역사를 고려하면 그런 기업의 양태를 어느 정도는 이해하고 용인할 수도 있다. 외국 유수의 기업들과 경쟁하려면 기업별로 규모의 경제가 갖추어져야 하는데 아직 기업의 역사가 일천한 우리로서는 자본이 충분치가 못하다. 또한 자본의 저변이 그렇게 넓지 못한 마당에 진출해야 할 산업분야는 많다보니 당연히 소수 자본가 중심으로 사업이 전개되었다. 결국 그룹이라는 이름으로 뭉치는 것이 치열한 국제경쟁에서 살아남는 유일한 길이었을 수도 있다.

문제는 정작 기업의 소유권을 온전히 갖고 있지 못한데도 권한을 무소불위로 휘두른다는 데 있다. 또한 그 막강한 권한을 무한 세습하고 있다는 점에서 비난을 받고 있다. 자식들의 능력이나 소질과는 무관하게 기업을 나눠주고 그러다가 싸움이 나고, 한쪽에서는 회사를 망가뜨리는 한심한 기업사를 반복해서 보여주고 있다는 데 공격의 초점이 맞춰진다.

최근에 어느 중견 회사가 갑자기 자본시장에 매물로 나왔다. 그 회사의 오너가 몸이 아파 더 이상 경영을 하지 못하게 되었다는 것이 매각의 이유였다. 회사가 겉으로는 멀쩡해 보이는 데다 오너의 장남이 배우기도 많이 배웠고 똑똑하다는 얘기를 항간의 소문으로 수차 들었던 터라 참 의아했다.

궁금한 김에 몇 군데를 통해 물어보니 교수인 오너의 아들이 공부에는 자신 있지만 경영에는 자신이 없어 거부했다는 그럴싸한 얘기가 중복되어 확인되었다. 그런데 채 일 년이 되지 않아 그 회사는 자금난으로 허덕이는 게 드러났고 결국 은행관리로 넘어가고 말았다. '참 멋진 아들이고, 아들을 반듯하게 키운 멋진 아버지구나'라는 내 생각은 순진한 기대로 끝나버렸다.

물론 어느 분야에서든지 청출어람(靑出於藍)이 비일비재하다. 자기 자식에게 경영 수업을 차근차근 시켜 회사를 물려주겠다는 데 반기 들 마음도 없다. 훌륭한 사례도 일부 있었고 앞으로도 있을 것이라고 믿어 의심치 않는다. 그럼에도 2세 경영자들의 실패와 추락이 더 깊게 우리 세대의 가슴속에 남아 있기에 전혀 미덥지 않다. 일부 계업(繼業) 기업주 혹은 예비 경영주들의 행태는 과연 국가대표 기업들을 그들에게 맡길 수 있는지 걱정하게 한다.

또한 자라나는 아이들에게 출발부터 패배감에 사로잡히게 하는 풍토가 만연할까봐 두렵기도 하다. 지금도 이 땅에는 빈곤의 세습, 출발점의 평등 문제 등 미래에 관한 걱정들이 많다. 정확하게는 내 자식들에 관한

이야기 넷. 성주가 되어버렸다

불안이 크게 자리하고 있다. 나 같은 필부 하나가 목소리 높인다고 눈 하나 꿈쩍하지 않을 사람들임을 알기에 자성(自省)을 진지하게 기대하지 않는다.

그저 자라나는 세대에게 바랄 뿐이다. 아버지와는 다른 자기만의 라면 철학을 구현하기 위해 아버지와 멋진 선의의 경쟁을 벌여 성공하는 그 아들이 자기의 삶을 제대로 사는 모습이라는 점을 알고 세상살이를 했으면 한다. 만일 아버지의 뜻을 좇아 마음에도 없고 능력도 없이 라면 집을 이어갔다면 문을 닫아야 할 처지에 몰렸을지도 모른다는 교훈을 더 크게 간직하기를 바란다.

벤처 기업만 도전은 아니다

　어느 토요일 오후에 친척 분이 전화를 걸어 상의할 일이 있으니 일요일에 집으로 오겠다고 했다. 오랜만이기도 하고 정직하고 반듯하게 사시며 주변을 챙기는 분이라서 반가웠다. 또 남의 신세라는 것을 모르고 사는 분이었다고 기억하기에 휴일을 마다하고 오겠다는 연유가 걱정되기도 했다. 다음 날 우리 집에 오신 그분은 차 한 잔 들기가 무섭게 꼼꼼한 성품만큼 푸짐한 서류 꾸러미를 가방에서 꺼냈다.

　한 지인이 해외에서 자금 투자를 받기로 한 어느 회사가 일시적인 유동성 때문에 투자 진행 자체가 어려워졌다며 도움을 요청하기에 그 회사에 투자했는데 시간만 가고 해결이 되지 않고 있다는 것이었다. 그래서 "처음에 믿는 부분이 있으니 그러지 않으셨느냐?"고 했더니 "금융기관 보증서가 있어 투자는 무리가 없다고 생각했다"면서 서류 한 장을 건넸다. 금융기관이라고는 하는데 듣지도 보지도 못한 회사였다. 이름만 ○○보증이었다. 역시 성품답게 미리 떼어온 그 회사 등기부등

이야기 넷. 성주가 되어버렸다

본을 보여주며 "자본금도 200억 원이 넘는 회사라 문제는 없을 것 같기는 한데……"라며 말끝을 흐렸다. 외관상 문제가 없는데 일 진행 과정이 미덥지가 못해 의심이 간다는 의미로 받아들여졌다.

등기부등본을 찬찬히 살펴보다가 나는 깜짝 놀라고 말았다. 상호도 임원도 주소지도 무수히 바뀌었는데, 최초의 회사명이 기분 나쁘게 낯익은 회사가 아닌가. 바로 10여 년 전 벤처 열풍의 한복판에서 열화와 같은 성원을 받으며 선두를 달리다가 종국에는 회사도 주식도 그리고 수많은 약속도 모두 휴지 쪼가리로 만들어 사람들 가슴에 피멍을 맺히게 했던 그 회사였다. 이름만 같은 것이려니 하고 최초의 임원진을 보니 그때 그 이름들이 맞았다.

껍데기뿐인 법인을 팔아넘겨 이 사람 저 사람이 이용하다가 금융회사로 둔갑했던 것이다. 외형상으로 많게 되어 있는 자본금 규모만 믿고 회사 실정은 모르는 사람들을 대상으로 사기 행각을 벌이고 있다는 느낌이 확 들었다. 물론 정식 인허가를 받은 금융기관도 아니다. 교묘하게 이름만 금융기관 냄새가 나게 붙여놓았을 따름이다.

자초지종을 밝히고 정상적인 처리가 어려워 보이므로 법적 조치가 필요하다고 설명하니 친척 분은 어두운 낯빛으로 돌아갔다. 어린 나에게 못 보일 꼴을 보여 너무나도 겸연쩍어 하는 모습도 읽혀졌다. 나에게 잘못한 일도 아니고 본인이 창피할 일도 아닌데 말이다. 그저 순수하게 어려운 사람을 도우려다가 당한 일이지 결코 잘못한 일은 아니다. 형사

고소한 이후 사기로 밝혀졌음은 당연지사이다.

그분이 돌아가고 난 후 생각할수록 화가 났다. 그만큼 사람들의 가슴에 못을 박아놓고 수많은 피해자를 만들어 나라를 온통 뒤집어놓고도 모자라 또 다른 피해를 만들고 있는 정말 파렴치한 인간들이라는 생각이 들었다. 뒷마무리마저 엉망으로 해놓아 사람들을 또 한 번 우롱하는 빌미를 제공했다고 생각하니 피가 거꾸로 솟는 듯했다. 사죄하는 마음으로 깨끗이 폐업하고 없애버렸더라면 그런 피해는 생기지 않았을 것이다. 도대체 법인을 팔아 얼마나 챙겼는지, 아니면 그때 그 사람들이 아직도 뒤에서 조종하고 있는 건 아닌지 속이 부글부글 끓었다.

1997년 IMF 자금 지원이라는 초유의 사태를 맞아 나라가 위기에 빠져 있을 때 이듬해 들어선 새 정부는 대안으로 벤처 집중육성 정책을 들고 나왔다. 덩치 큰 대기업만 믿었다가 그 꼴을 당했으니 기존의 기업보다 새로운 기업, 새로운 인물에 기대를 걸겠다는 심산이 바로 그 발상의 출발점으로 보인다. 기성세대의 노회(老獪)함에 신물이 났던 것도 사실이다.

'골드뱅크', '새롬기술' 등 이름도 신선한 기업들이 아직도 국민의 기억에 생생하다. 그런 벤처 기업들이 우리를 먹여 살려주리라고 믿었다. 새로운 세상이 열릴 것이라는 착각을 갖게 되었다. 국민 모두 벤처가 나라 전체의 그리고 개인의 꿈을 키우는 기둥 역할을 해주리라 기대하는 듯했다. 쌈짓돈을 들고 벤처를 키우자는 행렬에 너도나도 합류했다.

이야기 넷. 성주가 되어버렸다

물론 그 속에는 투자에 따른 이익을 얻으려는 머니 게임 심리도 다분히 내재되어 있었다. 일확천금의 허황된 꿈도 거들었음은 부인할 수 없다. 그러나 사회 분위기는 분명 나라 경제를 살리는 길이 곧 벤처에 있다는 확신에 차 있었다.

그러나 결과는 참담했다. 이 땅에 혼란과 자괴감을 불러왔다. 노회함이 싫어 밀어주었던 젊은 피들은 또 다른 불신의 축이 되어버렸다. 당시에 이름을 날리던 기업들을 지금은 찾아볼 수조차 없다. 벤처 기업의 성공 요소는 기술과 사람이며, 이 두 가지는 벤처의 출발점이기도 하다. 그러나 불행하게도 그 시절 우리나라의 벤처 기업들은 이 두 가지 요소에서 취약하기 이를 데 없었다.

기술은 사상누각에 불과한 것들이었다. 차라리 반짝 아이디어에 가까운 것을 포장만 획기적으로 했을 뿐이었다고 해야 옳다. 남의 나라 기술을 가져와 새로운 기술인 양, 자기 기술인 양 모양만 살짝 바꾸었다. 더러는 정당한 로열티조차 지급하지 않은 도둑질도 있었다. 기초과학의 뿌리가 튼튼하지 못한 나라에서 당연한 귀결이었을지는 모른다. 그러나 그 없는 기술이라도 어떻게든 보강해보려는 노력조차 보이지 않는 모습은 기성 기업과 별반 다를 게 없었다. 말로는 R&D 투자를 많이 하고 연구소에 대한 배려도 확실하게 하는 것처럼 보였지만 실상은 껍데기뿐이었다. 연구소 허가 요건의 짜 맞추기에 혈안이 되어 있던 젊은 경영자들의 노회한 모습을 나는 지금도 기억한다.

오너든 핵심 기술자든 그때의 벤처 기업에서는 바뀐 모습을 거의 찾아볼 수 없었다. 나이만 젊어졌을 뿐이지 행태는 기성세대를 그대로 답습했다. 오히려 돈 끌어들이는 데에만 더욱 지능화되었고 기업의 고유한 영역에서는 기성 경영인보다 훨씬 퇴화했다.

제품을 만들었으면 다음은 마케팅이다. 시장이 없으면 창출해야 하고 기존 시장에서 승부해야 하면 사람의 마음을 얻어내는 데 총력을 기울여야 한다. 그러나 벤처 기업가는 시장의 관심을 받지 못하는 데 대해 핑계만 대기 일쑤였다. 소비자의 수준을 탓하는 막무가내도 있었다. 서상목 씨의 『시장을 이기는 정부는 없다』라는 책도 있다. 정부도 시장을 못 이기는 마당에 하물며 일개 기업, 일개 제품이 시장을 어찌 이기겠다는 것인지 그 심사를 모를 일이었다.

총체적으로 생각해볼 때 벤처 1세대라고 하는 젊은 오너들의 행태는 아무리 후하게 봐도 머니 게임, 그 이상이 아니었다. 그들의 생각은 온통 주식 전광판에 있었다. 몸마저도 금융의 중심인 여의도에서 대부분을 보내고 있었다. 기술, 사람 모두 온전치 못한 마당에 정상적인 기업으로 성장하기를 기대하는 것은 어려운 일이다.

물론 그렇지 않은 기업들도 있었다. 그들은 지금도 살아남아 중견기업으로 성장했다. 수출의 견인차 역할을 하고 기술 창고의 역할도 톡톡히 해낸다. 그들이 지탄받아 마땅한 다른 못된 벤처와 달랐던 점은 바로 사람과 기술의 중요성과 의미에 대한 인식이었다고 집약해서 애기해도 과언이 아니다. 이런 측면이 이루 헤아릴 수 없을 정도로 많은 벤처 기업의 순기능 중 하나이다.

문제는 벤처 일변도의 정책이 불러오는 폐해이다. 벤처는 말 그대로 벤처일 뿐이다. 성공 확률이 낮지만 성공할 경우 투자 대비 회수가치가 천문학적이라는 점이 바로 벤처의 핵심이다. 그 안에 무한한 가능성이 있기 때문에 도박보다 낮은 성공 확률에도 투자하는 것이다. 그렇기 때문에 벤처산업도 경제의 한 부분에 불과하다는 인식을 명확히 가져야 했는데 그러질 못했다. 전통산업과 벤처산업이 서로 밀고 당길 수 있도록 균형을 유지해주었어야 하는데 벤처에만 올인 했다. 그리고 돌아오는 수익만 계산했지 실패는 염두에 두지 않았다. 지난 10여 년간 우리는 이런 시행착오를 수없이 해왔고 교훈도 얻을 만큼 얻어왔다.

벤처가 치중하는 첨단기술 분야 이외의 기성 산업은 뭉뚱그려서 전통산업이라고 한다. 굴뚝산업이라며 부정적인 이미지를 덮어씌워놓기도 한다. 이름 자체에서 공해, 구닥다리 냄새가 물씬 풍긴다. 그러나 그 굴뚝이 오늘의 한국을 만든 경제의 원천이자 뿌리이다. 그렇다고 해서 단지 전통산업의 역사적인 역할만을 강조하려는 건 아니다. 그 기업, 그 산업이 지금도 제 몫을 충실하게 해내고 있음을 살펴보기를 바라는 것이다. 그중에는 웰빙을 강조하는 세태에 맞춰 의식주 생산기술 개발을 선도하는 첨단 기업도 있음을 알아야 한다.

내가 종사하는 건설업만 보아도 첨단화와 기술개발의 여지가 무궁무진하다. 만약 우리가 사는 집의 벽지가 온도에 맞춰 혹은 계절에 맞춰 색이 변한다면 어떻겠는가. 스위치 하나로 거실도 침실로 쓰고 손님이 많을 때에는 침실까지 합친 거실로 쓸 수 있다면 어떻겠는가. 지금도 건설업 종사자들은 이런 생각을 현실화하기 위해 고민하고 노력하고 있으며 차츰 현실화되고 있다.

이것이 다름 아닌 바로 벤처 정신이다. 세상에는 위인들이 많지만 나는 이순신 장군을 가장 존경한다. 단 열두 척의 전력으로 왜군을 대파한 명량대첩은 가히 벤처 정신의 정수(精髓)라고 하겠다. 감히 대적하기조차 어려운 상황을 치밀한 전략과 창의적 문제해결력으로 극복해나가는 정신이 바로 벤처 정신이 아니고 무엇이겠는가. 때로는 '필사즉생 필생즉사(必死卽生 必生卽死)'의 용기가 필요한 것이 기업가 정신이고 벤처 정신이다.

벤처는 벤처 기업가만이 하는 게 결코 아니다. 사업 자체가 도전이고 모험이다. 자신이 속한 분야에서 새로운 정신으로 새로운 영역을 찾아 개척하고 도전하고 이루어나가는 것이야말로 진정한 벤처이고 벤처 정신이다. 그것이 바로 기업가 정신에 다름 아니다.

벤처 정신이야말로 우리가 두 손 들어 항상 환영해주어야 한다. 그래야 이 사회에 미래가 있다. 다만 IT(정보통신), BT(생명과학) 등으로 그럴싸하게 포장한 부분만 벤처 정신을 발휘할 분야로 한정하게 하는 정책

과 제도 그리고 인식을 바꿔야만 자라나는 세대가 도전할 분야가 폭넓
어지고 이 사회도 풍부해질 것이다.

건설은 제조가 아니다

누구든지 자신이 종사하는 사업 분야가 가장 어렵다고 생각하고 그렇게 얘기한다. 유통업을 하는 사람은 유통업이 가장 어렵고 제조업을 하는 사람은 제조업이 가장 어렵다고 생각한다. 물론 나처럼 건설업을 하는 사람들은 건설업이 가장 힘들다고 한다.

여기에는 여러 가지 이유가 있을 것이다. 우선, 애정과 자부심이 작용한다. 자기가 일하는 분야에 대해 누구나 이런 감정을 갖기 마련이다. 그리고 누구보다 잘 알기 때문에 어렵다고 생각한다. 다른 분야는 자기가 모르기 때문에 그냥 겉만 보고 쉽게 이루어진다고 착각한다. 실제로 자기 일을 하면서 고생을 너무 많이 하기 때문이기도 하다. 이런저런 난관에 봉착하다보니 자신의 일이 가장 어렵게 느껴지는 것이다.

이렇게 어려운 자신의 일을 표현할 때 쓰이는 말이 바로 '종합예술'이다. 돈을 벌기 위해 하는 사업을 비유할 때 예술이라는 말을 쓴다며 예술가들이 모독당하는 느낌을 가질지도 모르겠다. 하지만 예술이라는

173

말이 본디 기술에서 출발했고 우리 같은 속물이 이럴 때 쓰는 말 역시 그 의미 이상도 이하도 아니다. 영어 art가 기술이라는 의미를 같이 갖고 있음과 마찬가지이다.

건설장이들도 건설업을 종합예술이라고 한다. 주로 제조업과 비교할 때 쓴다. 제조업은 단순하고 건설업은 고도의 기술이 종합적으로 발휘되어야 한다는 의미를 강조하려고 사용한다. 물론 제조업을 제대로 이해하지 못한 채 다분히 자의적으로 해석하고 있다. 표준산업분류에서 건설업과 제조업은 분명 다르게 분류되어 있다. 제조업의 3대 요소는 설비, 기술, 인력이다. 일반적으로 건설의 3대 요소는 제조업과 비슷하게 자재, 장비, 인력을 꼽는다.

그러나 나는 건설의 3대 요소를 물적 요소, 인적 요소, 공간 요소로 나누고 싶다. 건설에는 반드시 공간이 필요하기 때문이다. 건설은 공간이 없으면 불가능할뿐더러 그 공간을 활용해야 한다. 그렇다 보니 자연히 예술적인 창의력이 뒷받침되어야 한다. 실제 산업 현장에서도 예술의 도움은 절대적이다. 단순히 법규상 충족해야 하는 조형물 정도는 일부에 불과하다. 특히 기획이나 설계에서는 과정 하나하나마다 예술의 도움을 받지 않고는 불가능하다.

우리나라는 건설의 장(場)이라 할 공간이 절대적으로 부족하다. 그래서 그런지 건설산업의 구조가 기형적이다. 자금력도 없고 인력 구성도 엉성하기 짝이 없는 소위 시행사들이 개발을 맡고 대형 건설회사들이

원도우 57로 세상 보기

공사를 맡는다. 겉으로는 시행사가 사업주이고 건설사들은 하도급업체로 보이지만 내막은 그렇지가 않다. 거꾸로 건설사들은 시행사에게 말 그대로 신적 존재이다. 계약서상의 '갑과 을'의 관계는 계약서상에만 그럴 뿐 시행사의 생사여탈권은 고스란히 시공사가 쥐고 있는 경우가 대다수이다.

서울의 강남 일대나 대기업 종합건설회사 주변에는 '봉투부대'라는 사람들이 진을 치고 있다. 그들은 건설용지에 대한 정보 하나 쥐고 일확천금을 꿈꾸는 시행사업 종사자 혹은 예비 사업자들이다. 나라가 워낙 좁은지라 건설용지 자체가 귀할 수밖에 없는 환경이 빚어내는 현상이다. 사업계획만 하나 잘 짜서 건설사의 PF(Project Financing) 보증을 따내면 그때부터 신분이 달라진다. 그러니 당연히 시행사에게 건설사의 임직원은 받들어 모셔야 할 대상인 것이다.

선진국의 건설업 구조는 우리와는 반대이다. 우리 귀에도 익숙한 미국의 벡텔(Bechtel), 낯설지만 세계 1~2위를 다투는 굴지의 건설업체인 독일 호크티에프(Hochtief)와 스웨덴의 스칸스카(Skanska) 같은 회사는 모두 개발 위주의 사업구조로 되어 있다. 막강한 자금 동원력, 국제적 네트워크로 공간을 찾아내고 기획한다. 개발이 아니더라도 기획과 설계가 핵심을 이룬다. 단순히 건물을 올리는 시공(施工)은 우리나라 같은 건설회사가 하도급을 맡아 진행한다. 말 그대로 아직은 노가다(공사판 노동자를 뜻하는 일본어로 우리나라에서는 비속어로 쓰일지 모르나 의미를 살리기 위해 그대로 써둔다) 수준에 머물러 있다. 선진국에서는 개발회사가 주이고 시공사는 하도급업체인 것이다.

건설산업의 구조 문제가 나왔으니 부언하고자 한다. 일본의 제도를 그대로 답습한 탓에 우리나라는 일반건설회사와 전문건설회사로 나누어져 있다. 흔히 얘기하는 종합건설 회사와 단종건설회사가 그것이다. 일반건설사는 토목·건축 등 건설업의 모든 공정을 다 할 수 있고, 전문회사는 자기가 면허를 갖고 있는 공정만 할 수 있다. 겉으로 보면 분업과 전문화를 위한 바람직한 제도이지만 실상은 그렇지 않다. 무리한 경쟁과 비정상적인 카르텔을 조장할 뿐이어서 우리나라 건설산업의 왜곡을 초래하는 또 하나의 요소가 된다.

다시 본론으로 돌아와서, 좁은 땅이라는 현실은 건설산업 구조의 왜곡과 함께 건물과 도시 외관에도 심각한 영향을 주고 있다. 우리나라의 도시를 가만히 보면 마치 거대한 성냥갑을 펼쳐놓은 모습이다. 바로 아파트 단지들 때문이다.

사실 대규모 공동주택의 시발지는 미국이었다. 미국 세인트루이스의 아프리카계와 백인이 공존하는 주거단지라는 크나큰 이상(理想)을 담아 만들어낸 프루잇 이고(Pruitt-Igoe) 단지가 그 시작이었다. 일본 사람이 설계해 1954년 완공한 이 단지는, 20세기 도시계획이론의 상징이라 할 만큼 유명세를 떨쳤지만 완공한 지 채 20년도 지나지 않아 폭파·철거되는 실패작이 되고 말았다. 철거되기 이전의 사진을 보면 현재 우리나라 아파트 단지의 모습과 똑같다. 대단위 공동주택단지의 실패 사례는 비단 미국만이 아니고 유럽 각지에도 몇 군데 있다.

이처럼 철이 지나 흉물스럽기까지 한 아파트 단지가 아직도 우리나라에서는 여기저기 우후죽순처럼 솟아나고 있다. 그 이유는 분명 좁은 땅에 있다. 땅이 좁으니 위로 올라갈 도리밖에 없다. 그러나 좀 더 깊이 살펴보면 더 큰 이유가 주택시장의 구조에 도사리고 있다.

아파트로 통칭되는 주택 시장도 일반 시장과 마찬가지로 소비자가 자기 마음에 드는 상품을 선택하여 구입한다. 그리고 수요자의 마음을 사로잡기 위해 막대한 돈을 들여 연일 광고 공세를 펼친다. 그러나 모든 상황을 고려한다손 치더라도 우리나라의 주택 시장은 공급자가 우위에 있는 공급자 시장(Buyers' Market)이라는 확신이 강하게 든다. 주택 용지부터 소비자가 맘대로 고를 수 없다. 건축 역시 자기 마음대로 고르지 못한다. 땅은 정부가 정해주거나 대기업이 돈을 들여 구입한 것이며 기존에 갖고 있는 기술로 쉽게 지을 수 있는 아파트를 꽉꽉 올려서 분양한다. 늘 그래왔듯이. 결국 땅이든 건물이든 아무런 선택의 권한이 없는 소비자는 고작 위치, 브랜드, 인테리어 정도만 보고 선택하게 된다. 이것이 바로 우리나라의 주택 시장과 소비자의 현주소이다.

산업적인 측면에서도 우리나라에서는 건설회사들이 각자의 독특한 경쟁력으로 성장하는 예를 찾아보기 힘들다. 플랜트나 토목의 특정 공정 등 일부 분야에서 약간 우위에 있는 경쟁력을 갖춘 기업들이 더러

이야기 넷. 성주가 되어버렸다

있다. 그러나 전반적으로는 건설 경기, 좀 더 구체적으로는 부동산 경기에 따라 부침을 거듭한다. 어찌 보면 증권산업과 마찬가지로 시장 전체의 움직임에 따라 등락을 거듭하는 시황(市況)산업의 일종이라는 착각마저 들게 한다.

공장에서 공산품을 찍어내듯이 주택을 찍어서 팔고 있는 건설업이 계속되는 것은 위험천만한 일이 아닐 수 없다. 산업경쟁력, 도시문화 같은 복잡한 계산이나 이론의 시각을 벗어던지고 우리 삶의 본질과 가치에 대해 조금만 돌아보아도 그 위험성을 쉽게 감지할 수 있다.

모든 자원은 유한(有限)하다. 건설업의 출발점인 공간도 유한하다는 면에서 다를 바 없어 보인다. 그리고 이 공간이 쉽게 재창출되지 않는다는 점에서 건설업의 제한성이 한층 심각하다. 더욱이 우리가 발붙이고 서 있는 바로 이 땅이 그 공간이라는 자원의 핵심이다 보니 건설업이 환경에 미치는 영향력 또한 심대하고 지속적이다. 그 어떤 공해보다 주변 생태계를 근본적으로 흔들 정도로 해를 끼칠 수 있다. 반면 그 어떤 훌륭한 예술품이나 교육보다 주민의 정서를 가꾸어주는 데 유용할 수도 있다.

그런 면에서도 나는 건설을 종합예술에 비교하고 싶다. 아울러 국제경쟁력을 갖춘 산업으로 발전해가길 소망한다. 우리 경제에서 건설업이 차지하는 비중은 20%에 육박할 정도로 중요한 위치에 있다. 다른 선진국에 비해 상당히 높은 수치이다. 그럼에도 부동산이 과열될 때마다 천덕꾸러기 취급을 받기 일쑤다. 나는 그 원인을 건설을 대하는 마인드의 후진성에서 찾고 싶다. 다른 사회문제들과 마찬가지로 근본적인 가치의 문제를 도외시한 데 있다고 본다.

건설이 삶과 자연에 미치는 영향, 좁게는 국가 경제에 미치는 영향을 구조적으로 살펴 긴 안목을 갖고 바른 길을 찾아왔다면 오늘날의 건설업 주소가 크게 바뀌었을 것이라고 확신한다. 이제는 '노가다'라는 오명을 벗고 세계 유수의 건설사들과 어깨를 나란히 하며 해외 시장에서도 품질 경쟁을 벌이는 산업으로 커나가길 바랄 뿐이다. 이를 위해 당연히 첨단화에 노력을 기울였으면 한다. 자재, 장비, 기술, 이 모든 것이 첨단화되어야 하겠지만 무엇보다 마인드를 첨단화하는 일에 착수해야 한다.

단순 제조와는 다른 시각으로 멀리 넓게 보려는 노력이 여기저기서 감지된다. 또 그런 노력이 있기에 젊은이들에게 건설업도 도전할 만한 가치가 있는 업종으로 권한다. 이 나라가 좁다면 지구촌을 대상으로, 지구촌도 여의치 않다면 달나라에도 건설을 꿈꿀 수 있기 때문이다. 이 정도면 젊은이들이 큰 꿈을 펼 공간이 무한하지 않은가.

이야기 넷. 성주가 되어버렸다

변하지 않는 거의 유일한 것, 공무원 마인드

사업을 하다보면 답답한 게 한두 가지가 아니지만, 그 으뜸은 공무원과의 관계이다. 그렇다고 피할 방법도 없다. 해외에 나가서 사업을 해도 공무원과 절연하고 사업을 할 길은 없다. 사업체의 설립이 바로 관공서를 상대해야 하는 일이기 때문이다. 해외로 나가는 일 자체도 해당 기관을 거쳐야 가능하다.

편의를 봐주려면 한없이 봐줄 수 있는 것이 관(官)에서 하는 일이다. 거꾸로 일이 안되게 하려면 무슨 수를 써서라도 안되게 할 수 있다. 관공서의 이런 속성도 짜증나지만 책임 회피가 몸에 밴 공무원의 태도에 더욱 화가 난다. 그들은 규정상 문제가 없어도 전례(前例)를 중요시한다. 겉으로는 형평성 문제를 들지만 실상은 책임지지 않기 위해서라는 것이 더 솔직한 표현이다.

어떤 때 공무원의 일 처리 방식은 차라리 억지에 가깝다. "내가 이 자리에 있는 한 절대로 안 된다"는 얘기는 수도 없이 들어봤다. 다른 사람들도 공무원들로부터 이런 얘기를 많이 들어봤을 줄 안다. 내 주변에서도 법규상 아무런 하자가 없는 일인데도 공무원 하나 때문에 진척이 안 되고 있거나 그런 식의 얘기를 듣고 하소연하는 경우를 자주 접했기 때문이다. 그런데 비슷한 이유로 잘 되지 않던 일을 다른 사람은 잘 해낼 때 더 분통이 터진다. 나중에 뒤탈이 나서 신문지면을 장식하기라도 하면 정말 씁쓸하다.

종종 우리나라의 공무원을 '철밥통'으로 비유하기도 한다. 철밥통이라는 말은 1980년대에 한창 개혁·개방정책을 추진하던 중국에서 생겨난 말이라고 한다. 당시 중국의 가장 큰 골칫거리는 국영기업 직원들이었다. 하루에 고작 두어 시간만 일하면 할 일이 없어 빈둥대는 국영기업 직원들에게 '테판완(鐵飯碗)'이라는 별칭을 붙였던 것이다. 이를 한국식으로 '철밥통'이라 고쳐 공무원들을 빗대어 부르고 있다. 신분 보장은 철저해서 해고하지는 못하는데 변화하는 시대에 발맞춰줄 생각도 않는 고질적인 병폐를 꼬집는 말이다.

우리나라 헌법에는 "공무원의 신분과 정치적 중립성은 법률이 정하는 바에 의하여 보장된다"고 되어 있다. 여기서 법률은 「국가공무원법」일 게다. 만시지탄의 감은 있으나 다행스러운 점은 차츰 공무원의 신분 보장이 고위직부터 철폐된다는 점이다. 일본이 몇 년 먼저 불을 댕겼다.

공무원의 역사를 살펴보면 엽관제(獵官制, Spoils System)라는 말이 나온다. 공무원의 임면을 당파적 충성이나 정신에 의해 결정하는 정치 시스템을 일컫는다. 영국에서 의회 정치의 확립에 필요한 군주 견제를 위해 시작한 이 시스템을 미국에서는 정당 정치의 구현을 위해 대대적으로 확대했다. 훗날 공무원직을 너무 당파적으로 악용하다보니 폐해가 드러나 직업공무원 제도로 일부 전환했다.

현재 공무원은 통제가 어려운 대상이 되어버렸다. 선거로 뽑힌 지방 자치단체장, 심지어 대통령마저도 공무원을 제어하기 힘들다. 지방 공무원은 4년만 참으면, 중앙 공무원들은 5년만 잘 견디면 다른 사람이 온다. 그때 또 적응해나가면 된다. 전직 정무직 고위 공무원이 "정권의 성패는 국민 여론도 아니고 바로 관료를 어떻게 잡는가에 달려 있다"라고 다음 정권에 충고했다는 사실은 현재의 공무원과 정치의 관계를 극명하게 보여준다.

공무원을 관료(官僚)라고도 부른다. 일본에서 생긴 용어로 현대 민주주의가 갖는 함의에 견주어볼 때 지극히 부정적인 냄새가 나는 단어이다. 집단화되어 있다는 의미가 다분히 내포되어 있기 때문이다. 그런데도 정작 그렇게 불리는 사람들은 거부감을 전혀 느끼지 못한다. 철밥통이라는 말에는 화를 내겠지만 관료라는 말에 화내는 공무원은 아마 없을 게다.

한때 언론에서 재무부 출신 공무원을 맹렬하게 공박하면서 모피아(MOFIA, 재정경제부의 영문 머릿글자인 MOFE와 마피아의 합성어)라는 말을 사용한 적이 있다. 재정경제부 출신 공무원들이 똘똘 뭉쳐 이익집단화

윈도우 57로 세상 보기

한 폐해가 도처에서 드러나고 있었기에 그렇게 부른 것이다. 어떤 짓을 했기에 범죄 집단인 마피아에까지 비교되었을까? 전후 사정을 미루어 보면 충분히 짐작이 가는 대목이다. '모피아'라는 말에 재경부 출신 전·현직 공무원이 들고 일어나도 시원찮은 일이었는데 한쪽에서는 즐기는 분위기도 분명 있었다고 하니 고개를 절레절레 흔들 수밖에 없다.

지방자치제도가 점차 확립되면서 지방 공무원의 집단이기주의가 극에 달하는 부작용도 낳고 있다. 토착 비리의 온상이라는 지적이 계속 나오는 이유가 거기에 있다. 연고가 없는 지방으로 발령 받아 근무지를 옮긴 사람들이 그 지역에 적응하는 과정에서 "토호(土豪)가 부활한 느낌이 든다"고 한탄하는 건 어제오늘의 일이 아니다. 지방 유지들과 이들을 비호하는 공무원이 자치라는 명분 뒤에 숨어서 온갖 이권을 창출하고 또 그에 개입하고 있음은 이제 일반 국민도 피부로 느끼고 있다.

미국의 대통령 앤드류 잭슨(Andrew Jackson, 1829~1837년 재임)은 엽관제를 "공무원에 대한 인민 통제의 역할을 지닌 것"이라고 강조한 바 있다. 정말이지 이 지경이라면 차라리 엽관제라도 우리나라에 도입해야 할 판이라고 얘기들 한다. 부작용 면에서 그것이 훨씬 덜하지 않느냐는 생각에서이다. 이 또한 마인드가 우선인 문제이니 답답할 뿐이다.

이야기 다섯. 결혼 그리고 가족

결혼으로 다시 태어난 나

가족을 지키는 사람, 가정을 지키는 사회

아이 셋인 친구가 부러울 때

독특한 우리의 가족 문화, 지킬 것과 버릴 것

다문화 가정? 글로벌 가족이 맞다

애인 문화, 과도기이거나 영원한 숙제

Windows 57

결혼으로 다시 태어난 나

나는 대학 1학년 때 조정반에 들었다. 초등학교 때에도 어머니 대신 물동이를 들 정도로 체력에 자신 있었고 중학교 때 축구선수 생활을 잠시 했을 만큼 운동에도 소질이 있다고 생각했기에 내린 선택이었다. 당시 조정 연습은 주로 서울 흑석동의 명수대에서 했는데 느슨해진 생활에 질서를 잡아주는 역할을 그 나름대로 해주었다.

그러다 대학 2학년이 되자 고등학교 친구가 연극반을 강력히 권유했다. 나는 재수해서 대학에 들어갔고 그 친구는 곧바로 입학했기에 학번상으로는 선배였다. 그는 여러 가지 장점을 들어 연극반을 권했다. 고등학교 시절부터 예술이나 문화에 꾸준한 관심을 갖고 있었기에 마음이 쏠렸다. 그리고 서울대학교 연극반 '실극회'에 가입했다. 그 선택은 나에게 큰 행운이었다. 연극으로 다져놓은 정서와 정신세계는 그 후 내내 나에게 값진 밑거름이 되어주었다. 지금도 나는 뛰어나지는 않지만 예술과 문화에 대해 말문을 조금은 틀 수 있고 대충은 알아듣는 말귀를 갖게 되었다. 얼마 전 어줍지 않지만 발레도 하며 예술에 대한 갈증을 해소한 것도 그때의 행운 덕이다.

그런데 진짜 행운은 또 다른 데서 나를 기다리고 있었다. 연극반 활동을 열심히 한 결과 3학년 때 나는 요즘 말로 동아리의 대표, 당시 말로 서클의 회장이 되었다. 1학년 때 미팅으로 만났던 여자 친구에게도 결별을 선언하고 매달린 연극이었다.

당시에도 다른 대학과의 교류가 많았다. 그러한 교류에 색안경을 낀 당국의 감시가 철저히 따랐던 것은 물론이다. 한총련 같은 단체가 생긴다면 정권에 큰 부담이 아닐 수 없었음은 불문가지(不問可知)이다. 그 시대에 학교를 다녔던 사람들은 익히 알겠지만 탈춤반, 방송반과 함께 연극반은 감시대상 1호였다. 연극반 지도교수가 정부를 비판한 발언 때문에 일 넌이나 안기부에 끌려 다니며 고초를 겼었으니 분위기를 짐작할 수 있을 것이다.

그런 삼엄한 분위기 속에서 나는 당시 이화여대 연극반 대표였던 지금의 아내를 만나는 내 인생 최고의 행운을 얻었다. 연극은 순수 예술인데도 다른 학교 학생들이 서로 만나는 것이 금지된 시절이었기에 신고라는 절차를 거쳐야 했다. 어렵사리 처음 양 대학 대표자들이 만나는 순간 내 눈이 번쩍 뜨였다. 이화여대 연극반 대표에게 첫눈에 반해버린 것이다. 양미원, 그녀의 이름을 몇 번이고 마음속으로 불러보았다. 그 나이에 이름 하나 잊어버릴 리 없건만 기억을 놓칠세라 되뇌었다. 회의를 하는 둥 마는 둥, 이미 내 오감과 머리는 그녀에게 초점이 맞춰져 있었다.

회의가 끝나자마자 나는 그녀에게 다가가 말을 걸었다. 지금 생각해도 그런 용기가 어디서 나왔는지 모르겠다. '시간 좀 내주시겠어요?', '차 한 잔 하실까요?' 정도의 상투적인 말이었다면 있음직하다. 그때까지 여자에게 그런 말조차 해본 적이 없지만 말이다. "나랑 사귑시다." 내가 처음 만난 여자에게 던진 말이었다. 양미원은 당황스럽다는 표정으로 주위의 눈치를 살피고 있었지만 표정만은 싫지 않아 보였다. 속으로 쾌재를 부르는 사이에 어색한 승낙의 답이 그녀의 입에서 흘러나왔다.

서울 방배동 164-20번지는 내 인생에서 결코 잊을 수 없는 주소이다. 내 아내의 당시 집 주소였다. 이문세 씨의 <광화문연가>를 듣고 있노라면 그 옛날 광화문 일대 풍경이 낡은 필름처럼 그려지듯이, 그 주소만 떠올려도 풋풋하고 애틋한 내 첫사랑의 향기가 배어 있는 방배동 거리가 눈앞에 어른거린다.

나는 아직도 방배동 일대에 가면 마음이 설렌다. 지금은 내방역으로 더 잘 알려져 있다. 그녀에게 잘 보이기 위해, 또 그녀 가족 한 사람 한 사람에게 좋은 인상을 심어주기 위해 궁리하고 궁리하며 찾아다니던 그 집 어귀가 마냥 정겹고 좋다. 사람의 기억세포라는 것이 참 신기한 기능을 갖고 있어서 그 동네, 그 길만 가도 그때의 느낌이 새록새록 되살아난다.

그렇게 사랑을 쌓아올린 그녀가 나의 첫사랑이자 마지막 여자이다. 우리는 1982년에 결혼하고 반포에 신혼집을 마련했다. 작지만 나의 보금자리였다. 반포의 그 아파트 역시 지금도 지날 때마다 나에게 애틋한 기분을 자아내준다.

결혼은 여러모로 나를 기쁘게 해주었다. 우선 밤마다 사랑하는 사람을 뒤로하고 내 집으로 돌아가는 아쉬움이 없어져서 좋았다. 언제든지 항상 사랑하는 사람과 같이 있을 수 있어서 좋았다. 그리고 내가 가고 싶은 곳에 그리고 사랑하는 사람이 가고 싶어 하는 곳에 같이 갈 수 있어 좋았다. 사랑하는 사람과 생활을 공유할 수 있다는 기쁨이 정말 좋았다. 항상 내 생활이 두 배가 되는 듯 느껴졌다. 무슨 일을 해도 같이 하니 당연히 일한 것도 두 배처럼 느껴졌다. 부창렬이 결혼으로 새롭게 태어나 새로운 삶을 살아가기 시작한 것이다.

결혼할 당시 나는 스물일곱 살이었다. 요즘 기준으로 보면 철이 아직 덜 들었을 나이라고 볼 수도 있다. 그러나 내가 늘 주장하듯이 늦지도 이르지도 않은 나이에 결혼했다. '당시 추세에 비추어서'라는 단서가 붙지만 말이다. 요즈음에는 결혼 연령이 꽤 높아졌다. 통계청 자료를 보면 10년 전에는 남자는 28.4세, 여자는 26.0세였던 결혼 연령이 2008년에는 남자는 31.4세, 여자는 28.3세로 높아졌다. 결혼 연령이 꾸준히 높아지는 추세는 계속되는 듯하다.

내 주위를 돌아보아도 만혼(晩婚) 추세는 확연하다. 회사의 직원 중에

윈도우 57로 세상 보기

도 노총각이 많고 학교 후배 중에서도 서른 넘은 미혼이 부지기수이다. 우리 때에는 노총각·노처녀의 기준이 서른이었는데 요즈음 그 기준을 들이대면 당장 당사자의 심한 반발을 불러온다. 또한 독신자도 많아졌다. 소신에 의해 독신을 선택했든지, 아니면 혼기를 놓쳐 지내다보니 독신의 길로 들어설 수밖에 없었든지, 하여튼 많아진 것을 피부로 느낄 수 있다. 독신자가 늘어나는 경향은 다른 선진국도 마찬가지라고 한다.

나이가 있다 보니 주변에서 중매를 부탁하는 일이 많아진다. 배필감으로 보이는 상대에게 슬쩍 말을 건넬라치면 어찌 된 일인지 "아직 결혼 생각이 없다", "소개받는 게 부담스럽다", "결혼은 알아서 하겠다"는 대답이 더 많다. 그중 상당수는 독신의 의사표시를 우회적으로 하고 있음을 알아차릴 수 있을 정도이다. 그리고 모임이나 회사생활에서 만나는 사십대 중에서는 독신이라는 사실은 물론 독신주의자임을 당당하게 밝히는 데, 이젠 놀랍지도 않다.

독신이 늘어나는 이유에 대한 분석은 많이 나와 있다. 독신자 비율의 증가에 따른 라이프스타일의 변화에 대해도 분석과 전망을 철저하게 해놓았다. 그에 따른 상품과 서비스도 넘쳐난다. 그만큼 사회에서 받아들이는 하나의 분중(分衆, 분화된 군중의 의미로 필자가 자주 사용하는 말)으로 자리매김한 지 오래이다.

결혼하지 않으려는 원인도 나라마다 고유한 특성이 있다. 다른 이유들이야 비슷하다 하더라도 독신을 선택하게 만드는 우리만의 문화도 있다. 그중 많은 부분이 가족문화와 상관이 있다. 결혼 자체만 놓고도 여러 가지 의무사항을 만들어놓고 있다. 장남이라서, 장녀라서 반드시 결혼해야 한다고도 한다. 나이도 서른 이전에, 서른다섯이 넘기 전에 못을 박듯이 얘기한다. 결혼하고 나서의 책임도 따른다. 장남이니 아들을 낳아야 한다, 결혼 후 3년은 시부모 밑에서 배우다가 분가해야 한다는 주문도 있다. 금기도 참 많다. 결혼과 관련한 이상한 풍습 중 동생이 언니를 앞서 결혼해서는 안 된다는 우스운 금기도 있다. 지금은 법률이 개정되어 유전학적으로도 근거 없는 금기가 사라져서 다행이지만 법적으로 동성동본 간의 혼인을 금지했던 시절을 보내기도 했다.

현재 이러한 의무와 금기가 극히 일부에서 강요되고 있다. 하지만 정작 당사자들의 마음속에는 그동안 살아오면서 직간접적으로 많이 들어온 터라 부지불식간에 자신의 마음을 규율하고 있는지도 모른다. 의무와 책임은 결국 결혼 여부의 선택에 제약으로 작용할 공산이 크다. 금기는 개인의 판단과 갈등을 일으켜 결혼을 어렵게 할 수도 있다. 드러내지 않고 있는 속내를 정황으로 짐작해보면 실제로 이러한 이유들 때문에 결혼을 멀리하는 사람도 많다. 독신이 죄는 아니다. 그러나 권장할 사항이 결코 아니다.

결혼은 삶에서 가장 아름다운 과정이다. 남녀가 공동체를 이루어 서로 나누어가는 일은 아름답다고밖에 표현할 길이 없다. 물론 진정 서로 사랑하는 사람일 경우에 한해서이다. 나는 사랑 없는 결혼생활을 의무처럼 유지하는 것에도 철저하게 반대한다. 결혼한 사람으로서 이런 충고를 하고 싶다. "슬픔은 나누면 반이 되고 기쁨은 나누면 배가 된다"는 격언은 인생의 동반자와 함께할 때 진리가 되었음을 경험으로 알게 되었다고 말해주고 싶다.

이야기 다섯. 결혼 그리고 가족

가족을 지키는 사람, 가정을 지키는 사회

1980년대 중반쯤 어느 겨울의 출근길이었다. 그 당시에는 길거리에 포장마차가 제법 많았다. 지금은 일정 구역 안에서만 영업이 가능하고 낮에는 치웠다가 영업시간에 즈음 다시 포장을 치지만 그 당시에는 그렇지 않았다. 적당한 곳에 포장마차를 두고 장사를 하던 시절이었다. 물론 단속도 있었고 불량배의 훼방도 만만치 않았지만, 그런 대로 어려운 사람들의 돈벌이 수단이 되어 주었다. 그래서 동네 여기저기에 포장마차들이 놓여 있었다.

출근을 하기 위해 버스를 기다리는데 동네에 세워져 있던 포장마차 옆에서 나보다 열 살은 더 되어 보이는 한 남자가 뭔가를 부산스레 하고 있었다. 아침부터 포장마차의 영업을 준비하는 것은 아닐 터, 자세히 보니 아침 식사를 준비하고 있었다. 양은 양재기에 밥을 세 그릇 떠서 들어간다. 안에는 여자아이 둘이 앉아 있었다. 열린 포장 틈 사이로 살며시 지켜보았다. 반찬은 하나도 없었다. 봉지에 담긴 고추장을 짜서

아이들 밥 위에 얹어주는 것이 전부였다. 그나마 그는 고추장도 바닥
나 비닐에 붙어 있는 걸 젓가락 두 개로 연신 훑고 있었다. 아이들과
그 남자의 행색으로 보아 그곳에서 자고 일어난 게 아닌가 하는 생각이
들었다. 조금 가까이 다가가서 안을 살펴보니 정말 그런 것 같았다. 포
장마차 안쪽에 빛바래고 군데군데 낡아 헤진 침낭 세 개가 아무렇게
접혀 있었다. 그리고 그 옆에는 책가방 한 개가 놓여 있었다.

버스가 오는 바람에 나는 더 이상 그들의 일상을 지켜볼 수 없었다.
회사에서도 내내 아침 출근길에 마음을 짠하게 해놓은 그 광경이 지워
지지가 않았다. 지금도 그 모습을 떠올리면 가슴이 뭉클해지곤 한다.
어른이야 그렇다 치고 그 추운 날에 침낭 하나로 밤새 추위를 견디고는
끼니 같지 않은 아침 한 그릇만 먹고 학교에 가야 하는 아이, 아빠와
남아서 할 일도 없고 칭얼대지도 못하고 있을 아이, 또 저녁때면 시간을
보낼 데도 없는 아이들 생각에 가슴이 아팠다. 생각을 깊이 할수록 가슴
이 메어지고 찢어질 노릇이었다.

그날 이후 그 포장마차에 몇 번 갔다. 아이들은 무얼 하고 있을까,
그렇게 고단한 삶을 사는 사연은 무엇일까, 아이들 엄마는 어디에 있나
등등 궁금한 점이 많았다. 아이들은 항상 어딘가 가고 없었다. 궁금하고
애처롭게 보이는 사연들을 술기운을 빌려서라도 물어보고 싶었지만 끝
내 그러지 못했다. '그래, 기막힌 얘기들을 다 들었다 치자. 그럼 내가
해줄 수 있는 일이 과연 있나?' 이런 생각에 입을 열지 못했다. 위로도

되지 않는 위로의 말밖에는 별다른 방법도 없는 주제에 그 남자의 상처만 뒤집어놓는 짓을 차마 할 수 없었다. 그저 기회 있을 때 한 번씩 가능하면 사람들을 많이 데리고 들러 매상을 올려주고자 노력했을 뿐이었다. 그것이 그나마 내가 할 수 있는 일의 전부이자 그 사람에게 가장 실질적인 도움이라고 생각해서였다.

그 사람에게 가장 힘든 부분은 무엇이었을까? 대학 때 연극반에서 조세희 씨의 『난장이가 쏘아 올린 작은 공』을 연극으로 준비하며 내내 느꼈던 빈민이 다시 살아나기도 했다. 도시 빈민인 그가 겪을 생활고(生活苦)가 못내 안타까웠다.

나의 그런 생각이 경험 부족에서 비롯되었음을 훗날 가장(家長)으로 살아가면서 알게 되었다. 포장마차 주인에게 가장 큰 고통은 생활고가 아니라 바로 가정의 붕괴였을 것이다. 살다보니 그 고통이 얼마나 컸을지 미루어 짐작할 수 있게 되었다. 엄마 없이 혼자 애들을 키워야 했으니, 엄마 없는 자식들의 마음속 깊은 곳의 빈자리를 헤아려 달래는 일이 어렵고 괴로웠을 것이다. 모성애의 근원이 되는 호르몬인 에스트로겐이 적은 남성의 입장에서는 생리학적인 측면에서부터 고달프기 짝이 없는 일이었을 것이다. 또한 하루하루를 괴롭히는 생활고를 쓸쓸히 견뎌야 하는 외로움도 무척 컸을 것이다. 가계를 꾸려나가는 일, 아이들 문제, 포장마차 일, 이 모든 것을 상의할 사람 없이 혼자 결정하고 챙겨야 한다는 것은 그 자체가 고통이었을 것임을 이제는 안다. 쪼들리는

윈도우 57로 세상 보기

가계는 그 다음의 문제였을 것이다.

그 포장마차 주인의 이름도 성도 모르지만 참으로 대단한 사람이라는 생각이 든다. 그 어려운 고통을 이겨내며, 밤이면 주정뱅이들에게 시달리면서도 한시도 마음의 끈을 놓지 않고 가족을 지키고자 노력하던 그 모습이야말로 위대한 것이다. 살다 보니 우리 사회에는 정반대의 사람들이 의외로 많기에 역경을 이겨내는 그의 모습이 더욱 크게 느껴진다.

SBS TV에서 방영하는 <SOS 24시>라는 프로그램이 있다. 사회적 약자를 구해주는 내용인데, 가정 폭력이 주를 이룬다. 그런데 그 가정 폭력의 많은 부분은 가족 유기에서 비롯된다. 나름대로 사연이야 있겠지만 용서가 되지 않는다. 제 가족을 버리는 행위는 어떠한 변명으로도 용서받을 수 없는 일이기 때문이다.

우리가 살아가면서 지켜나가야 할 가치들은 수없이 많다. 그 가치들을 절대적 가치와 상대적 가치로 나누기도 한다. 불가피한 경우 다른 가치와 비교해 취사선택할 수 있는 것이 상대적 가치라고 한다면, 절대적 가치는 선택하고 말고의 차원이 아니라 어떠한 경우라도 반드시 지켜내야 하는 가치이다. 그 절대적 가치 중 하나가 바로 가족을 지키는 것이다.

한 개인이 온전히 가족을 지키는 일이 힘에 벅찰 때도 있다. 그럴 때 울타리 역할을 해줄 수 있는 것이 사회이고 국가이다. 우리는 전혀

이야기 다섯. 결혼 그리고 가족

예측하지 못하거나 심각한 위험에 대비해 보험을 든다. 우리 사회에는 사적(私的) 계약에 의한 보험만 있는 것이 아니다. 국민이 의무로 지고 있는 세금도 공동의 계약에 의해 그런 보험 역할을 해달라고 국가에게 부여한 임무에 일정 부분 쓰여야 한다. 그것은 국민이 세금을 내는 이유이기도 하다. 나는 그것이 현대 민주주의의 복지 이념에 부합하는 것이리라 믿는다.

사회가 각박해지고 경제가 어려울수록 사회안전망에 대한 필요성이 높아진다. 그러나 어떠한 사회안전망도 가정의 힘을 뛰어넘을 수 없다. 그렇기에 사회는 힘겹게 가정을 지키는 사람들에게 힘을 보태주고 또 그 가정들을 지켜주어야 할 책무를 지고 있다.

가족과 가정을 지키는 데에 홀로 안간힘을 써도 힘이 부족해 포기하고 싶은 마음들을 나부터 돌아보려 한다. 내가 할 수 있는 일이 있다면 기꺼이 힘을 보태려 한다. 건강한 가정이 건강한 사회를 만들고, 건강한 사회가 있어야 내 가정도 건강하다. 곧 나 자신을 위한 길이라는 소박한 생각이다.

아이 셋인 친구가 부러울 때

아내의 구박에도 불구하고 나는 한국 영화를 무척 즐기는 편이다. 외국 영화보다는 한국 영화가 좋다. 이미 본 영화를 케이블 TV나 비디오로 다시 볼 때도 있다. 아내는 '문화편식(文化偏食)'이라고 지적하지만 좋은 것은 좋은 것이지 어쩔 수가 없다. 특히 추억을 더듬을 수 있는 소재를 다룬 영화를 만나면 더욱 즐겁다.

한국 영화의 팬을 자처하기에 스크린 쿼터제 논란이 있을 때마다 의아해한다. 경쟁력 있는 영화라면 흥행에도 성공할 것이라고 자신하기 때문이다. 실상이 그렇지 않음은 영화 관계자들의 항변을 통해 익히 알고 있다. 나는 한국 영화를 즐기고 또 그 정도면 경쟁력이 충분하다고 생각한다는 얘기이다.

2006년에 개봉된 <잘살아보세>라는 코믹 영화를 보았다. 줄거리는 제3공화국 시절 중요 국가 시책으로 시행한 가족계획에 관한 얘기이다. 가족계획은 전국 꼴찌, 출산율은 전국 1위를 자랑하는 고리타분하기

이야기 다섯. 결혼 그리고 가족

짝이 없는 충청도의 한 시골에서 가족계획 요원과 마을 사람들이 벌이는 좌충우돌 에피소드들이다. 정말 당시에는 그랬다. "아들 딸 구별 말고 하나 낳아 잘 기르자"는 표어는 아직도 내 뇌리에 확연하게 남아 있다. "이러다가는 두 집 걸러 하나 낳기"로 나가겠다느니, "반상회에서 제비뽑기해 그 집만 낳기"로 번지겠다느니 하는 우스갯소리도 있었다. 그만큼 강도 높은 가족계획이 범국가적으로 전개되었고 방법도 파격적이었다. 불임시술을 받으면 동원 예비군 훈련을 일찍 끝내주고 귀가시켜주는 방법까지 동원되었다.

요즈음에는 그렇게 나라를 살릴 비책(秘策)이라고 떠들어댔던 정책이 걸림돌로 여겨지고 있다. 저출산으로 인해 오히려 국가경쟁력에 큰 문제를 야기하게 된 것이다. 중앙정부와 지방자치단체가 부랴부랴 출산 장려에 나서지만, 출산 억제가 어려웠던 만큼 출산 장려도 국가가 나선다고 쉬이 되는 일이 아니다.

아니 더 어려울 수 있다. 요즘같이 자녀를 교육시키는 일이 어려운 때 아이 하나 늘어나는 것이 얼마나 큰 부담인가 하는 점은 삼척동자도 아는 일이기 때문이다. 가계만이 문제인 것은 아니다. 한 아이를 가르치는 데 들이는 공이 몇 배로 늘어나 주부가 혼자 아이를 건사하는 일이 벅찬 지경이 되어버렸다. 하물며 맞벌이를 해야 하는 집은 오죽 하겠는가? 그러니 출산 억제보다 출산 장려가 훨씬 어려운 일이 되어버린 것이다.

윈도우 57로 세상 보기

10년 전쯤 어느 모임에서 후배 하나가 며칠 전 넷째 아이를 낳았다며 좋아했다. 그때만 해도 걱정이 앞서 같이 축하도 못해주었다. 그 사람의 가정 형편이 궁색한 편은 아니지만 그렇다고 무슨 재벌 집도 아니었기에 나는 걱정하는 얘기만 줄곧 하게 되었다. 그런 나에게 "내가 이 사회에 기여한 것이 없어서 인구 측면에서라도 기여해야겠다는 각오이다"라고 하던 후배의 넉살이 기억에 새롭다.

나는 딸 하나, 아들 하나를 두었다. 아내와는 아들이 태어나고 나서 "그쯤이면 됐다"는 묵언의 합의가 이루어졌다. 주변에서도 둘 이상 낳지 않는 게 당연한 일로 받아들여졌다. 무언의 압력도 있었다. "더 낳아서 뭐 하려고……" 하는 분위기가 역력했다. 당시만 해도 그게 사회분위기이자 통념이었다.

나는 형제가 셋이다. 여동생과 남동생이 한 명씩 있다. 우리 부모님 세대에서는 꽤나 단출한 식구였다. 나이가 들수록 다른 집이 부러울 때가 있다. 집안에 일이 있을 때 특히 그렇다. 거의 1개 소대 인원은 족히 되는 가족들이 사진을 꽉 채운 모습을 보면 어른들이 말하는 '다복(多福)'의 의미가 확확 와 닿는다. 전혀 남인 내가 봐도 뿌듯해진다. 한때 식구가 많은 것이 무지(無知)의 상징이었지만 거꾸로 가족계획이라는 전무후무한 캠페인이 무지의 소산이 되어버렸다.

지금은 장성했지만 아이들을 키울 때에도 왠지 아이들이 외로워 보였다. 가끔 저 둘만 남아 있으면 얼마나 쓸쓸할까 하는 생각도 해본다.

이야기 다섯. 결혼 그리고 가족

그들도 아이를 낳아 기르겠지만 동기간에 나누는 정은 따로 있으니 말이다. 주변에 가족계획을 가차 없이 위배한 친구들이 더러 있다. 간혹 과실범(?)도 있다. 점점 그들이 부러워지는 횟수가 늘어간다.

출산장려운동을 중앙정부와 지방정부 모두 나서 진행 중이다. 여러 가지 혜택을 주겠다고 한다. 가족계획만큼이나 무지한 짓을 저지르는 우(愚)가 되지 않을지 염려스럽다. 아이가 한 명이든 열 명이든 사회가 일정 부분을 책임져주는 것이 바람직하다. 아이 수를 인위적으로 증가시키는 일은 틀림없이 또 다른 부작용을 초래할 우려가 있다.

프랑스로 출장 갔을 때의 일이 생각난다. 1990년대 초반이었는데 아프리카계 사람들이 무척 많았다. 유럽이 아니라 미국이라는 착각이 들 정도였다. 프랑스가 저출산 문제로 각종 장려책을 펼칠 때였다. 아이 한 명마다 상당액의 수당(현지인 표현이 그랬지만 보육보조금이었을 것 같다)을 지급할 정도였다. 그러다 보니 프랑스령 아프리카 국가의 국민이 출산 수당을 노리고 이주하고 있다는 것이다. 농담조로 "아이 열 명만 낳으면 벤츠 몰고 다닌다"고도 했다.

출산 장려책은 장기적 관점에서 세심한 주의를 갖고 펴나갔으면 한다. 모든 정책이 그러하듯이 인식의 전환이 우선이다. 늘 하던 식으로 캠페인이나 하고 단체나 몇 개 만들어서 될 일이 아니다. 철저한 준비와 전략으로 의식하지 못하고 있던 인식을 바꾸게 해주어야 한다. 아이를 낳아 기르는 게 얼마나 성스러운 일인가를 자각할 수 있게 해주어야 진정한 사회의 힘으로 연결될 수 있다.

저출산 문제에 대한 관심과 배려 한편으로, 개인별로는 사회에 대한 재인식이 필요한 시점이다. 꼭 핏줄로만 내 형제를 챙기는 편협한 사고에서 탈피하는 일이 절실하다. 사회적 동물답게 외로운 길을 피해가는 지혜를 발휘해야 할 때이다. 이 땅에 같이 살아가는 사람 모두를 형제로 생각하고 행동하는 것이 지혜로운 일이다.

독특한 우리의 가족 문화, 지킬 것과 버릴 것

모든 사회는 고유한 문화를 갖고 있고, 가족도 제각기 독특한 문화를 갖고 있다. 그런데 문화는 한 번에 만들어지지 않는다. 준거가 되는 문화가 반드시 있기 마련이고, 상황에 맞게 변화하고 첨삭이 가해진다. 우리나라의 준거 문화는 유교 문화와 그를 기초로 하는 자신의 가정과 사회의 문화이다. 그중 특히 유교 문화는 우리에게 성역(聖域)이나 진배없었다. 사회 각 분야에서 민주주의의 물결이 고조된 후 많은 변화가 있었지만, 유교 문화의 상당 부분은 가정생활 곳곳에 뿌리 깊게 남아 있다. 그 성역을 깨면 패륜아로 취급받기 십상이다.

윤정모 씨의 중편소설 중 「굴레」라는 작품이 있다. 내 첫째 아이가 세 살 되던 1986년에 나온 소설인데, 가부장적 문화가 몸에서 덜 떨어져나간 나에게는 가정을 꾸려나가는 데 지침서가 되어준 책이다. 반면교사(反面敎師)의 역할을 톡톡히 해주었던 것이다.

소설의 주인공 수하는 순전히 아버지 탓에 순탄치 못한 결혼생활을 하는 부모님 밑에서 자랐다. 결혼 후 그에게 남편이나 시어머니는 또 다른 굴레가 된다. 너무나 가부장적이고 구시대의 유물 같은 사고를 가진 남편과 시어머니는 수하를 괴롭히는 것이 취미가 아닐까 할 정도로 그녀에게 고통을 안겨준다. 종국에는 갓 태어난 아기를 놓고 수하의 부정(不貞)을 의심한다. 시어머니는 그러려니 싶었지만 그런 면에서는 그래도 믿었던 남편마저 의심의 칼날을 들이댄다. 결국 핏덩이에 불과한 아기의 유전자 감식을 위해 피를 뽑아야 하는 상황에 다다르자 주인공은 모든 굴레를 벗어던질 결심을 한다.

이 소설에는 한 사람이 겪어야 할 가족 관계의 모든 것이 담겨 있다. 주인공과 아버지, 남편, 시부모, 자식의 관계를 다루고 있다. 유교의 틀에 갇혀 고단하기 짝이 없는 삶을 살아야 하는 여성에 대한 문제의식이 소설의 축이다. 깊이 들여다보면 가족에 대한 기존 관념을 다시 생각하게 되고, 결국 우리나라의 특수한 가족 문화가 만들어낸 상황을 엿보게 된다.

우리나라는 가족에 얽혀 있는 관계들이 독특하다. 먼저 부모와 자식의 관계가 독특하다. 그리고 부부관계도 유별나다. 결혼 후 양가(兩家)에 대한 금기와 의무도 왜 그리 많은지 이해가 되지 않는다. 게다가 형제자매 관계에서도 서로 별도의 가정을 구성했건만 이전과 동일하게 유효한 사항이 많다. 세계 어느 곳에서도 유례를 찾아보기 힘들다. 유교의 원조 나라인 중국에서조차 가정 규율이 그리 엄하게 작동하지 않았다.

그렇다. 우리의 가족 관계는 문화라기보다 차라리 규율에 가깝다.

우리의 가족 문화는 분명 개개인에게 힘이 되어준다. 슬픔을 나누고 기쁨을 함께하는 정신적인 힘이다. 또한 어려운 일이 닥쳤을 때 가족이 힘을 합쳐 헤쳐나가는 것은 우리나라에서 자연스러운 일이다. 그런데 가족끼리 뭉칠 때의 무게 중심은 유독 남자 가문에 가 있다. 내가 직장에 다닐 때 처가의 경조사는 경조사 취급을 받지 못했다. 사규에도 큰 차별이 있었다. 휴가 일수부터 판이하게 차이가 났다. 나만 해도 처가의 경조사를 다른 사람에게 알릴 엄두를 내지 못했다. 정말 친한 동료나 친구 정도에게만 조용히 알렸다. 다행히 몇 년 전부터 여러 회사에서 본가와 처가의 경조사를 동등하게 대우하는 사규를 만들어 시행하고 있다. 정부의 강제력이 수반되었기에 가능했지만 말이다.

법규는 마련되었지만 사람들의 의식 변화에는 시간이 더 필요해 보인다. 나를 기점으로 윗세대는 아직도 처가의 경조사를 알리는 데 무척이나 인색하다. 눈치 정도가 아니라 면박을 주는 경우도 왕왕 보아왔다. "걔는 무슨 처가상(喪)을 일요일에 알렸대?" 하고 다른 사람 통해서라도 불편한 심기를 드러낸다. 조금 더 세월이 지나면 그런 사람이 설 땅은 별로 없어 보일 정도로 세상이 바뀌고 있다는 생각에 오히려 그런 사람들이 안쓰럽다.

나보다 윗세대인 어른들 가운데 '공자 왈' 하며 칠거지악(七去之惡)을 읊조리는 분들이 꽤 있었다. 나는 칠거지악 중 악질(惡疾), 즉 나쁜 병에

윈도우 57로 세상 보기

걸린 경우가 왜 잘못인지 도통 이해가 되지 않는다. 당시 시대상을 알지 못하는 나로서는 나머지 여섯 가지도 받아들이기 힘들지만 말이다. 그나마 '공자 왈' 잘못이 있어도 내치지 못하는 삼불거(三不去)에 내쫓아도 갈 곳이 없는 경우를 꼽아놓은 것을 보면 측은지심(惻隱之心)은 남았다고 위안 삼을 수 있을까.

세상이 바람직한 방향으로 나아가고 있지만 뿌리 깊은 가부장적 문화는 아직 많이 남아 있다. "딸 가진 사람은 비행기 타고 아들 가진 사람은 어쩌고" 하는 말은 위로나 자위에 불과하다는 생각을 갖게 할 만큼 남녀 차별이 여전하다. 또한 가정이라는 특수 사회에 관한 한 전통 문화라고 일컬어지는 것들을 거부하는 사람은 패륜의 낙인을 받을 각오가 되어 있어야 할 정도로 사회적 처벌도 가혹하다.

인간 사회의 최소 구성단위는 바로 가족이다. 인간의 첫 사회생활은 가족과 더불어 시작된다. 가족이 굴레가 되어서는 올바른 삶을 살아갈 수 없다. 굴레가 아닌 울타리 역할을 하는 것이 바로 가족이다. 여기에 초점을 맞춰 가족 문화를 돌아보고 가꾸어나가는 노력이 절실하다.

다문화 가정? 글로벌 가족이 맞다

우리 사회에서 국제결혼은 여전히 드문 일이지만, 그것을 비하하는 사회적 분위기는 많이 사라졌다. 국제결혼이 손가락질의 대상에서 벗어난 것은 그리 오래된 일이 아니다. 그럼에도 국제결혼으로 탄생한 가정에 다문화 가정이라는 이름을 붙여줄 정도로 관대하게 되었다는 점에서 희망이 보인다.

어렸을 적 옆집에 내 또래 아이가 있었다. 당시에는 보기 드문 혼혈아였다. 어머니는 한국 사람이고 아버지는 미국 백인이었다. 지금 생각하면 교수쯤 되었던 것 같다. 그 애와 학교는 달랐지만 꽤 친했던 기억이 난다. 가끔 그 애가 샌드위치 먹는 것을 볼 수 있었는데, 빵 속에는 뻘건 생고기가 들어 있었다. 나는 그것을 부모님께 말씀드렸더니 "생고기를 먹을 리가 있겠니?" 하고 믿지 않았다. 나중에, 그것도 세월이 한참 흐른 뒤에 샌드위치 내용물의 정체를 알게 되었다. 바로 햄이었다. 햄의 존재도 모를 시절이었으니 우습기만 하다.

윈도우 57로 세상 보기

그때는 국제결혼을 한 사람이나 그 자녀를 차마 그대로 옮길 수 없을 정도로 비하하는 말로 불렀다. 아무 거리낌도 없었다. 물론 개중에는 현지처라는 부도덕한 관계도 있었으나 정상적인 국제결혼도 처연한 대접을 받았다.

통계청 자료에 따르면, 현재 우리나라 사십대 인구의 절반이 넘는 54.1%가 국제결혼에 동의하고 있다. 그 누구도 국제결혼에 대해 색안경을 끼고 보지는 않는다. 미국의 영화배우 웨슬리 스나입스, 니콜라스 케이지의 아내도 한국 여성이다. 부러움을 사면 샀지 손가락질 받는 것은 상상도 할 수 없을 정도로 세상이 변했다.

한편으로는 국제결혼을 하기 위해 노력도 한다. 농촌 총각에서 도시의 노총각까지 번져가고 있는 국제결혼이 대표적인 사례이다. 결혼 대상의 폭도 점점 넓어져 중국 교포를 비롯해 동남아시아 출신, 중앙아시아 출신, 서남아시아 출신까지 다양하며, 국제결혼을 한 부부를 주변에서 쉽게 만날 수 있다.

무척이나 따졌던 인종과 피부색에 대한 편견도 눈에 띄게 줄었다. 결혼 형태도 다양해졌다. 예전에는 서양인 경우에는 대부분 외국 남자와 한국 여자가 결혼했고 동양인에 한해서 성별이 바뀐 경우가 있었다. 지금이야 방송인 중에도 한국인 남편을 둔 사람이나 미혼이더라도 한국 남성을 사귀는 사람도 있을 정도로 인식이 바뀌었다.

결혼 적령기를 넘기고도 한국에서 상대를 찾지 못해 국제결혼을 한 경우에도 유무형의 어려움을 견뎌야 함은 불을 보듯 뻔하다. 외모상의 차이를 극복하기 위해 교포를 찾는 노력도 이해가 간다. 그런다 한들 우리의 폐쇄적 문화가 그들을 흔쾌히 받아주지 못하니 불편하고 어려운 환경은 크게 다르지 않을 것이다.

사업상 알게 된 지인 중에 화교가 몇 명 있다. 그들의 친구가 운영하는 중식당에 초청받아 직접 해주는 요리도 얻어먹어 보곤 하는 사이이다. 그런데 어느 날 대화를 가만히 들어보니, 한국에서 벌이는 사업은 모두 부인들의 명의로 하고 아이들은 모두 화교학교를 다닌다고 했다. 내가 거의 관심이 없던 분야라 최소한의 정보와 지식이 없었고 그래서 당황스러웠다. 연유를 물어봤더니 비자 문제가 말이 아니었다. 그들 표현을 빌자면 베트남의 보트 피플(Boat People, 1975년 미국의 패전 이후 보트를 타고 베트남을 떠나 유랑하는 피난민들)과 같은 난민의 비자밖에 받을 수 없다고 했다. 그런 정황은 아직도 별반 바뀐 것이 없다.

화교인 그들은 우리나라에서 태어나고 자란 처지라 우리말을 유창하게 한다. 세계 어디를 가든 현지에 적응해내는 중화인 특유의 기질을 발휘한 탓도 있을 것이다. 당연히 그들의 자식도 우리말을 잘할 것이다. 그리고 부모 중 한 사람은 우리나라 사람이 아닌가. 왜 그들을 끌어안을 수 없는지, 법적·제도적으로 나서서 해결해야 할 문제가 아닌가. 당최 풀리지가 않는 의문이다. 학교마저 자기들끼리 다니게 만드는 풍토가 참으로 옹졸해 보인다. 대원군의 쇄국정책이 지금도 영향력을 미치고 있는 건 아닌지 통한이 생긴다. 이제는 단일민족에 대한 자긍심에서 탈피해 원대한 웅지를 펴나가야 할 때가 아닌가?

그런데 화교들이 받는 대접을 보면 단일민족 문제와는 또 다른 편 가르기와 텃세 부리기의 치졸한 면이 드러난다. 왜냐하면 같은 핏줄인 중국 교포와 새터민 역시 이방인 취급을 받기는 매한가지이기 때문이다. 서울을 비롯한 수도권 곳곳에, 그중에서도 번화하지 않은 곳에 가면 낯선 한자로 된 간판들이 몰려 있는 것을 볼 수 있다. 처음 그곳에 가는 사람은 중국인 거리로 착각할 정도이다. 그런데 그게 아니다. 그곳은 바로 우리나라에 온 중국 교포들이 집단촌을 형성해 살고 있는 지역으로, 자연히 그들을 상대로 한 상가가 형성되어 있었던 것이다.

낯선 곳에 그들이 먼저 나서서 집단촌을 형성했을 리 만무하다. 적응하기도 어렵고 어디에 무엇이 있는지도 모르는 그들이 자기들만의 영역을 구축했을 턱이 없다. 그리고 내 기억으로는 분명 교포들이 한국에 들어오던 초기에는 여기저기서 그들을 마주할 수 있었다. 그런데 어느 사이 그들만의 세상이 만들어진 것처럼 되어버렸는데, 우리가 내몬 흔적이 역력하다.

우리에게는 필리핀에 식모살이를 하러 가던 시절도 분명 있었다. 우리의 누나와 형들이 독일에 간호사나 광부로 일하러 떠났던 때가 엊그제 같다. 그들이 밖에서 피눈물 나게 서러운 대접을 받았을 것은 뻔하다. 그리고 지금 우리가 조금은 넉넉한 형편이라 하더라도 다시 그런 처지가 되지 않는다는 보장도 없다. 지금 이 땅에서는 배우자를 따라 한국인이 되겠다고 국제결혼을 해 들어온 사람들조차 서러운 대접을 받고 있다. 그들도 결국 교포들 소식이나마 듣고 향수를 달래려 그 지역에서 소일하고 있단다. 지금 우리들의 부끄러운 초상이다. 교포만이 아니라 동남아시아나 중앙아시아 출신 여성들도 동대문 등지에 거리를 형성하고 있다는 얘기도 들린다.

조선시대 내내 지겨운 당파 싸움으로 국력을 소모하던 기질을 발휘할 셈인지, 우리가 받아들이기로 한 그 사람들을 왜 애꿎게 거리를 배회하게 하는지 반성해야 한다. 더 나아가 정부 당국은 저출산이 문제되는 마당에 성의 있는 태도로 꾸준히 국제결혼 가정 문제를 다뤘으면 한다.

이름부터 바꾸어서 불렀으면 하는 바람이다. 다문화 가정이라는 말은 좀 옹색하다. 어차피 문화가 서로 다른 두 사람이 꾸리는 것이 가정이다. 가정이 다문화인 것은 당연하다. '글로벌 가족'이라는 말을 제안하고 싶다. 개인의 뿌리와 터전을 과감하게 떠나 이 땅에 뿌리내리고자 온 사람들과 그 2세들을 자랑스러운 우리 사람으로 만들어가는 노력을 하나씩 해나갔으면 한다. 그들의 입장에서 심사를 헤아려주는 일부터 말이다.

윈도우 57로 세상 보기

애인 문화, 과도기이거나 영원한 숙제

한 10년은 된 일인 것 같다. 술자리가 있어 출근부터 대중교통을 이용했다. 퇴근 후 술 한 잔을 하고 택시를 타려는데 잘 잡히지가 않았다. 취기도 오르고 해서 잘 타지 않던 모범택시를 잡았다. 택시기사는 내 또래 정도였다. 내가 차에 오를 때부터 하던 통화를 10분 정도 계속했다. 간간히 새어 나오는 저쪽 목소리는 여성인데, 말투나 목소리 톤이 통상의 한국 남성이 아내에게 대하는 그것과 달리 무척이나 나긋나긋했다.

나는 통화 끝나기를 기다렸다가 망설임 끝에 "부인인가 보죠? 금슬이 좋아 보여 좋습니다" 하고 물었다. 운전 중 통화에 대한 질책도 짙게 섞어서 던졌다. "아이고, 와이프하고 이 밤중에 뭐 하러 통화해요? 애인이죠, 애인." 애인이란 표현도 은어로 했음은 물론이다. 뒷말은 더 장관이다. "새 애인이 생겨 어떻게 정리해야 하는데 잘 안 되네요 전화로라도 봉사해야죠." 듣는 나는 머릿속이 복잡해져 오는데 대수롭지 않게

이야기 다섯. 결혼 그리고 가족

주절댔다. "사별하기에는 이르신 나이 같은데 아픔이 있었나 봅니다."
세상물정 모른다고 눈총 받기 충분한 말에 궁금증을 담아 건넸다. "애
인이라니까요" 하며 뒤를 흘끔 보더니 "요즘 우리 일 하는 사람은 애인
한두 명은 다 있어요." 퉁명스럽게 얘기하고는 말문을 닫았다.

집에 와서도 계산이 복잡했다. 경제적인 면, 시간적인 면, 둘 다 맞지
않았다. 택시 영업으로 버는 돈은 뻔하다. 시간 면에서도 아무리 개인택
시라지만 수입을 맞추려면 기본적으로 일해야 하는 시간이 있으니 그
역시 빠듯하다. 내 또래이니 애들 교육시키느라 여유가 있을 도리도
없다. 통상적인 계산으로는 도무지 답이 나오지 않는 일이었다.

나는 한참을 잊고 있다가 친구들과 함께한 자리에서 그날 일을 신기
한 일처럼 얘기했다. 다들 대수롭지 않게 생각했다. 이미 다 알고 있는
사실이라는 반응과 함께 유부남, 유부녀들의 불륜 행태에 관한 이야기
보따리들을 저마다 좍 풀어놓았다. 돌이켜보니 직장생활 중에도 간간
히 사내 불륜에 대한 소식을 접한 적이 있었다. 말도 안 되는 사이로
보였지만 그런 일이 벌어지곤 했다. 다른 회사도 사정은 마찬가지였다.
회사가 무슨 죄가 있다고 부인이나 남편이 회사로 찾아와 난리를 부리
고 갔다는 소문도 심심치 않게 들었다.

1990년대 말부터 한동안 서울에서 큰 인기를 끌었던 특이한 유흥업
소가 있었다. 성인나이트클럽이라는 곳이다. 나이트클럽 자체가 성인
이 되어야 출입이 가능한 곳인데 이름이 그렇다. 나이가 많은 삼십대

이상이 다니는 곳이라는 의미에서 특별히 그렇게 이름을 붙인 듯했다. 인기의 원인은 소위 '부킹'이라는 것에 있었는데 그 대상이 유부남, 유부녀들이었다고 한다. 이런 종류의 유흥업소가 강남에 서너 곳 있었다. 그런 곳에 출입한다고 하여 막 나가는 사람들도 아니었다. 그곳에 오는 남자들은 대개 번듯한 직장인이었고 사회지도층 인사도 꽤 있었으며, 여자의 남편들은 사회적으로 지위가 있을 법한 사람들이라고 했다. 그런 남녀가 만나 하룻밤 만에 애인 사이로 발전하곤 했다. 커다란 불륜 공간이 서울 곳곳에 만들어졌던 것이다.

그렇게 기혼자들 사이에서 애인 문화가 말 그대로 만연했다. 가벼운 자리에서 "애인 있냐"고 물으면 "결혼한 지가 언제인데" 하는 대답은 촌놈 소리 듣기 십상일 정도였다. 애인의 의미가 혼전에 사귀는 사람이 아니고 기혼자의 불륜 대상으로 바뀌어버린 지도 이미 오래전이었다. 남녀 불문하고 그렇게 되어버렸다.

우리나라에서는 혼외의 성관계를 간통이라고 하고 이를 형법상 범죄로 처벌한다. 이 역시 남녀를 불문한다. 우리 사회에서 줄기차게 논쟁거리가 되는 것 중 하나가 바로 간통죄이다. 중국, 스위스 등 극히 일부 나라만이 갖고 있는 입법례이다. 사생활 자유의 제한과 국가 형벌권의 한계가 접점을 이루는 핫 이슈 중 하나이다. 애정생활은 전적으로 사적인 영역이기 때문에 국가가 개입할 수 없다는 주장과 혼인의 순결과 건전한 미풍양속 수호를 위해 공권력을 동원해야 한다는 주장이 팽팽하게 맞선다. 간통죄 폐지를 반대하는 측에서는 우리나라의 보수를 대표하는 유림 그리고 여성단체가 가담하고 있다. 가담 정도가 아니라 대표적인 반대 세력이라고 보아야 옳다.

간통죄를 둘러싼 찬반 논란에 대한 내 입장은 그다지 뚜렷하지 못하다. 하지만 폐지를 반대하는 여성계의 목소리는 뒷맛이 개운치 않다. 여성이 아직 사회적 약자이기 때문에 간통죄라도 있어야 위자료를 받을 수 있다는 게 주요 요지인 듯하다. 그러나 현실은 그렇지가 않다. 간통죄로 끝까지 처벌받는 경우는 남성보다 여성이 많고, 간통죄로 처벌하려면 이혼을 전제로 고소해야 가능하기 때문에 많은 여성들이 참고 산다.

여성계가 내세우는 간통죄 존치론의 논거라면 차라리 미국과 같은 법체계가 나을지 모른다. 미국에서는 이혼 후 귀책당사자 혹은 이혼 요구자가 상대에게 지급해야 할 위자료가 어마어마하다. 영화나 드라마에도 자주 위자료가 언급되듯이 배우자가 아무리 마음에 들지 않아도 위자료가 무서워서 참고 산다는 사람이 상당수 있는 것도 그런 연유이다. 우리도 간통과 같은 일을 저질러 이혼을 당할 경우 막대한 위자료 지급과 철저한 재산 분할을 하도록 법원 내규에 명문화하는 것이 바람직하다. 간통죄의 효과가 여성계가 생각하는 것만큼 그다지 크지 않아 보이고 사회적으로 여러모로 여성의 자존심에 큰 손상을 줄 수 있기에 그런 생각을 해본다.

윈도우 57로 세상 보기

이 글을 마무리하는 시점에서 우리 사회의 변화를 알리는 중요한 헌법재판소 결정이 나와 몇 구절 추가한다. 2009년 11월 27일 간통죄와 함께 우리나라 형법 중 독특한 범죄인 혼인빙자간음죄가 폐지되었다. 헌법재판소가 혼인빙자간음죄에 대해 위헌 결정을 한 주요 이유는 "남녀평등의 사회를 지향하고 실현해야 할 국가의 헌법적 의무에 반하는 것이자 여성을 유아시(幼兒視), 여성을 보호한다는 미명 아래 여성의 성적 자기결정권을 부인하는 것"이었다. 간통죄에 대한 여성계의 주장에 대해 의문을 제기하는 취지에서 이번 결정을 환영한다.

물론 불륜은 다른 나라에도 많다. 선진국에도 많다. 그러나 우리처럼 상시화·보편화되어 있지는 않다. 사례도 드물고 일시적인 경우가 많다. 결국 우리는 결혼, 가정, 부부에 대한 가치관을 전반적으로 그리고 새롭게 정립해야 할 필요가 있다. 결혼과 가정이 굴레로 인식되기에 오늘날과 같은 결과가 초래되었다고 보기 때문이다. 의무감에서 그냥 껍데기만 집 안에 있는 그런 생활이 너무 많아 보인다. 우리 사회에 가정을 의무가 아닌 사랑의 구심점으로 삼는 가치관을 세울 수 있는 길이 무엇인가 고민해보게 된다.

이야기 여섯. 벗이 있기에

영화 <친구>의 친구가 진짜 친구인가
안타깝게 잊혀가는 학교 친구들
사회 친구는 친구가 아니다?
영원한 '웬수', 후배
여자 친구가 없는 세대의 불행

영화 <친구>의 친구가 진짜 친구인가

친구, 벗, 참으로 정감 가는 말이다. 세상사는 데 없어서는 안 될 소중한 존재 중 하나가 바로 친구이다. 한국 영화의 흥행사를 다시 쓴 것으로 기억되는 영화 <친구>를 나도 재미있게 봤다. 우리나라 갱 영화가 대부분 그렇듯 폭력 조직을 너무 인간적으로 미화한 부분은 현실감이 결여된 느낌도 없지 않지만 말이다. 그래도 나보다 약간 연배가 아래인 주인공을 중심으로 한 당시의 상황 설정은 나와 내 친구들을 다시 돌아보게 만들었다. <친구>를 본 이후 중·고등학교 친구들에게 유난히 전화를 많이 한 것은 모두 추억 때문이었으리라 생각한다.

영화는 재미있게 보았는데 어떤 관계를 친구라고 할 수 있나 오래 생각해보게 되었다. 그냥 사전적 의미라면 가까이 오래 사귄 사이이면 된다. 그러나 동서고금을 막론하고 친구라는 말의 의미는 그렇지 않다. 유독 우리나라에만 친구라는 의미에 비슷한 연령이라는 요소가 약속처럼 포함되어 있다. 영화 속 주인공들은 그저 학교 동창일 뿐이지 친구로

이야기 여섯. 벗이 있기에

보이지는 않는다. 적어도 잘못된 길을 가고 있으면 목숨 걸고서라도 말려야 하고 열심히 하는 일에는 마음으로나마 힘을 보태주어야 친구라고 할 수 있다.

꽤 오래전의 일이다. 회사로 초청장 하나가 날아왔다. 친구 한 명이 회사를 개업한다고 초청한 것이었다. 그 전 해에 사업이 잘못되어 연락이 두절되었던 친구였다. 나와의 연락은 물론 그의 소식을 들은 다른 친구들도 없어 걱정되었던 터라 반갑기 그지없었다. 짬을 내서라도 친구를 찾아볼 생각을 했어야 하는데 바쁘다는 핑계와 나 혼자 편하게 직장을 다니고 있다는 생각에 영 개운치 않기도 했다.

친구가 개업하는 날, 시간보다 일찍 찾아갔다. 조금이라도 빨리 얼굴을 보고 싶은 마음에 서둘렀다. 전날부터 난(蘭) 하나를 사서 미리 차에 챙겨놓을 정도로 마음이 급했다. 사무실에 들어서니 보고 싶던 얼굴이 나를 반겨주었다. 어떻게 살아왔는지 얘기를 듣다보니 어느덧 개업식을 시작해야 할 시간이 다가오고 사람들이 몰려들어 대화를 중단해야만 했다. 친구는 "야, 이따 개업식 끝나고 나서 너하고 할 얘기가 있으니 늦게까지 좀 있어주라"고 나에게 말했다. 그렇지 않아도 오랜만에 못 나눈 얘기를 하려고 시간을 비워놓았기에 흔쾌히 당연한 일이라고 대답했다.

그날 개업식은 성황을 이루었다. 나도 좋아하는 친구지만 처신이 워낙 반듯해서 찾아주는 손님이 무척 많았다. 그리고 사람도 다양했다.

보기가 그렇게 좋을 수 없었다. 그 친구답게 찾아주는 손님마다 일일이 인사를 시키며 서로 처음 보는 사이에도 서먹서먹하지 않도록 하는 배려도 아끼지 않았다.

행사를 마치고 간단히 식사한 후 그 친구와 나는 자리를 옮겨 마주 앉았다. 끊겼던 그간의 안부를 다시 교환하고 나서 그가 하고 싶다던 얘기를 꺼냈다. 그의 용건은 자신이 피라미드 사업을 하고 있는데 내가 꼭 참여해주었으면 한다는 것이었다. 지금은 다단계 사업으로 불리고, 그때 그 친구도 피라미드 사업이라고 하지 않고 네트워크 마케팅이라고 하며 회사 이름만 강조했던 것으로 기억한다. 하지만 분명히 내용은 피라미드였다. 자기에게도 도움이 되지만 나에게도 평생 든든한 보루를 만들 기회라며 보챘다. 이미 피해 사례도 많고 사업의 구조 자체가 본인에게 도움이 되지 않음을 뻔히 알기에 거절하고 친구를 설득하기 시작했다.

그는 드러내놓고 서운한 마음을 표현했다. 그럴수록 나는 완강하게 그의 마음을 돌리려 애썼다. 점잖은 그 친구 성품에 그리도 성화인 것을 보면 틀림없이 이미 깊숙이 빠져 있다고 생각했기에 뜯어말려야 한다는 의무감이 생겼다. 옥신각신 끝에 그 친구가 한 가지 제안을 했다. 사업 설명 비디오 자료가 있으니 보고 나서도 내키지 않으면 그때에는 자기가 강요하지 않겠다고 했다. 나도 역으로 제의했다. 내가 그 비디오를 보고 사업의 불합리성을 찾아서 설명해주면 그도 꼭 포기해야 한다

이야기 여섯. 벗이 있기에

고 말이다. 그 친구가 평소에 합리적이었기 때문에 나는 자신 있었다.

그날 밤 90분짜리 테이프 두 개나 되는 분량의 교육 자료를 두 번이나 봤다. 그리고 하나하나 메모를 했다. 가족에게 알려지는 것이 창피해서 혼자서 봐야 했다. 약속한 대로 다음 날 일과 후에 그의 사무실을 찾았다. 내가 보는 견지에서 얼마나 불합리하고 허황된 사업인지를 미리 정리한 메모를 보면서 설명해주었다. 내가 말하는 와중에 몇 번 자신의 주장을 펼치기도 했지만 그는 논리적으로 오류가 많다는 점에서 반박하지 못했다. 결과는 나의 판정승이었다.

그런데 그의 반응이 의외였다. "너는 그렇게 생각하니 별수 없고 나를 위해서 회원 가입만 해줘라" 하는 것이었다. 기가 막힐 노릇이었다. 피라미드의 위험성을 익히 알기에 그 구렁텅이에 친구가 빠지는 것을 보고만 있을 수 없었다. 그 친구의 부탁을 거절했음은 물론이고 "만일 네가 그 사업을 꼭 하겠다면 친구 관계도 끊자"고 단호하게 나갔다. "친구라면 그 정도 해줄 수 있지 않느냐"고 그 친구도 강경했다. 절대 해서는 안 될 일임을 계속 강조하다가 서로 얼굴을 붉힐 지경이 되었다. 그 나이에 다시는 서로 얼굴을 보지 않기로 유치한 맹세를 한 채 돌아와야 했다.

피라미드를 해서 경제적으로도 망가지고 주변 사람을 다 잃는 예를 수차례 봐왔기에 나는 그 친구가 그 길에 들어서는 것이 너무나도 싫었다. 더욱이 새로운 사업을 하겠다고 판을 벌인 마당인데 엉뚱한 일에 나선 그를 주변에서 어떻게 볼지도 두려웠다. 그렇다고 진짜 친구 얼굴을 보지 않고 살 자신은 솔직히 없었다. 그래서 그 뒤로도 간간히 그의 소식을 우회적으로 챙겨보곤 했다.

그렇게 몇 달 지나고 난 뒤 회사 앞으로 그 친구가 찾아왔다. 기쁜 마음에 서로 얼굴 안 보기로 한 일은 죄다 잊어버리고 단숨에 달려 나갔다. 일찍 퇴근하기로 마음먹고 그 친구와 마주했다. 그 친구가 겸연쩍은 얼굴로 "너 안 보고 살기가 싫어서 피라미드는 접었다"고 말했다. 무슨 일이 계기가 되었는지는 모르지만, 피라미드라는 게 잘못된 일임을 깨우치게 되어 그만두었다는 것을 모를 리 없는 나였다. 다만 그렇게 얘기해주는 친구가 너무 고마웠다. 오랜만에 개운하고 상쾌하게 친구와 2차, 3차를 가며 지난번에 풀지 못한 회포를 마음껏 풀었다.

친구란 그런 것이고 그렇게 해야 한다. 친구가 잘못 살고 있는데도 그냥 방치한다면 남이지 친구가 아니다. 그날 나는 스스로도 잘못했다고 깊게 뉘우치고 친구에게 용서를 구했다. 그가 사업이 잘못되어 연락을 끊고 살았을 때 무슨 수를 써서라도 찾아봤어야 했는데 그렇게 하지 않았으니 큰 잘못을 했던 것이다. 그리고 그때에 찾았더라면 피라미드라는 얼토당토않은 일에 개입하는 일을 미연에 막을 수 있었을 텐데 하고 반성도 했다.

세월이 흐를수록 친구의 의미가 많이 퇴색되어가고 있다. 당장 내 아이들의 친구 관계만 보아도 우리 때와는 너무도 달라 보인다. 굳이

이야기 여섯. 벗이 있기에

안 좋은 면만 부각해서 얘기한다면 만나서 웃고 떠들고 즐기는 사이가 친구의 전부인 것처럼 보일 때도 있다. 서로의 진로를 고민해주고 걱정해주는 모습을 찾아보기가 힘들다.

각박해져만 가는 세상인심이 아이들을 그렇게 만들었는지도 모른다. 기성세대의 책임이 크다. 성적으로 친구들과 비교하는 부모를 겪어온 우리 아이들이 제대로 된 친구의 의미를 알 턱이 없다. 친구라기보다 경쟁 상대로서의 모습이 더 크게 자리하고 있을 수밖에 없다. 우리처럼 친구와의 진실한 우정을 그들도 느낄 수 있도록 해주는 마음가짐이 필요하다. 우리는 그런 친구가 있어서 삶이 윤기 있지 않은가? 그런 값어치 있는 삶을 그들에게도 돌려주어야 마땅하다.

안타깝게 잊혀가는 학교 친구들

이제 지천명(知天命)의 나이를 훌쩍 넘겼다. 돌아보면 가족과 친구가 나에게 가장 소중히 남아 있는 것 같다. 특히 어릴 적에 어깨동무하고 같이 학교 다니던 친구들과 그 시절이 그립다. 그래서 내 나이 또래들은 유달리 술 한 잔 거나해지면 어깨동무를 하게 되나보다. 추억이 목마르게 그리운 증세인 것이다.

지금 다시 걸어보면 그리 멀지 않은 거리건만 여름이면 땀을 뻘뻘 흘리며 방과 후 집으23로 돌아오던 약수동 길, 손을 호호 불어야만 했던 겨울날 눈뭉치로 장난질하던 혜화동 길은 항상 마음속에 앨범처럼 빛바랜 채 남아 있다. 초등학교 3학년을 보냈던 미아리고개는 유행가 가사와는 다르게 가슴에 남아 있다. 그 길을 친구들과 토닥거리며 다니던 기억들이 아련하기만 하다.

버스로 통학하던 서라벌중과 경기고 시절은 지금도 웃음 없이는 돌아볼 수 없다. 차장 누나들에게 짓궂은 장난질을 왜 그리도 많이 했는지

이야기 여섯, 벗이 있기에

모르겠다. 피해를 입은 당사자들에게는 미안한 일이지만 우리에게는 추억거리로 남아 있다.

그 당시 버스는 붐비다 못해 터질 지경이었다. 지금은 사라진 풍경이지만 차장들은 몸으로 사람들을 밀어 넣으면서 차 문도 닫지 못한 채 문 옆에 있는 손잡이를 붙잡고 출발한다. 운전기사에게 출발을 알리는 벨을 누를 수 없어 차체를 손으로 탕탕 쳐서 신호를 보내야만 했다. 그렇게 빡빡하게 사람을 채워도 운전기사가 급브레이크를 몇 번 밟고 좌우로 출렁거리듯 운전하고 나면 용케도 공간이 확보되어 견딜 만하게 된다. 또 정거장마다 안쪽에 있는 사람이 내릴 수 있도록 내렸다 타기를 반복하는데 그렇게 자리를 잡기까지 고통스러운 과정이 계속 반복되었다.

집이 가까워 학교를 같이 다닌 장난기 많은 고등학교 친구가 있었다. 그날도 버스가 엄청 붐볐다. 몇 번이고 내렸다 타기를 반복했다. 그때마다 고통이 이루 말할 수 없을 정도였다. 그 친구는 화도 난 김에 장난기가 발동했던 것 같다. 차장이 사람들을 구겨 넣고 막 출발하려고 버스에 타려는데 그 친구는 차장을 타지 못하게 하고선 버스를 세차게 손으로 쳤다. 운전기사는 당연히 차장이 보내는 신호로 알고 출발했다. 늘 그렇듯이 꿀렁꿀렁 공간 늘리기를 계속하면서 달렸다. 두 정거장을 그런 식으로 친구가 차장 행세를 했다. 세 정류장째 되어서야 택시를 타고 쫓아온 차장이 눈물을 흘리며 원망을 해댔다. 참 고약한 짓이었다.

윈도우 57로 세상 보기

버스에 얽힌 일화는 또 있다. 승차권 시절이었는지 토큰 시절이었는지 기억이 가물거리지만, 소풍을 다녀오는 길이었다. 소풍의 여운으로 기분이 한껏 들떠 있었다. 같은 방향의 일행이 다섯이나 되었다. 차 안에서도 시끌벅적하게 떠들어대고 여학생이라도 타면 괴성을 질러댔다. 그래도 우리 때에는 성희롱 따위는 하지 않았다. 생긴 것부터 까칠해 보였던 차장이 조용히 좀 해달라고 성질을 냈다.

한 친구가 차장을 골려주자고 아이디어를 냈다. 그렇지 않아도 장난치기 좋아하는 나이에 이유마저 생겼으니 모두들 신이 났다. 조용히 뒷자리에 모여 그가 짠 시나리오를 숙지했다. 드디어 우리가 내릴 때가 되었다. 먼저 내리는 친구부터 "뒤에서 받아요"를 반복했다. 네 명 모두 차비를 뒤로 미룬 채 내렸다. 차에서 내린 네 명은 가장 가까운 골목으로 냅다 달렸다. 잠시 후 마지막으로 내린 친구, 아이디어 발의자가 우리가 숨어 있던 골목 안으로 휘파람을 불며 들어왔다. 마지막에 하차한 그는 "앞에 내린 애들과는 모르는 사이인데요"라고 끝까지 발뺌하고 자기 차비만 내고 왔던 것이다. 네 명의 차비를 못 받았으니 차장은 그때쯤 운전기사에게 큰 꾸지람을 듣고 있을 것이 불 보듯 뻔한 일이었다. 무임승차가 범죄인 줄도 모르고 그저 차장 골려준 거사를 성공한 것만 재미있어서 킬킬거리고 각자 집으로 향했다.

그런 일이 있은 다음 날이면 어김없이 쉬는 시간이나 점심시간에 박장대소하며 전날의 범죄를 재구성했다. 우리가 한 짓이지만 다시 얘기

이야기 여섯. 벗이 있기에

해도 재미있기 짝이 없었다. 늙어가는 지금도 그때 그 친구들과 함께 그런 얘기를 하면 당시로 돌아간 듯 즐겁다.

학창시절 때 버스에서 나쁜 짓만 한 것은 아니다. 어느 날 만원 버스에 시달리다가 학교 앞에서 내렸다. 그런데 뒤따라 내린 아주머니가 발을 동동 구르며 버스를 향해 연신 "스톱!"을 외쳐댔다. 친구와 둘이 이유를 물으니 버스에 아이를 두고 내렸다는 것이다. 그러고 보니 학교로 오는 중간 정류장에서 두 살 정도 되는 아기를 안고 타서 무척이나 힘들어하던 아주머니였다. 누가 안쓰러워서 아이만 받아주었는데 번잡한 버스가 사람의 혼을 빼놓아 그만 아이를 깜빡했나보다. 길을 아무리 돌아보아도 그날따라 택시도 보이지 않았다.

아주머니와 함께 애를 태운 것도 잠시, 내 친구가 가방을 내게 던지더니 뛰기 시작했다. 그 친구가 그렇게 빠른 것을 처음 알았다. 한참 시간이 흐른 후 그가 땀을 뻘뻘 흘리면서 아이를 안고 나타났다. 아주머니는 고마워 어쩔 줄을 몰랐고 아이에게는 미안한 듯 연신 볼을 문댔다. 지각해서 벌을 받아도 그 친구를 보면서 훈훈한 웃음이 얼굴에 흘렀다.

우리는 동창회라는 이름으로 학교 친구들과 다시 얼굴을 마주한다. 지겨울 정도로 똑같은 레퍼토리가 반복되지만 그때 일들을 되풀이해서 무용담처럼 주고받는다. 그런데 듣고 또 들어도, 얘기하고 또 해도 지겹지가 않다. 오히려 그 자리에서 세상사는 얘기하기가 미안해진다. 옛정을 나누는 데 각박해질까 저어되기 때문이다.

윈도우 57로 세상 보기

점점 동창회에 나오는 얼굴들이 줄어들고 있어 안타깝다. 아직은 그
럴 나이가 아니건만 가끔 병이나 불의의 사고로 먼저 이 세상을 떠나기
도 한다. 이민을 많이 가서 가끔 편지나 전화 연락은 되지만 얼굴 보기
가 쉽지 않아진 얼굴들도 있다. 그리고 다른 친구들도 내 삶 속에서
학교 다닐 때처럼 항상 볼 수 있는 얼굴들이 아니다. 앨범을 꺼내보는
횟수가 점점 많아지는 것이 늙어가는 징조가 아닌가 싶어 서글퍼진다.

이야기 여섯. 벗이 있기에

나는 개인적으로 사내 결혼을 극렬하게 반대했던 사람 중 하나다. "어찌 자신의 인생을 걸고 일하는 일터에서 연애할 수 있느냐"고 비분강개 하곤 했다. "직장이 봉급 주고 연애 장소까지 제공하는 곳이냐"는 망발도 해댔다. 그러나 어느 순간 나는 그런 사고방식을 접게 되었다.

현대인의 생활양식을 보면 직장 동료만큼 오랜 시간을 같이하는 사람도 드물 것이다. 오전 8시에 출근해 오후 6시에 퇴근한다고 해도 총 10시간을 같이 보낸다. 하루 24시간 중 잠자는 6시간을 빼면 18시간, 출퇴근에 소모하는 2시간 정도를 제하면 16시간, 그 시간의 60% 이상을 같이 지내는 사람이 바로 직장 동료이다. 그러니 사내 커플이 오히려 자연스럽다는 생각을 갖게 된 것이다.

그런데 긴 시간을 같이하는 직장 동료라는 존재를 곰곰이 생각하면 섬뜩해진다. 이해관계로만 생각해보면 그렇다. 다른 부서로 가면 부서부터가 경쟁 상대이고, 그 사람도 경쟁 상대이다. 같은 부서라도 진급을 놓고 벌이는 경쟁관계이다.

나는 대림산업에서 근무하면서 특진을 네 번이나 했다. 입사 동기가 330명이었는데 그중에서 진급도 가장 먼저 하고 계열사 사장도 되었다. 겉으로는 웃으며 축하해주었지만 마음속으로는 내가 무척 미웠을 것이다. 그러나 술 먹으면서 부럽다고 칭찬해주었을지언정 한 번도 대놓고 시기를 하거나 욕하는 동료는 없었다.

같은 분야에서 일하면 부딪히는 경우도 많이 생긴다. 더욱이 오랜 시간을 같이 일해야 하기 때문에 어떤 때에는 사소한 감정싸움도 하게 된다. 서로 자기가 옳다는 확신 때문에 발생한 일이고 출발은 분명 서로 잘 해보자는 선의의 목표에서 시작되지만 의견 충돌이 심해지면 감정까지 상하게 되는 경우도 종종 있게 된다.

발명왕 토머스 에디슨과 전기공학자 니콜라 테슬라, 두 사람도 그런 사이였다. 에디슨과 그의 회사에서 일하던 테슬라는 직류전기와 교류전기를 놓고 치열한 논쟁을 벌였다. 결국 테슬라가 에디슨과 결별하고 웨스팅하우스사에 스카우트되었다. 이때 이미 둘은 돌아올 수 없는 다리를 건넌 사이가 되어버렸다.

직류를 발명한 에디슨사와 테슬라의 기술을 사들여 교류를 시장에 내놓은 웨스팅하우스사는 생사를 건 공방전을 벌였다. 미국과 유럽 전체가 전기의 표준을 놓고 논란이 가열됐다. 이런 논란을 잠재우고 주도권을 잡기 위해 에디슨은 극약 처방도 서슴지 않았다. 고양이, 개 등

애완동물을 닥치는 대로 사들여 전기의자 위에 앉혀 죽이기도 했다. 결국에는 실제로 연쇄살인마 케믈러를 사형시키는 방법으로 전기의자를 제안해 실행에 옮기기도 했다. 교류의 위험성을 알리려는 계략이었다. 에디슨과 테슬라는 노벨상 공동수상자로 선정되었는데도 테슬라의 공동수상 거부로 둘 다 상을 타지 못하고 말았다. 야사(野史)이기는 하다.

테슬라는 원래 에디슨을 동경까지 했던 인물이었다고 한다. 테슬라의 능력을 시기한 에디슨이 연구비를 가로채기도 했다는 얘기도 있다. 내가 과학에 대해 무지한 탓이어서 이런 생각이 드는지는 모르겠지만 두 사람이 너무 오버한 게 아닌가 하는 생각이 든다.

직장이라는 곳이 목적을 위해 모여 있는 장소니 만큼 부딪힐 수밖에 없는 게 어쩌면 당연한 일인지도 모른다. 업무 자체에 대해서도 서로 생각하는 바가 다르기 때문에 충돌도 하게 된다. 불멸의 마에스트로 토스카니니와 푸르트뱅글러도 시종 다퉜다는 일화가 지금도 현대 음악사에 회자되고 있다.

하지만 다르게 산 사람들도 많다. 화가 피카소와 프랑스의 저항시인 엘뤼아르가 그랬다. 피카소와 엘뤼아르는 서로의 작품에 영향을 주는 사이였다. 피카소는 엘뤼아르의 시에 영감을 불어넣어주고 엘뤼아르는 피카소의 그림에 사상적 깊이를 주었다는 해석도 있을 정도이다. 그 둘은 서로의 작품에 자신의 작품을 바치기도 하는 아름다운 사이였다. 그리고 해마다 가족 동반으로 여름휴가를 함께 즐기기도 했다. 피카소와

윈도우 57로 세상 보기

엘뤼아르는 모두 창작의 세계에서 당대에 이름을 날린 사람들이다. 똑같이 높은 정신적 이상을 추구했다. 어찌 생각하면 그림과 시라는 조금은 다른 분야에서 일했기에 그런 우정이 가능했다고 할 수도 있겠다.

같은 분야의 일을 하면서도 우정을 쌓은 예를 우리 주변부터 역사에 이르기까지 많이 찾아볼 수 있다. 관창과 반굴이 그랬고, 장보고와 정연이 그랬고, 다윗과 요나단이 그러했다. 퉁지란과 이성계는 적군으로 출발해 동지 관계의 우정을 쌓았다. 자신의 의지와 관계없이 푸르트뱅글러와 사이가 좋지 않았던 토스카니니는 내한 공연으로 한국에서 이름이 꽤 알려진 카라얀과 무한의 존경과 애정을 주고받은 사이이기도 했다.

생각을 바꾸면 세상도 달라진다. 공동의 목표가 있고 그 목표를 향한 길을 함께 걷기에 훌륭한 인생의 동반자가 아닌가? 무슨 일을 해도 거침이 없을 만큼 호흡도 잘 맞지 않는가 말이다. 『사가시(四家詩)』라는 훌륭한 공동 시집을 내 중국에서까지 칭송을 받았던 이덕무·유득공·박제가·이서구는 학문에서는 경쟁 관계였지만 멋진 우정을 나누면서 이 땅에 큰 업적들을 남겼다.

옛날 어른들이나 선배들은 늘 "사회 친구가 친구냐? 학교 친구가 좋은 거다"라는 말을 중요한 교훈처럼 일러주곤 했다. 그만큼 각박한 현실 속에서 이해타산을 따지다보면 마음을 터놓기가 어렵다는 뜻이었으리라 생각한다.

우리는 16년이라는 긴 시간을 학교에서 보낸다. 그리고 성적 경쟁

이야기 여섯. 벗이 있기에

이외에는 달리 갈등을 겪을 일도 없다. 나이도 비슷하고 문화도 비슷한 또래끼리 지낸다. 당연히 허물이 없고 서로 계산할 시기도 아니다. 마음 편하게 지낼 수 있는 친구들이다.

그러나 그 16년이라는 세월은 돌이켜보면 토막 난 시간들이다. 학교가 바뀌면 친구들이 몽땅 바뀌고 학년만 하나 올라가도 많은 친구가 새롭게 내 인생의 전면으로 등장한다. 집 방향이 같거나 하면 방과 후에도 꼭 기다렸다가 함께하는 친구들도 더러는 있다. 하지만 극히 예외이고 등·하교 길을 함께 걷는다고 더 친한 것도 아니다. 그리고 학창시절이 끝나면 일하는 분야와 장소가 달라서 얼굴 보기조차 힘들어 동창회 같은 모임에 참석하거나 억지로 짬을 내서 자리를 같이해야 하는 경우가 더 많다. 학교 친구들 사이에는 지연관계가 또 다른 형태로 발현된 유대감 같은 게 형성되어 있다고도 보인다.

그와 비교하면 사회에서 만난 친구들은 이 각박한 세상을 같이 헤쳐나가는 동료이다. 직장 내에서도 만나고 직장 일로 다른 회사 사람을 만나서도 교분을 쌓아간다. 심지어는 경쟁 업체 관계자들과도 뜻이 통하면 퉁지란과 이성계처럼 자주 얼굴을 보게 되고 그러다가 정이 쌓인다. 이들과 같이하는 기회나 시간도 당연히 학교 친구보다 많을 수밖에 없다.

나도 여러 명의 사회 친구가 있다. 다양한 분야에서 다양한 경로로 만나 서로의 삶을 일정 부분 공유하고 있다. 어려운 일은 함께 나누고

윈도우 57로 세상 보기

힘든 일은 상의하며 머리를 맞대고 해결책을 짜내기도 한다. 이런 사람
들을 친구가 아니라고 한다면 벗이 있기에 윤택하고 풍요로웠던 내 삶
전체를 부정하는 것에 지나지 않는다. 나는 그들을 그냥 친구로 생각하
고 친구라고 부르며 살고 싶다. 이제껏 그래 왔듯이 앞으로도 계속 친구
로 대하고 싶다.

이야기 여섯. 벗이 있기에

영원한 '웬수', 후배

누구에게나 후배가 있다. 학교 후배도 있고 직장 후배도 있고, 여러 인연으로 만난 후배들이 있다. 나는 후배들의 부탁을 거절하지 못한다. 친구나 선배가 들어주기 어려운 부탁을 하면 마음 상하지 않게 거절하지만 후배들에게는 왠지 그러기가 힘들다. 내가 나서기 어려운 분야도 있는 인맥, 없는 인맥 끌어들여서라도 웬만한 일은 해결해주려 노력한다. 정 안 되면 해결할 수 있는 길이라도 알려주기 위해 애쓴다.

한 후배가 어떻게 내 인맥을 조사했는지 선배가 사장으로 있는 회사 일로 부탁을 해왔다. 그 선배가 사장에 취임한 지 얼마 되지도 않았는데 용케 알아내고 전화로 부탁했다. "아, 당연히 도와줘야지" 하며 필요한 자료를 이메일로 보내도록 이른 다음 통화를 끝내고 나니 조금은 곤혹스러웠다. 내가 무척이나 어렵게 생각하는 선배 중 한 사람이 바로 그 사장이었기 때문이다. 이메일을 열어보니 더 난감해졌다. 공사 하청을 청탁하는 내용인데, 그 선배의 청백리(清白吏)나 다름없는 성품을 알고

윈도우 57로 세상 보기

있는 나로서는 어떻게 말을 꺼내야 할지 고민이 됐다.

그럴 때 소침해지는 내 마음을 다져주는 것은 '그래, 후배 일인데'였다. 내용을 숙지한 후 용기를 내어 전화기를 들었다. 대충 내용을 설명하니 회사의 현안이었던지 선배가 꽤 소상히 알고 있었다. 다행이다 싶었는데 "그것 꼭 해줘야 하냐, 누구 일인데" 한다. 가슴이 덜컹했다. 그럴싸해 보이는 이유를 만들어볼까 하다가 솔직하기로 마음먹었다. "후배가 운영하는 회사인데요. 제가 친구만 해도 선배님께 그런 부탁드리지 않을 텐데, 후배 일이라 이렇게 나섰습니다. 죄송합니다." 후배가 후배 일이라는 데 거절할 남자는 없다. "그래, 그럼 우리 회사로 보내라" 하는 반(半)승낙을 받았다.

의기양양하게 후배에게 연락했다. 선배로부터 들은 정보와 그 선배의 성격까지 소상하게 일러주었다. 그리고 약속 시간도 알려주고 이미 알고 있을 회사 위치도 알려주었다. 그런데 문제는 후배가 그 회사에 가기로 한 날 저녁에 터졌다. 선배가 전화하자마자 다짜고짜 화부터 냈다. 외근 나갔다가 약속 시간 30분 전에 회사로 들어와 이제까지 기다리는데 올 기미도 보이지 않는다는 것이다. 큰일 났다 싶었다. "후배라는 게 웬수네요" 하면서 사과하는데 선배가 의외로 "아, 후배라고 했지" 하시고는 어떻게 된 건지 알아보라고 간단히 하고는 끊었다.

후배는 전화를 받자마자 죄송하다는 소리를 연발했다. 자기네 회사가 그 일을 놓고 아직 입장이 정리되지 않아서 찾아가는 것 자체가 결례가 될 것 같아서 그랬단다. "사전에 전화를 했어야지"라고 하려다가 그만두었다. 전화도 하지 못할 이유가 있었으니 그랬을 것이고, 또 이미 충분히 반성했을 것이라 생각했기 때문이다. "그래, 입장 정리되고 필요하면 다시 연락해라. 기왕 부탁해놓은 것이니 부담 갖지 말고." 또 한 번 내 스스로 발목을 내어주었다. 그리고 선배에게 사과하고 다시 부탁할 여운을 남겨놓는 일은 순전히 내 몫이었다. 약 2주일이 지나 그 후배는 정말 다시 부탁을 해왔고 나는 염치 불구하고 청탁을 하게 되었다.

군포에서 연승산업 대표이사로서 일할 때 나는 군포생활체육협의회 회장으로 사회봉사 활동을 하고 있었다. 군포에는 없던 마라톤대회를 만들어 성공시킨 후 내친 김에 수영대회도 개최하기로 마음먹었다. 마라톤은 그래도 쉽게 접할 수 있고 규정이나 운영방법이 그렇게 어렵지 않아 혼자서 충분히 준비할 수 있었다. 그런데 수영대회는 달랐다. 누군가의 도움이 필요했다.

마침 어느 모임에서 이런저런 얘기를 하다가 수영대회 얘기도 하게 되었다. 그런 자리에서는 잘난 척 할 필요가 없기에 고충도 털어놓았다. 은연중에 도움을 바라는 심사도 작용했을 것이다. 관련 분야에서 일하고 있던 후배가 도와주겠다며 할 일을 시켜달라고 했다. 반갑고 고마운 일이었다. 일정과 내가 필요한 부분을 설명하니 그는 메모도 하고 자기가 할 일도 옆에다 적고 그랬다. 다음 날 다시 이메일로 관련 자료와

윈도우 57로 세상 보기

기획서를 보내주었다. 전화로도 다시 설명하고 고맙다는 인사도 재차
했다.

그런데 그 후배의 약속은 공수표였다. 날짜는 다가오는데 연락조차
잘 되지 않았다. 메시지를 몇 번이나 남긴 후에야 연락이 왔다. 집안에
큰일이 있어 준비를 전혀 못했다고 한다. "상(喪) 당했니?" 애사가 있었
으면 당연히 연락이 왔을 텐데 바보 같은 질문을 던졌다. "아뇨 그런
것은 아니고 이제 해결됐습니다" 했다. 너무 미안해할 것 같아서 잘
수습하고 걱정 말라며 위로하고 통화를 마무리했다. 걱정 안 해도 될
일이 아닌데 말이다.

연신 지인들에게 부탁 전화를 해야 했다. 다행히 관련업 종사자들이
몇 있어서 그들의 도움으로 수영대회를 무사히 치를 수 있었다. 군포에
내 손으로 만든 마라톤대회와 수영대회는 그런 우여곡절을 겪은 후 지
금도 잘 운영되고 있다.

이처럼 후배들에게 때로는 서운할 때가 있다. 그리고 본전 생각도
난다. 우리는 선배들에게 깍듯하게 했는데 요즘 후배들에게 그렇게까
지 기대하는 건 좀 무리라는 생각이 든다. 한 고등학교 선배는 그 나이
에 모임에서 자신보다 선배인 사람이 담배를 꺼내들면 재떨이를 들고
뛰어가서 바친다. 우리는 선후배 관계에 대해 학교 때부터 그렇게 배웠
고 지금도 그렇게 실천하려 애쓰는데 하면서 본전 타령도 해본다.

그래도 웬수 같은 후배들이 있어 즐겁다. 그들이 아니면 누가 나 같은

이야기 여섯. 벗이 있기에

퇴물하고 같이 앉아 즐겁게 유행을 알려주며 술 한 잔 하려 하겠는가?
내가 걸어온 길을 다시 마음속에서나마 밟을 수 있는 즐거움 또한 그들
이 가져다준다. 그래서 사랑은 받는 것보다 주는 것이 행복함을 느끼게
도 해준다. 원수가 아닌 웬수 같은 후배들에게 앞으로도 최선을 다하련
다. 섭섭함은 일순간이고 그들로 인한 즐거움은 영원하니까. 후배들은
결코 원수가 아니고 어감도 사랑스러운 웬수일 뿐이다.

여자 친구가 없는 세대의 불행

서양 문화를 그리 달갑게 생각하지는 않지만 딱 한 가지 부러운 점을 꼽으라면 바로 이성 간의 친구가 가능한 문화라는 것이다. 우리는 남녀 칠세부동석이라는 살벌한 경고문을 입에 달고 사는 문화 속에 살았던지라 여자는 결혼상대 아니면 남이었다.

학창시절에도 여자 친구가 있을 수 없었다. 초등학교를 졸업하고 난 후 중·고등학교에서는 남학생뿐이었다. 대학에 들어가서도 그 당시 여자들이 엄두도 내지 못하던 건축학과를 다닌 나의 유일한 여자 친구는 연극반 반원 정도였다. 그나마 결혼 적령기가 되면 본인들 스스로도 그리고 나 자신도 만나는 것 자체를 껄끄럽게 여기게 되고 심지어 금기시하게 된다. 그것이 우리가 자란 시절의 문화이었다.

이성 친구가 없는 문화에서는 여러 가지 부작용이 생긴다. 내 중심으로 말하자면 여성에 관한 제대로 된 인식을 갖추는 것이 늦어져서 반쪽짜리 인생을 살게 된다. 나는 여성에 대한 상식조차 부족했다. 물론 자랄 때 집에 어머니와 여동생이 있었다. 그러나 그들은 나에게 그저 어머니고 동생일 뿐 여성이라고 달리 보이지는 않았다. 학교에 다니면서 피상적인 속설을 통해 여자는 이렇고 저렇고 하는 상식 수준의 정보를 얻을 수는 있었지만 대부분 잘못된 정보였음을 훗날의 경험으로 확인할 수 있었다. 그러다 보니 여성의 행동과 심리에 대한 몰이해 속에서 가정생활을 하고 사회생활을 한 꼴이 되어버렸다.

늦은 나이에 마사 발레타의 『여자한테 팔아라』 같은 젠더 마케팅 책을 보고서야 '그때 그 사람이 그래서 그랬구나' 하고 복기(復碁)하는 데 그치고 말았다. 그 책의 포인트는 대략 다음과 같았다. 여성과 남성은 의학적으로 뇌의 구조부터가 다르다. 그리고 염색체와 호르몬이 판이하다. 그래서 궁극적으로 가치관, 심리, 행동양식이 전혀 다르게 표출된다. 예를 들어 여성은 한 번에 두세 가지 일을 동시에 하는 데 능하지만 남성은 그것이 매우 어려운 일이고, 여성은 조직에서 무리와 화합을 중시하지만 남성은 무리에서 정상(頂上)이 되는 것을 목표로 한다. 그래서 담배 한 갑 사러 슈퍼에 가는데 아내가 "비누 좀 사다줘요" 하면 심부름 같아 짜증이 났던 것이고, 아내는 역으로 "시장에 가는 데 뭐 필요한 거 없어요?"라고 먼저 나섰던 것임을 알게 되었다.

그렇게 알게는 되었지만 때는 늦었다. 이미 몸에 밴 습관들은 책 한두 번 읽어 습득한 지식으로 바뀌지 않기 때문이다. 문득문득 책의 몇몇 구절을 떠올릴 뿐 생각과 행동을 연결하기 쉽지 않고, 지나고 나서야

윈도우 57로 세상 보기

알아차리는 식이다. 그러니 인식도 없던 때는 얼마나 멍청한 짓을 많이 해왔겠는가?

여자 친구가 없는 세대는 여성을 동등한 인격체로 인식하지 않고 이 성으로만 대하게 된다. 단지 성의 대상으로 여긴다는 차원이 아니다. 사람을 이분법적으로 보게 됨을 의미한다. 비즈니스 세계에서도 그런 오류를 수없이 범하게 된다. 상대 업체 대표가 여성일 경우 단순히 상대 자로 보지 않고 여성에 초점을 맞춰 응대하게 된다. 어떤 모임에서도 같은 구성원으로 보기보다는 여성이라는 점을 더 많이 의식하게 된다. 온전한 인간관계가 애당초 힘들다는 것이다. 결국 지구 위의 반을 버린 반쪽짜리 세상살이를 해온 셈이다.

요즈음 중·고등학교는 대부분 남녀 공학이다. 참으로 드물게 바람직 한 제도의 전환이었고 아이들에게는 바람직한 토양을 제공하는 결과로 이어졌다. 그럼에도 외국과는 사뭇 다른 모습을 보게 된다. 다 같은 학 교 친구인데도 이성 친구를 마음껏 사귀지 못한다. 이 또한 잘못된 유교 문화를 씻어내지 못해 초래되는 현상이다.

여전히 아이의 친구를 남자와 여자로 나눠서 생각하는 부모가 많다. 하다못해 밸런타인데이나 화이트데이 때 아이들이 어떻게 하는지에만 주의를 기울이고 이성 친구가 어떤 인성을 가졌는지는 관심이 없다. 부모의 그런 의식은 그대로 아이들에게 투영될 수밖에 없고 무의식중 에 이성 친구와 어울리는 데 경계심을 갖게 된다. 그렇게 해서는 아이들

이야기 여섯. 벗이 있기에

이 올바른 성 의식을 가질 수 없다. 우리 사회에 남녀를 불문하고 친하게 지낸다는 뜻을 가진 '사귄다'는 말의 뜻이 이성 교제를 의미하게 된 것도 그 탓이다. 요즘 세대들은 멀쩡하게 여럿이 어울리다가도 '사귀자'라는 말로 이성 교제를 제의하고 승낙한다. 이미 사귀어왔음에도 말이다.

이성 친구도 동성 친구처럼 맑고 아름다운 우정으로 승화할 수 있음을 가르쳐야 한다. 우리 사회에서도 가능함은 『홍길동전』 저자로 알려진 허균과 계랑이 나눈 우정으로도 알 수 있다. 혹자는 플라토닉 러브라고 평가하지만 계랑이 죽은 후 그에게 바친 허균의 시구 2편은 우정 외의 다른 것이 아니었다. "내년 복사꽃 활짝 피어날 때엔 그 누가 설도의 무덤을 찾아주리요(明年小桃發 誰過薛濤墳)" 하고 친구 죽음을 애달파하는 그 시 어느 곳에 이성에 대한 그리움이 배어 있다는 말인가.

이미 딸도 과년했고 아들도 훌쩍 커버린 나이이지만 그들의 학교 친구들 구성을 오늘부터라도 챙겨봐야겠다. 동성 친구만 수두룩하고 이성 친구는 없는지, 그래서 성적으로 편중된 삶을 살고 있는 건 아닌지, 나하고 별반 다를 것 없는 세상살이를 하는 우를 범할 소지는 없는지 살펴주어야겠다. 늦다고 생각할 때가 가장 빠르다는 격언을 실천에 옮길 때이다.

윈도우 57로 세상 보기

이야기 일곱. 부모가 되어 부모님을 그리다

첫아이를 낳았을 때 난 우주를 가졌다
첫아이 학교 가는 날
가정교육이 따로 있는 것 같은 웃기는 세상
용돈, 잘못된 관습의 전형
효보다는 사랑을

첫아이를 낳았을 때 난 우주를 가졌다

지금도 나는 1984년의 그 황홀한 기분을 음미하고 싶을 때가 있다. 그해는 바로 나의 첫아이가 태어난 해이다. "양미원 씨 보호자분! 축하합니다. 공주입니다." 판에 박힌 간호사의 멘트 다음 아기를 신기한 듯 보고 산모실에 입장하는, 드라마와 똑같은 장면이 사전 연습 없이도 일사천리로 연출된다.

산모실에 들어가 땀이 아직 덜 마른 채 기력이 없으면서도 웃는 얼굴로 대하는 아내를 보니 속으로 진한 눈물이 흘러 목이 메었다. 내가 해줄 수 있는 일이 아무것도 없다는 점이 속상하고 미안했다. 장모님 뵙기도 민망했다. 그저 아내 손을 꼭 잡고 고생했다는 말밖에는 미안함과 안타까움을 표현할 길이 없었다.

소식을 듣고 가족과 친척들이 속속 병원으로 몰려들었다. 부모님을 뵙고 나서야 내가 아빠가 되었다는 사실이 실감났다. 오는 사람마다 신생아실로 가서 아기를 보여주는 것은 예나 지금이나 비슷한 풍경이다. 아기를 보는 횟수가 늘어날수록 어깨가 으쓱해지면서도 괜스레 무거워진다.

그렇게 사흘을 병원에서 보낸 후 아이를 안고 내 집에 들어서는 순간 또 다른 감회가 가슴을 채워왔다. 그때까지도 신혼이어서 어설픈 살림을 해왔던 집 안이 꽉 차 보이고 이제 집다운 집으로 다가왔다. 그 순간 마치 우주라도 얻은 듯한 감격이 다시 한 번 벅차올랐다. 첫째가 주는 그 감동은 모든 아버지들이 사는 내내 잊지 못할 그런 것이다. 둘째 애가 서운하다고 할지 모르지만 막내로서 내리사랑을 듬뿍 받고 자란 혜택으로 그 서운한 마음은 충분히 상쇄되고도 남으리라 생각한다.

뿌듯함과 행복감도 잠시, 아기 하나 키우는 게 보통 고역이 아니다. 감기라도 걸리면 열로 벌겋게 달아오른 핏덩이를 교대로 안아가며 밤을 지새워야 했다. 둘째를 키울 때는 조금 여유가 있었지만 첫 아이 때는 일단 겁부터 나고 안절부절 못하여 어찌 할 바를 몰라 헤맸다. 그런 다음 날이면 꼭 부모님께 전화를 하게 되는데, 아이가 생긴 후로는 부모님께 안부 전화하는 횟수가 부쩍 늘었다. 아내도 육아에 관해 친정 어머니에게 전적으로 의존하는 듯했다.

그리고 두 살 터울로 둘째가 태어났다. 아내가 애 둘을 키우며 무척 힘들어하는 모습이 뻔히 보였다. 도와준다고 해봐야 당시 직장생활이라는 게 시간 내기 여간 어려운 일이 아니어서 별로 도움이 되지는 못했다. 더욱이 현장 생활을 많이 하는 직업 특성상 육아를 도와준다는

윈도우 57로 세상 보기

말조차 꺼내기 민망한 처지였다. 그저 미안할 따름이었다.

애가 둘이 되니 겨울철 감기라도 돌면 겨우내 비상이었다. 아이 둘이 저희들끼리 옮겨 순차적으로 앓든지 한꺼번에 앓든지 아무튼 노심초사하게 만들었다. 그런 아이들이 이제 대학, 대학원에 다닐 정도로 장성해 버렸다. 아들은 어엿하게 병역을 마치고 전역복 차림으로 내 앞에 서서 남몰래 눈시울을 붉히게도 했다. 딸은 회사를 다니다가 모은 돈으로 다시 공부를 하겠다고 대학원에 다닌다.

부모에게 자식은 늘 그렇듯이 그렇게 훌쩍 커버렸어도 내 눈에는 아직 어린애다. 부모에게 자식이란 존재는 늘 그렇다. 부모 된 사람들은 다들 경험하는 기분이겠지만 부모는 자식에게 늘 같은 자리에 있어도 자식은 제 자리에 있어주지 않는다.

중학생 시절에 살았던 명륜동에는 유명한 어르신 두 분이 살고 계셨다. 3대가 같이 살던 집이었다. 아버지는 아흔이 넘었고 아들도 이미 환갑이 지난 분이었다. 그런데 아들이 외출할라치면 아버지는 항상 "차 조심해라, 길 조심해라" 일렀다. 그때마다 늙은 아들의 대답은 "걱정 마세요"가 아니고 "네"였다고 한다. 부모와 자식은 그런 관계라고 배우면서 우리는 살아왔다.

대부분의 부모가 자식에게 서운한 감정을 가장 많이 느끼는 때는 사춘기를 전후한 시기인 듯하다. 그렇게 부모 품만 밝히던 자식이 같이 외출조차 하지 않으려 한다. 부모 자식 간의 대화가 평행선을 긋기도

이야기 일곱. 부모가 되어 부모님을 그리다

한다. 엇나갈까 염려되는데 대화마저 잘 되지 않는 게 못내 속상한 것이다. 나도 표현은 못했지만 많이 겪었다.

나의 부모님도 그렇고 다른 부모님들 역시나 마찬가지였을 것이다. 얼마나 애지중지했겠는가? 더욱이 내 부모님은 당시로서는 적은 아이들이지만 나보다 많은 셋을 길러냈다. 우리 부부보다 더 많은 고생을 하셨다. 그런 부모님께 나나 동생들이 한 행동도 우리 자식들과 똑같았으리라 생각한다. 커진 머리만 믿고 혼자서 할 수 있는 일은 아무것도 없으면서도 가슴속에 억지와 반항만 키웠던 때도 있었다. 사춘기가 벼슬인 것처럼 말이다. 나의 부모님도 많이 마음 아프고 노심초사했으리라. 돌이킬 수 없는 잘못이지만 늘 뉘우치는 마음을 갖게 된다.

아이들 키우기가 갈수록 쉽지가 않아 보인다. 나는 이미 육아에서 졸업했지만 신세대 엄마아빠들이 늘 안타깝기만 하다. 당장 우리 자식들에게 닥쳐올 일이기도 하다. 맞벌이를 해야 하는 사람들은 정부와 위정자들이 야속하게 느껴지는 게 한두 번이 아닐 것이다. 그들에게 교육은 아직 먼 얘기이다. 내 아이를 마음 놓고 맡겨놓을 곳을 만들어주는 게 더 시급하게 눈앞에 닥친 일이다.

누구나 아이를 낳으면 우주를 가진 만큼 벅차오르는 가슴을 느낀다. 그 마음들을 지켜 자기만의 우주를 잘 가꿀 수 있도록 해주는 것도 이 사회의 의무일 것이다. 이 땅의 자녀들은 그 부모만의 아이들이 아니다. 우리 모두의 아이들이고 희망이다. 각 개인의 자녀들 모두가 우리에게

윈도우 57로 세상 보기

소중한 미래 자산이니만큼 중앙정부와 지방정부 모두가 제도적·물적·
인적 지원을 아끼지 않고 아이들 키우는 데 최대한 배려해줬으면 하는
마음이다.

이야기 일곱. 부모가 되어 부모님을 그리다

첫아이 학교 가는 날

아이가 학교에 가면 신분이 하나 더 늘어난다. 학부형이라는 타이틀이 생겨나는 것이다. 눕던 아이가 기고, 기던 아이가 걷고 뛰고, 그렇게 정신없이 키운 아이의 초등학교 입학식에서 계속되는 학부형이라는 호칭은 부모로서의 책임감을 새삼 일깨운다.

첫째 아이의 초등학교 입학식 날, 아내와 나는 새벽부터 바빴다. 우리가 학교 가는 것도 아닌데 설렌다고 해야 하나 기분이 묘했다. 입학식에 가면서 나는 어릴 적 국민학교(당시 초등학교는 국민학교라 불렀다) 입학식 장면을 그려보았다. 약수초등학교가 처음 입학한 학교였다. 나는 그 뒤로 숭덕, 창경, 혜화 이 네 초등학교를 거쳤다. 내 기억이 잘못되었는지는 모르지만 국민학교 입학식은 지금보다 훨씬 성대했던 것 같다. 동네 어른들이 구경하러 오시기도 했다.

지금은 구경할 수 없는 것 중 하나가 가슴에 단 손수건이었다. 당시에는 왜 그리도 콧물을 많이 흘렸던지, 코밑에 흰 줄이 그것도 짝짝이로

나 있는 아이들을 흔하게 볼 수 있었다. 개그 프로그램에 나오는 모습 그대로였다. 또 왜 그리도 국민학교 입학식 날은 추웠던지 운동장 바닥도 유난히 차서 발도 시렸다. 무섭게만 보이는 선생님의 지적을 받지 않기 위해 애써 부동자세를 해보지만 눈은 항상 아버지와 어머니는 어디에 계신가만 살폈다.

그런데 내 딸 하윤이는 그렇지 않았다. 내 딴에는 어릴 때 경험 때문에 아이가 애타할까 싶어 아이의 시야에서 벗어나지 않으려고 아내와 둘이 이리저리 몸도 움직이고 자리도 바꿔보는데 하윤이는 아랑곳하지도 않았다. 어느새 친구를 사귀었는지 주변 아이들과 재잘거리고 딴 짓 하느라 여념이 없었다. 그리고 우리 때처럼 손수건을 가슴에 단 아이는 하나도 없었다. 입학식이 끝나고 가는 곳도 자장면 집이 아니었다. 피자나 햄버거를 먹으러 가거나 패밀리레스토랑을 향해 움직였다. 내 어릴 적 추억을 밟아볼 구석은 없어 보였다.

식당에 가족이 둘러앉자 며칠 전부터 간간히 하던 '이제 아이의 교육은 어떻게 해야지' 하는 고민이 다시 찾아왔다. 나에게 모범 답안이라고는 부모님뿐이었다. 부모님이 나를 어떻게 가르쳤던가 하고 기억을 더듬는데 영 쉽지가 않았다. 차라리 어떤 때 기뻐하셨고 어떤 때 꾸지람을 하셨는가를 되짚어보는 게 나았다.

돌이켜보면 부모님 가르침의 대부분은 건강과 품성에 관한 것이었다. 주로 게으름 피우는 일, 정리정돈을 스스로 하지 않는 일, 식사 자리

이야기 일곱. 부모가 되어 부모님을 그리다

에서 자세가 바르지 않을 때 등과 같은 문제에 대한 지적을 수시로 받았다. 결국 몸가짐과 마음가짐이었다. 그리고 몸소 보여줌으로써 말을 대신하는 경우가 많았다. 우리의 부모 세대 대부분이 거의 그랬던 것으로 기억한다.

나도 그렇게 아버지의 모습을 따라 아이들을 가르쳤고 지금까지도 그렇게 해오고 있다. 아내 역시 비슷한 마음가짐으로 아이들 교육에 임했다고 생각한다. 우리 부부의 그런 교육방식은 지금도 계속되고 있다. 아무리 과학기술이 발달한 세상이라고 해도 그 옛날에 사람을 보던 기준인 신언서판(身言書判)은 여전히 유효하다. 외모와 상관없이 몸가짐과 자세가 곧아야 한다. 말과 글씨도 마찬가지이다. 달변이 아닐지라도, 달필이 아닐지라도 자기 생각을 정성 들여 표현할 수 있어야 한다. 그리고 난 다음에야 판단력이다.

그런데 세태는 점점 그렇지 않은 방향으로 가고 있다. 연필 잡는 법도 요상한 아이의 머리에 수학과 과학을 우겨 넣으려 한다. 우리 때에는 연필 잡는 게 이상해도 선생님이나 부모님이 고쳐주려 애썼고 그래도 잘못된 습관이 안 고쳐지면 꾸중을 하고 그랬다.

전두환 정부는 한때 전인교육을 지표로 내세워 부산을 떨었다. '개인의 소질과 개성을 각성하게 해 인격과 교양을 도야(陶冶)해야 한다'는 페스탈로치의 교육 이념이 우리나라에도 정착하겠구나 하는 기대를 불러왔지만 허사였다. 정권이 교체될 때마다 바뀌는 교육정책으로 그런 기대를 접은 지 이미 오래이다. 새로 나온 5만 원권에 우리나라 자녀 교육의 표상인 신사임당의 초상이 담겼다. 개개인이 나서 신사임당이 자녀 교육에서 가장 중요시했던 사상인 도리(道理)에 대해 한 번씩 새겨 볼 필요가 있다.

학부모, 아니 마음 바쁜 중·고등학생을 제외하고 초등학생을 자녀로 둔 학부모에게 간절히 바라는 것이 있다. 개그 프로그램에서 유행어로 만든 '일등만 기억하는 더러운 세상'이 실제로 이 세상의 전부인 듯한 착각을 아이들에게 심어주지 않았으면 한다. 우리가 세상을 살면서 익히 경험했듯이, 성적만 일등을 하는 사람이 아니고 안과 밖이 건강하고 반듯한 사람이 결국 인생의 승리자라는 사실을 아이들에게 가르쳐주자. 솔직히 인생 성적표와 학교 성적표가 일치하지 않음을 겪어보지 않았는가?

이야기 일곱. 부모가 되어 부모님을 그리다

가정교육이 따로 있는 것 같은 웃기는 세상

"도대체 가정교육을 어떻게 받은 거야?" 우리 때 어른들이 아이가 예의 없게 군다 싶으면 꾸짖는 레퍼토리 중 가장 흔한 말이었다. 비슷한 표현을 하나 더 들면 "너희 집에서는 그렇게 가르치더냐?"였다. 이런 말들은 학교 선생님 입에서도 나왔다. 동네 어른들도 꾸지람의 첫 마디로 삼는 일이 비일비재했다. 지금 생각해봐도 당시 우리 또래의 경우 예의 하나는 잘 지켰던 것 같다. 그때 기준으로 보면 지금 아이들은 다 불합격이다. 가정교육을 엉망으로 받은 것이다.

동문들이 만든 모임이 있는 날이었다. 내 옆자리에 있던 까마득한 후배가 휴대전화를 받다가 점점 언성이 높아지더니 밖으로 나갔다. 한참 후에 상기된 표정을 가라앉히지 못한 채 자리로 돌아왔다. 요식 행위가 끝나고 테이블별로 도란도란 얘기를 하는 시간이 왔다. 그때까지도 무언가 다른 생각을 하고 있는 모습이 역력하기에 무슨 전화인지 물었다. 아내에게 온 전화였다고 했다.

그 친구는 초등학교 3학년짜리 아들이 있는데 울면서 학교에서 돌아와 부인이 물어보니 선생님에게 꾸지람을 들었단다. 그런데 그 꾸지람의 내용이 후배의 화를 돋운 것이다. 가정교육 얘기가 나온 모양이었다. 그 얘기를 하면서 분을 참지 못해 했다.

내가 듣기에도 화가 남직했다. 방과 후 청소를 하는 와중에 같이 장난치던 친구가 유리창을 깼는데 둘을 같이 혼냈단다. 그 자리에서 자기가 깬 것이 아니라고 항변하니 가정교육 문제를 들고 나온 것이었다. 아이의 입장에서 억울함을 호소한 것뿐인데 그렇게까지 어린애를 몰아붙일 이유가 무엇인지 듣는 나도 화가 났다. 물론 아이의 말투가 버릇없었을 수도 있겠다는 생각을 해보지 않은 것은 아니다. 선생이라는 사람이 가정교육을 들먹이는 지겨운 역사의 지속이 더 화를 돋운 것이다.

가정교육 운운하는 것에는 두 가지 잘못이 있다. 우선 가정마다 나름의 문화가 있기 마련이다. 독특한 문화를 갖고 있을 수 있고 보편적인 사고 기준에서 보면 다소 비뚤어진 문화가 형성되어 있을 수 있다. 그 가정의 환경이나 역사에 따라 무수한 경우의 수가 있게 된다. 전통적인 가정 문화가 지배적인 경우에는 예의범절 같은 유교적인 덕목을 중심으로 가르쳤을 테고, 현대적인 문화의 가정에서는 자립심, 공중도덕 같은 근대적 덕목을 강조했을 것이다. 그런 환경과 역사 그리고 문화를 모른 채 자기 기준에 위배된다고 가정교육을 거론할 수는 없는 일이다. 자기의 기준이 과연 절대적인가에 대해서도 의문이다.

이야기 일곱. 부모가 되어 부모님을 그리다

다음은 가정교육이 그 아이의 행동양식을 결정하는 유일한 교육이냐 하는 점이다. 나는 이에 대해서 부정적이다. 백 번 양보해서 그 나이에 가장 많은 영향을 받은 곳이 가정이니 그렇게 단정할 수도 있다는 생각도 든다. 하지만 어느 가정에서 아이가 잘못되라고 가르치겠는가 하는 점을 생각해보아야 한다. 어느 부모인들 자기 자식이 비뚤게 성장하기를 바라겠는가 말이다. 더욱이 학교 선생은 가정교육을 거론해서는 안 된다. 학교야말로 교육의 중심축이기 때문이다. 설사 가정 문화가 독특해서 객관적 기준에 부합하지 않는 가치관을 가졌다손 치더라도 이를 교정해야 할 의무가 학교에 있다. 가정교육이나 탓하고 있을 처지가 아니라는 얘기이다.

어느 날 중요한 약속에 그렇지 않아도 시간이 늦었는데 도로 사정이 만만치 않아 보여 대중교통을 이용하기로 했다. 버스 안에는 하교 길 여학생들이 잔뜩 있었다. 재잘대는 모습이 귀를 성가시게 했지만 우리 애들 클 때를 생각하니 귀엽기도 했다. 무슨 얘기인가 귀 기울이다가 정말 깜짝 놀라 뒤로 자빠질 뻔했다. 말하는 것의 반이 욕설이나 비속어였다는 것은 과장이 아니다. 듣기조차 민망할 정도로 누구를 욕하고 있었다. "○○○ 개가 이렇고 저렇고" 하는 식이다. 한참을 들은 다음 그 대상이 학교 선생 중 한 명임을 감지하고 더 놀랐다.

우리 때에도 선생님 그림자를 밟지 않을 정도로 예의를 갖추지는 못했다. 그리고 아주 가끔은 선생님의 이름도 부르고 욕하고 싶을 때도

윈도우 57로 세상 보기

있었다. 그러나 어른이 듣고 있는 공개적인 자리에서는 감히 그렇게 하지 못했다. 또 욕설도 우리끼리는 스스럼없이 하는 나이가 되어서도 어른이 있는 자리에서는 그러지 못했다. 그런데 자기 선생님을 그것도 욕설로 도배하면서 떠들어대는 아이들의 모습에 아연실색하지 않을 수 없었다.

점잖게 훈계를 했다. 아이들의 반응이 의외였다. 아저씨가 무슨 상관이냐고 한다. 어이가 없어 다시 조용히 타이르려는데 아래위로 훑어보는 아이들 눈초리가 괘씸하기 이를 데 없었다. 당연히 목소리가 높아졌다. 짜증난다며 저희끼리 눈짓을 주고받더니 휑하니 버스에서 내려버렸다. 더욱 황당한 것은 버스에 타고 있던 다른 어른들의 반응이었다. 그들의 눈빛은 '남의 일에 왜 참견해서 소란스럽게 만드느냐?' 하는 질책이 짙게 섞여 있었다.

분이 풀리지 않은 채 약속 장소에 나가 만난 사람에게 그 얘기를 들려주었다. 어차피 대화의 첫머리는 가벼운 얘기로 하는 게 순서이니 분도 삭힐 겸 말을 꺼냈다. 그랬더니 그도 당혹스러운 일이 있었다며 자신의 경험을 얘기했다. 어느 중학교 앞에서 사람을 만나기로 해서 차 안에서 기다리고 있는데 학생들이 일과를 파하고 막 나오기 시작했단다. 그런데 복장부터 불량해 보이는 서너 명의 아이들이 가방에서 담배를 꺼내 물더라는 것이었다. 그래서 차 문을 열고 "너희들 학교가 코앞인데 너무하는 것 아니냐?"고 핀잔을 줬더니 아이들이 "체!" 하며

이야기 일곱. 부모가 되어 부모님을 그리다

침을 찍 뱉고는 투덜투덜 가버렸단다. 아주 잠깐이지만 '저것들을 차로 확' 하는 나쁜 충동이 일 정도였다며, 내 말에 공감을 표했다.

사회가 점차 메말라가고 있는 것은 사실이다. 각자 살아가기도 무척 바쁘고 힘들다. 그럼에도 우리가 소중히 가꾸어야 할 가치가 있다. 그래야 우리에게 미래가 있고 희망이 있다. 그 중심에 바로 우리의 아이들이 있다. '내 자식만 아니면 되지'라는 생각이 우리의 아이들을 잘못된 길로 가게 할 수 있고 그 결과가 부메랑처럼 우리에게 돌아올 수도 있다는 자명한 사실을 왜 잊고 사는지 모르겠다. 가정교육만 탓하고 방관하는 사이 되돌릴 수 없는 길까지 갈 수도 있다는 생각을 기성세대 모두가 가져야 할 때이다.

말이 나온 김에 청소년 흡연에 대해 얘기하자면, 무슨 수로 그렇게 많은 학생들이 담배를 피울 수 있는지 도통 알지 못하겠다. 정확한 조사가 어려워 통계가 들쭉날쭉하지만 여러 조사를 종합할 때 우리나라의 고등학생 중 남학생은 15% 이상, 여학생은 5~6%가 흡연하는 것으로 추측된다. 중학생도 그리 낮은 비율은 아닌 듯하고 초등학생의 흡연율은 믿고 싶지 않아 아예 인용하지 않으련다. 선진국에 비해 2배 이상 넘는 엄청난 수치이다.

청소년의 흡연율이 이렇게 높은 데 대해 엉뚱하게 학생들의 스트레스와 무절제한 담배 광고를 원인으로 꼽는 분석도 있다. 좀 더 솔직해지자. 우리나라의 고등학생이 대략 80만 명인데 그중 10%인 8만 명이 하루 반 갑 정도의 담배를 피운다고 가정해도 대략 4만 갑을 학생들이 피워대고 있다. 전국 담배 소매점이 6만여 개소라 하는데 그중 3분의 2에서 담배가 새어나갔으니 학생들이 계속 피울 수 있는 것 아닌가 말이다.

실제 2008년 청소년음주흡연예방협회에서 조사한 결과, 403곳의 담뱃가게 가운데 90곳이나 교복 입은 사람에게 담배를 파는 것으로 나타났다. 열 군데 중 두 군데나 되는 가게가 그런 무책임한 행동을 하고 있었던 것이다. 교사의 행태는 더 어이가 없다. 7,000명의 학생 중 76%가 흡연이 금지된 교내에서 흡연하는 교사를 봤다고 하고, 이 중 15.7%에 이르는 학생이 그때 흡연 충동을 느꼈다고 하니 입이 딱 벌어진다.

이 같은 예에서도 우리 기성세대의 자화상을 읽을 수 있다. 어른의 무책임한 행동들이 청소년의 탈선을 조장하고 있다고 반성해야 옳은 일이다. 어른들이 내 자식처럼 생각하고 내 동생같이 대한다면 아이들이 버젓이 비뚤어진 길로 갈 수는 없을 것이라고 단언한다.

모 방송국의 시트콤에서 아역 배우의 대화 내용이 같은 또래 아이들에게 악영향을 미칠 수 있다는 점을 들어 방송통신위원회가 경고를 했는데 이를 놓고 말들이 많았다. 일부 젊은 층은 창작의 자유를 내세워 그 조치를 반박하기도 했다. 아이들의 시청률이 높은 프로그램이고 스펀지처럼 동화가 빠른 아이들이기에 바람직한 조치였다고 생각한다.

차제에 아이들이 볼 소지가 많은 프로그램 제작자들이 사회 교육에 동참하는 마음가짐으로 더욱 주의를 기울였으면 하는 마음이다. 미래를 만들어가는 데 네 자식 내 자식을 따질 수 없는 노릇이기에 그런 바람을 가져본다.

윈도우 57로 세상 보기

용돈, 잘못된 관습의 전형

　대학 1학년 여름방학에 나는 값진 경험을 했다. 마음에 맞는 친구와 의기투합하여 아르바이트를 했다. 가장 힘들다는 막노동을 해보기로 했다. 진짜 노동을 해봐야 노동의 의미를 알고 노동자의 고충을 이해하게 되고 그래야 진정한 대학생이라는 데 의견 일치를 보았다. 진지하게 시작한 얘기가 아니었는데 굳게 약속을 하고 실행에 옮기게 되었다. 당시에는 또 그게 유행이었다. 내 입장에서는 나중에 사회에 나가 어차피 건설업을 해야 하니 현장을 한 번 경험해본다는 사치스러운 생각도 용기를 더해주었다.

　처음 현장에 가니 십장이라는 분이 아주 짧게 할 일들을 지시했다. 걸쭉한 입담으로 현장도 대충대충 설명하고 넘어갔다. 여기저기 풀풀 나는 먼지, 귀에 거슬리기만 한 삽질과 못질 소리들도 견디기 어려웠지만 사람들이 거칠게 움직이는 모습이나 누구한테 하는지도 모를 고함이 더욱 마음을 움츠러들게 했다. 길을 오가며 얼핏 보는 공사 현장

이야기 일곱. 부모가 되어 부모님을 그리다

분위기도 거칠었는데 막상 그 한복판에 서니 곁눈으로 보는 것보다 몇 배나 더 살벌해 보였다.

특별한 기술이 없는 우리가 할 일은 등짐 일이었다. 5층 건물을 올리는 공사판이었는데 벽돌을 지고 4층까지 가서 부려놓고 다시 내려와서 다시 벽돌을 지고 오르는 일이었다. 그 일을 수도 없이 반복해야 했다. 변변한 계단도 없이 대충 합판으로 얽어놓은 오르막길을 오르내리기란 맨몸으로도 힘들 터였다. 아래에서는 초보라 못 미더워서인지 봐주는 것인지 다른 성인의 3분의 2 정도만 실어주었지만 당시의 체력으로는 고통 그 자체였다.

지옥 같은 하루가 지났다. 그리고 잠자리에 들어 '오늘은 첫날이니까 이렇게 힘들지만 내일은 그래도 좀 덜 하겠지' 하는 잠깐의 위안과 함께 잠으로 빠졌다. 잠깐 눈 붙일 시간 정도 지났는데 아침이었다. 공사장에 시간 맞춰 가는데 온몸이 안 쑤시는 데가 없었다. 둘째 날의 노동은 첫날보다 훨씬 더 힘들었다. 알밴 근육이 뒤틀려 고통스러웠다. 셋째 날은 근력까지 달려 몸이 움직여지지가 않았다. 똑같은 무게인데도 모든 세포들이 내 명령을 거부하고 있었다. 넷째 날부터 겨우 적응이 되는 것 같았다.

현장의 아저씨들도 조금씩 말을 걸어왔다. 밥 먹을 때도 현장 앞에 있는 식당까지 데려가줄 뿐 우리에게 말 한마디 없던 사람들이다. 그런데 서서히 농담도 하고 이것저것 물어보기도 했다. 행색이나 말투를

윈도우 57로 세상 보기

보아 학생임이 분명하니 하루 이틀 하다 말 것으로 보았을 게다. 사치스러운 경험 한번 해보려는 수작으로 보았을 것이고 당연히 이방인 취급을 했던 것이다. 그런데 그게 아니니 관심도 생기고 동질감도 느끼게 된 모양이었다. 그렇게 두 달을 채웠다.

당시 임금은 매일 줄 때도 있고 2~3일 모았다가 주기도 하고 그랬다. 어떤 때는 일주일 치를 모아주었다. 훗날 건설회사에 정식으로 입사해서 그 이유를 알았다. 십장이 시공회사로부터 돈을 받아 나눠주었고 시공업자도 건축주로부터 돈을 받아야 하는데, 그런 과정들이 일정치가 않았다. 건축주도 시공업자도 사정이 되는 대로 자금 결제를 하는 소규모 공사였기 때문이었다.

그때 인상 깊은 경험을 했다. '노가다는 비만 오면 싸운다'는 속설을 들은 적이 있었다. 그 속설은 사실이었다. 비만 오면 인부들끼리 싸우는 일이 꼭 생겼다. 아주 사소한 말다툼으로 시작해 난투극을 벌였다. 두 사람이 싸울 때도 있었고 패로 나눠 싸울 때도 있었다. 이유는 간단했다. 짜증을 싸움으로 풀어버리는 것이었다. 비가 오면 일을 못하고 일을 못하면 당연히 임금도 없었다. 철저히 무노동 무임금이었다. 하루 벌어 하루 먹고사는 입장에서 비는 곧 짜증의 원흉이었다. 그냥 집으로 돌아가면 좋으련만 변변치 않은 안주를 하나 놓고 비 피할 만한 자리를 만들어 강소주를 주거니 받거니 하며 옛날 얘기 사는 얘기 등을 하다가 말씨름을 시작하게 되는 것이었다. 그들만의 스트레스 해소법이었다.

이야기 일곱. 부모가 되어 부모님을 그리다

일하는 동안에는 하루하루가 너무 정신없고 몸도 고단해 못 느꼈던 점인데 돈 쓰는 습관이 굉장히 달라진 내 모습을 발견하고는 놀랐다. 부모님에게 용돈을 받아 쓸 때는 풍족하지 않음에도 계산이 따로 없었다. 있으면 쓰고 먹고, 없으면 친구에게 신세지고 그러는 것이 자연스러웠다. 다른 친구도 마찬가지였다.

그런데 노임이라도 받은 날 친구들과 어울리면 자리가 끝날 무렵 자연스럽게 머릿속에서 계산기가 작동했다. 오늘 받은 돈이 얼마인데 이 자리를 계산하고 나면 얼마 남는가 하는 식이었다. 아깝다는 생각은 들지 않았지만 아껴야 한다는 생각은 강하게 들었다. 자연히 좀 더 허름한 집을 찾게 되었다. 물건을 살 때도 발품을 좀 들여서라도 싼 데를 찾아 돌아다닐 줄 아는 자세도 갖추게 되었다. 그동안 부모님의 등을 휘게 한 것은 아닌가 하는 죄책감과 송구스러움이 생기기도 했다. 아버지, 어머니의 뒷모습에 유난히 눈이 자주 간 것도 그 시절이었다.

이후 나의 생활태도는 많이 성숙해졌다. 단지 용돈 씀씀이만 달라진 게 아니었다. 아버지의 사업이 어려워졌음을 알고 학비 벌이에도 과감히 나섰다. 과외도 하고 가게 심부름 자리도 나서고 그렇게 학비를 벌면서 대학을 마치는 데에는 공사판에서의 경험이 큰 도움이 되었다.

애들이 학교에 들어가면서 용돈을 주는 입장이 되었다. 고등학교 때까지야 용돈 벌이가 쉽지 않기 때문에 자연히 우리 부부가 전적으로 용돈을 책임져야 했다. 또 가뜩이나 갈수록 치열해지는 대학 입시 부담에 눌려 사는 아이들에게 용돈까지 짐 지우는 강심장을 가진 부모는 없다.

하지만 대학생이 된 아이에게까지 용돈을 무작정 쥐어주는 데 대해서는 고민하게 되었다. 내가 그렇게 어려운 처지도 아니고 자식 귀한 것은 다 똑같은 심정이기에 돈벌이에 내모는 것만 같은 말을 던지기란 쉽지 않았다. 입학 전부터 내가 학교 다닐 때 했던 경험을 얘기해주는 것으로 의사표시를 했다. 내 딴에는 우회적으로 압력을 행사한 셈이었다. 애들의 아르바이트를 달갑지 않아 하는 아내의 눈치를 피하는 방법이기도 했다.

그 어려운 작전의 효과는? 거의 없었다. 직접적으로 얘기하는 수밖에 없었다. "학비는 부모의 의무이니 내가 책임지겠다. 하지만 네가 쓰는 용돈까지 내가 낼 수는 없지 않느냐? 공부를 위한 책값까지는 내가 준다. 그 외의 돈은 네가 벌어서 써야 할 나이가 되었다." 아이 반응을 이리저리 재가며 어렵게 하고 싶은 말을 마쳤다. 그런데 의외로 아이는 순순히 따라주었고 곧 실천에 옮겼다. 그리고 그런 자세는 둘째에게까지 자연스럽게 이어졌다.

용돈은 우리나라의 잘못된 관습의 전형이다. 선진국에서도 부자들이 우리가 상상도 못할 돈을 아이에게 주는 경우가 가끔 있다. 1992년 일본에 가서 장난감 백화점 1층에 있던 100만 엔짜리 장난감을 보고 노천 벤츠 자동차 매장에서 카드로 차를 구입하는 여대생을 보고 큰 충격을 받았던 경험이 있다. 그러나 그런 부류는 정말 일부에 지나지 않는다.

고등학교 때부터 자기 용돈은 아르바이트로 충당하는 것이 자연스럽다.

용돈을 아이들이 벌게 하는 것은 그들에게 여러 면에서 두고두고 재산이 된다. 내 경험만 보더라도 그렇다. 우선 돈에 대한 관념이 바로 선다. 쉽게 얻은 돈은 쉽게 써버리지만 자기 힘으로 어렵게 번 돈은 그렇지 않다. 따라서 절약하는 습관이 몸에 밴다. 자립심도 몇 배가 된다. 그리고 사회에서의 인간관계에 대해 미리 익힐 수 있다. 애정 외에 그 어떤 불순물도 없는 가정이라는 울타리에서 벗어나면 곧바로 이해관계가 첨예하게 대립되는 사회 속 사람과 사람의 관계 형성에 대해 몸으로 부딪히며 체득하게 된다. 사회에 나가 겪을지 모르는 정신적인 혼란을 막을 수 있다.

아이들이 어느 정도 성장하면 제 용돈은 스스로 벌도록 하는 것이 자식을 온실 속의 화초로 만들지 않는 길임을 신세대 부모들이 알았으면 한다. 해보지 않던 노동 때문에 아침 밥상머리에서 새어나오는 신음을 흘릴 때면 "에구, 그러게 그런 어려운 일은 왜 그렇게 열심히 하냐?"며 어머니는 안쓰러워했다. 아버지는 "괜찮냐?"고 한마디 하고는 알이 밴 허리에 파스를 붙여주기만 할 뿐 말리지 않으셨다. 어머니, 아버지도 내가 아이들이 아르바이트 나가는 뒷모습을 보거나 피곤해하며 돌아오는 아이들을 맞을 때의 심정과 같았을 것이다. 안쓰럽기 한이 없지만 더할 나위 없는 재산이 될 것이기에 마음 아프지는 않은 그 마음 말이다.

윈도우 57로 세상 보기

효보다는 사랑을

동양의 유교 문화권에서 효는 인간으로서 갖춰야 할 가장 크고 기본적인 덕목이다. 효와 관련한 일화도 많고 교훈도 많다. 자리에서 일어나지 못하는 부모를 위해 심심산골로 산삼을 캐러 다니는 전설 같은 동화도 여러 종류이다. 우리나라는 그러한 동양에서도 단연 으뜸이다.

타이완에 우연한 기회로 교분을 쌓게 된 사업가 지인들이 있다. 어느 날 그중 한 명이 부친상을 당했다고 연락이 왔다. 우리나라와 마찬가지로 부모의 장례를 굉장히 중요시하고 문상을 안 하면 결례라는 것을 익히 알고 있었기에 부랴부랴 문상 갈 준비했다. 혹시나 본의 아니게 실수할지도 몰라 여러 경로로 그 나라 풍습에 관한 정보를 얻었다. 경사에는 그들이 가장 좋아하는 숫자인 8단위로 부조를 해야 하고 애사에는 3단위로 부의금을 내야 한단다. 8,888원, 3,333원 하는 식이다. 조의금을 타이완 돈으로 숫자를 맞춰 준비하고 예의상 꼭 줘야 한다는 담요도 준비했다.

우리나라의 대전 정도에 위치한 타이충이라는 지방에 장례식장이 있었다. 지인의 도움으로 타이중(臺中)까지 가 거기서 하룻밤을 묵고 다음 날 아침 식장으로 향했다. 도착하니 장례식장은 말 그대로 인산인해였다. 우리나라 시골과 비슷하게 집 옆 공터에 엄청 큰 비닐 천막을 쳐놓고 장례를 치르고 있었다. 조문 의식도 우리와 비슷했다.

그날은 발인하는 날이었다. 조문은 오전 10시 정도에 마감하고 발인 의식을 시작했다. 우리와 달리 사회가 있고 일일이 상주와 상제들, 그리고 돌아가신 분의 친구들이 조사(弔辭)를 하는 듯했다. 맨 마지막 차례에 맏상주인 장남이 준비한 글을 읽는데 안내해주던 지인이 흐느낀다. 영문을 몰라 쳐다보았더니 중간부터이지만 통역을 해주었다.

그 장남이라는 사람이 홍콩의 국회의원이라고 했다. 역시 정치가답게 그의 조사는 기가 막힌 글이었다. 내용을 요약하면 이렇다. 자신이 돌아가신 아버지의 입장에서 쓴 게 전반부이다. 오랫동안 보지 못했던 친구한테 왜 이제야 왔느냐고 물으며 지난 추억을 얘기하고 부인과 아들에게 일일이 고맙고 행복했노라는 인사를 남기는 형식이었다. 마지막에 다시 자신으로 돌아와 아버지를 향해 "파파"를 몇 번이나 애절하게도 불렀다. 그리고 울음을 애써 참으며 저세상에서라도 못 다한 부자지간의 사랑을 나누자고 마지막 인사를 올렸다.

먹먹한 감동으로 내 마음까지 숙연해졌다. 그런데 발인이 참 가관이었다. 영구차 앞에 우리나라에서 선거 유세 때나 쓰일 법한 무대가 장착

윈도우 57로 세상 보기

된 트럭이 등장했다. 그 위에는 세 명의 무희들이 서 있었고 커다란 영상 장치와 음향 장치가 무대에 가득했다. 그 무희들은 비키니 차림이었다. 한껏 슬픔을 토해내다가 이건 또 뭔가 싶은 마음이 들었다. 안내자의 보충 설명이 필요했다. 그 무희들은 마지막 가시는 길을 즐겁게 가시라고 준비하는 풍습이라고 했다. 그래서 화장지로 가는 내내 노래와 영상물을 영구차 방향으로 바친단다. 그의 설명대로 무희들의 춤과 노래, 흥겨운 영상이 계속되었다. 흥겨운 노래와는 대조적으로 영구차 안에 있는 상주들과 뒤를 따르는 사람들은 서럽게 울었다.

우리는 집에서 식사하면서 기다리다가 장지로 갔다. 바로 옆 동네였다. 그곳은 산이 아닌 평평한 들이었는데, 죽은 이를 봉분이 아니고 미니어처 집 같은 곳에 모셨다. 집에 있는 것과 똑같이 모시기 위해 가까운 곳에 집처럼 만들어 모신다는 의미를 담고 있다고 했다. 화장터도 우리와 달리 기피 대상이 아니어서 시내 한복판에 있다.

그 장례식을 다녀와서 나는 참으로 많은 생각을 했다. 중국은 유교의 원조국이고 타이완은 같은 중화권이다. 그들 역시 효도를 굉장히 중요시한다. 부모 공경이 대단하다는 얘기도 많이 들었다. 우리도 그렇다. 다른 점이 있다면 우리는 형식을 중요시하고 그들은 진정한 마음을 더 중요하게 생각한다는 점이었다.

효도는 이런 것이다 저런 것이다라는 많은 말들이 있고 무수한 제약과 금기도 있다. 부모님을 모시는 많은 행사도 갖가지 형식이어서 웬만

이야기 일곱. 부모가 되어 부모님을 그리다

한 사람은 제대로 다 알지도 못할 지경이다. 특히 장례와 제사는 엄격하면서도 지방마다 격식이 다르다.

그런데 우리는 부모님에 대한 사랑을 효도라는 틀 속에 가두고 있다. 우리 세대에서 부모님을 포옹해본 사람은 흔하지 않다. 부모와 자식 사이에 너무도 많은 격식이 존재하고 있었던 것이다. 어려서는 부모님의 품에서 자랐으면서도 장성하면 그 품에 안기기가 어색하기만 하다. 부모님에게 스킨십을 하는 것 자체가 버릇없어 보이기까지 한다. 기껏해야 나이 들어 쪼그라져가는 손을 잡아드리는 것이 전부이다.

요즘 세대들은 그런 면에서 행복하다. 의사 표현도 확실하게 하고 사랑 표현도 자연스럽다. 그들이 우리 식의 효도는 알지 못할 수 있어도 부모 사랑은 오히려 제대로 하는 듯하다.

부모님께 이제껏 못한 인사말을 올리며 이 글을 맺고자 한다.

"이제는 곁에 안 계신 아버지, 그리고 지금도 자식 낯 보는 게 가장 큰 낙(樂)이신 어머니, 지금도 사랑합니다."

부창렬(夫昌烈)

1957년 제주도에서 태어나 경기고등학교와 서울대학교 공과대학과 동 대학원을 졸업했다. 연세대학교 경영대학원에서 경영학 석사학위를 취득했으며 건국대학교 일반대학원 부동산학과 박사과정을 수료했다.

대림산업에 입사하여 대림 그룹의 계열사인 연승산업의 대표이사를 역임했으며, 현재는 (주)연승AMC과 (주)미래C&R의 대표이사로 있다.

군포시 수영연맹 초대 회장, 경기도 수영연맹 부회장, 군포시 생활체육협의회 초대 회장, 군포문화원 부원장, 그린스카우트 군포시지부 지부장, 군포시 치안행정 자문위원, 범시민 환경대책위원회 위원 등의 활동을 통해 쌓은 경험으로 현재는 한나라당 중앙위원회 경기도당연합회 상임부회장, 군포시 생활체육협의회 고문, 서울대학교 총동창회 이사, 경기고등학교 총동창회 부회장으로 활동하고 있다.

1995년 경기도지사상(지역사회발전, 환경운동 기여 공로), 1998년 경기도지사상(봉사 및 지역사회발전, 소방업무발전 공로), 1998년 군포시장상(생활체육진흥 공로), 2003년에는 군포시장상(지역사회발전 및 생활체육진흥 공로)을 받았다. 한나라당 여의도연구소 정책자문위원(경제분과)을 역임하고, 현재는 여정포럼(여당의 정치를 연구하는 자유포럼) 국토건설특위 위원장이다.

「지방중소도시 개발의 기본방향에 관한 연구」(서울대학교 대학원 석사학위 논문)와 「데이터베이스마케팅에서 개인정보의 사용이 소비자태도에 미치는 영향」(연세대학교 경영대학원 석사학위 논문)을 저술했다.

홈페이지	www.boogunpo.com
블로그	blog.naver.com/boogunpo
	blog.daum.net/boogunpo
이메일	realboo@paran.com

윈도우 57로 세상 보기

ⓒ 부창렬, 2010

지은이 | 부창렬
펴낸이 | 김종수
펴낸곳 | 도서출판 한울

편집 | 염정원

초판 1쇄 인쇄 | 2010년 1월 27일
초판 1쇄 발행 | 2010년 2월 5일

주소 | 413-832 파주시 교하읍 문발리 507-2(본사)
        121-801 서울시 마포구 공덕동 105-90 서울빌딩 3층(서울사무소)
전화 | 영업 02-326-0095, 편집 02-336-6183
팩스 | 02-333-7543
홈페이지 | www.hanulbooks.co.kr
등록 | 1980년 3월 13일, 제406-2003-051호

Printed in Korea.
ISBN   978-89-460-4231-5   03810

* 책값은 겉표지에 있습니다.